*Mannheimer Blues*

Helmut Fiedler

# *Mannheimer Blues*

Ein Mannheim-Krimi

Wartberg Verlag

Die Mannheimer kennen Helmut Fiedler, den pensionierten Lehrer für Deutsch und Geschichte, u. a. als Autor von „Mensch Mannem“, ein Buch, in dem Helmut Fiedler Geschichten und Anekdoten aus seiner Heimatstadt erzählt.
2009 erschien Fiedlers erster Krimi „Tod auf der Maulbeerinsel“ mit dem kauzigen Kommissar Grabosch, der auf der regionalen Bestsellerliste ganz oben steht.

1. Auflage 2010

Titelbild: Thomas Tröster, Mannheim
Titelgestaltung: Jochen Ebert, Kassel
Layout: Schneider Professionell Design, Schlüchtern-Elm
Druck und Bindung: Druckerei Thiele & Schwarz, Kassel


34281 Gudensberg-Gleichen · Im Wiesental 1
Telefon: 05603/93050 · www.wartberg-verlag.de
ISBN: 978-3-8313-2352-4

*„... dass ein Mitmensch, wenn unsere humane Aufmerksamkeit auch nur eine Sekunde nachlässt, in dieser Sekunde zu Grunde gehen kann."*

Hermann Burger

# Kommissar Grabosch zieht Bilanz

Freitag, 14. August 2008. Im Dienstzimmer des Mannheimer Hauptkommissars Franz Grabosch brannte noch Licht, obwohl es schon gegen Mitternacht ging. Seine Wohnung in M3 war nur wenige Schritte vom Präsidium entfernt. Was hielt ihn so spät an seinem Arbeitsplatz? Dass er seit dem Tod seiner Frau allein lebte? Verschrobenheit oder Altersstarrsinn? Immerhin war er 63 Jahre alt, zwei Jahre waren es noch bis zum Ruhestand. Aber der Grund war ein anderer.

Der Mord auf der Maulbeerinsel war aufgeklärt, nach zwei Wochen hatten sie den Täter gefasst, doch der Hauptkommissar war seitdem durch ein Wechselbad seiner Gefühle gegangen. Der anfänglichen Erleichterung folgten Zweifel an seinen beruflichen Fähigkeiten, denn eines stand für ihn fest: Ohne den Pressefotografen Arndt Schmid wäre der Tote auf dem Grund des Neckarkanals vermutlich nie entdeckt worden und er hätte den drei Kapitalverbrechen, die er während seiner Amtszeit nicht hatte aufklären können, ein weiteres hinzufügen müssen.

Die drei Mordopfer hatten in der Mitte ihres Lebens gestanden, getötet von Menschen, die mit großer Wahrscheinlichkeit heute noch in dieser Stadt ihren täglichen Verrichtungen nachgingen. Sicher, dachte der Hauptkommissar, keiner der unter mysteriösen Umständen getöteten Männer war ein Ausbund an Tugend und Redlichkeit gewesen. Aber war dies ein Grund, dass die Täter ungeschoren davonkamen? Das konnte nicht sein! Sollten die abgelegten Ermitt-

lungsergebnisse, abgeheftet in vielen Aktenordnern, in den Ablageschränken verrotten? Waren sie nicht augenscheinliche Beweise seiner Unzulänglichkeit?
In zwei Jahren war Schluss, Punktum. Wohl keinem seiner Kollegen weltweit war es gelungen, sämtliche Fälle, mit denen sie während ihres Berufslebens befasst waren, aufzuklären, dies war ihm klar. Aber drei waren zu viel. Zwei Jahre blieben ihm noch, um den ein oder anderen doch noch der Vergessenheit zu entreißen und die Schuldigen ihrer gerechten Strafe zuzuführen.
Jahr um Jahr war vergangen, seit sie an einem kalten, nassen und nebligen Dezembermorgen die Leiche eines Mannes aus dem Becken der Kammerschleuse geborgen hatten. Alles, aber auch alles hatte nach einem einfachen Fall ausgesehen, doch es war wie verhext gewesen, den Täter hatten sie der Staatsanwaltschaft nicht präsentieren können.
Dieser unaufgeklärt gebliebene Fall war es, der dem Hauptkommissar an jenem späten Sommerabend durch den Kopf ging. Gleich morgen würde er sich die Akten aus der Mitte der 80er Jahre des abgelaufenen Jahrhunderts aus dem Keller kommen lassen. Auf der Friesenheimer Insel hatte alles angefangen.

# Klemm

Hier, in einem hässlich-schönen Mannheimer Stadtteil, der Friesenheimer Insel, in dem Gewirr von Straßen, Bahngleisen, Mühlen, Silos und Fabriken ging ein Mann seiner Arbeit nach. Er hieß Benno Klemm und war Pförtner von Beruf.

Ein Pförtner hat es gut.

Er sitzt in einem Häuschen am Fenster. Vor ihm steht eine Telefonanlage mit vielen Knöpfen, und draußen ist die rotweiß gestreifte Schranke, die nur er allein öffnen kann.

Ein Pförtner ist ein wichtiger Mann.

Klemm war schon lange Pförtner. Manchmal rechnete er nach, wie viele Jahre er seinen verantwortungsvollen Posten schon innehatte. Er war zu dem Ergebnis gekommen, dass es an die 22 Jahre waren. Aber ganz sicher war er nicht. Erst gestern hatte er wieder gerechnet und war auf 23 Jahre gekommen. Alles Forschen in seinen Papieren hatte keinen Erfolg gehabt. Der Einstellungsbescheid war nicht zu finden. Dies machte ihn ärgerlich.

Benno Klemm war also schon 22 oder 23 Jahre Pförtner. „Ein halbes Leben“, hatte der Brückenwirt, dem er es erzählt hatte, einmal gemeint. Klemm fand das gut gesagt. Aber inzwischen hatte er gerechnet und festgestellt, dass das Leben viel länger dauert, und wenn er nachts oben im Pförtnerhaus lag, dachte er an die Jahre, die er noch auf dieser Erde verbringen würde, und schlief beruhigt ein.

Ein Pförtner ist ein nachdenklicher Mann.

In letzter Zeit konnte er viel nachdenken. Dazu war er früher selten gekommen. Ja, früher! Da hatte er viel zu tun gehabt. Ab 6 Uhr morgens saß er am Fenster, hatte die Ankommenden passieren lassen und die Taschen der Arbeiter kontrolliert, die nach der Nachtschicht das Firmengelände verließen. Er hatte Stichproben gemacht, das gehörte zu seinen Aufgaben. So manches Mal hatte er vom Chef eine Zulage bekommen, wenn er eine Handbohrmaschine oder einen Winkelschleifer hatte sicherstellen können.
Den ganzen Tag über hatte die Fabrik vor seinen Augen und Ohren pulsiert. Es war ein ständiges Kommen und Gehen gewesen. Er hatte Frachtbrief und Ladung der ein- und ausfahrenden Wagen geprüft. Die Fahrer waren zu ihm ans Fenster gekommen und hatten Haltung angenommen. Manchmal hatte er sie warten lassen, telefoniert und erst dann sein Einverständnis zum Passieren gegeben.
Um Punkt 9 Uhr war dann der Fabrikant, der Herr Doktor, neben seinem Chauffeur sitzend, vorgefahren. Klemm hatte ihn schon erwartet, hatte durch Knopfdruck die Schranke gehoben, war aus dem Pförtnerhaus getreten und strammgestanden. Und während die schwere Limousine angefahren war, hatte Klemm gegrüßt, indem er zwei Finger an seine Schildmütze gehalten und dem Chef zugelächelt hatte. Diese Augenblicke waren ihm die schönsten gewesen, und er hatte sein Lächeln noch beibehalten, wenn er zurückgegangen war, die Schranke geschlossen und sich wieder an seinen Platz gesetzt hatte.

Doch die Zeit der Betriebsamkeit war vorbei. Die Firma war in Konkurs gegangen, war ein Opfer des Strukturwandels geworden. Klemm hatte das irgendwo gelesen und darüber nachgedacht und nicht verstanden. Er hatte sich vorgenommen, einmal den Brückenwirt danach zu fragen.

Damals hatte in der großen Werkhalle eine Betriebsversammlung stattgefunden. Klemm war auf seinem Posten geblieben, aber ein Angestellter hatte am Nachmittag gesagt, dass die Fabrik unter den Hammer käme und bald geschlossen würde. An jenem Abend waren die Arbeiter mit ernsten Gesichtern an ihm vorübergegangen.

Am folgenden Morgen war der Chef vorgefahren, pünktlich wie immer, und Klemm hatte gespürt, es war zum letzten Mal. Er war herausgetreten, hatte zwei Finger an die Mütze gehalten und zu lächeln versucht, doch war es ihm nicht gelungen.

Nach einigen Wochen war die Arbeit eingestellt worden. Die noch verbliebenen Leute waren ein letztes Mal an ihm vorbeigezogen, nicht wenige hatten ihm die Hand gegeben. An jenem Abend hatte er keine Taschen kontrolliert. Kleinlaut war er dagestanden und hatte gewartet, bis der Letzte gegangen war. Dann hatte er das Tor geschlossen.

In den folgenden Wochen hatte er den Abtransport von Maschinen, Möbel und Material überwacht. Bei seinen abendlichen Rundgängen hatte ihn eine mehr und mehr anwachsende Leere umgeben.

Der Pförtner Benno Klemm war traurig. Aber er war auch stolz. Er war nicht entlassen worden. Er

wurde gebraucht. Sein Lohn kam weiter. Sein Chef war wieder ein Doktor. Er hatte einen Arbeitsvertrag mit dessen Unterschrift. Wie gern würde er ihm die Schranke öffnen, wie gern ihn grüßen mit zwei Fingern an der Mütze. Aber er kam nicht.
Klemm telefonierte mit der Sekretärin, einer Frau Fürst. Er erhielt Anweisungen, die er ordentlich, wie es seine Art war, ausführte. Sie betrafen Zäune, Fenster und Gebäude, deren Instandhaltung er zu überwachen hatte. Klemm war gern Pförtner, auch jetzt noch, doch fehlte ihm die frühere Betriebsamkeit. Er war jetzt ein einsamer Pförtner, und die Last der Verantwortung drückte ihn schwer. Beim Brückenwirt war er nun häufig zu Gast, und nicht selten trank er einen über den Durst, eine Eigenart, über die er jahrzehntelang erhaben gewesen war, doch jetzt ...
Eines Morgens meldete sich die Sekretärin, Frau Fürst. Eine Lieferung stehe bevor. Es seien wertvolle, in Bronze gegossene Teile eines Denkmals, für deren Einlagerung er verantwortlich sei. Klemm entschied sich für die ehemalige Dreherei als geeigneten Lagerraum und erwartete die Ankunft der Kunstwerke. Zum angekündigten Zeitpunkt fuhren zwei LKW vor. Klemm freute sich, konnte er doch für kurze Zeit sein Pförtnerleben wieder aufnehmen. Sorgfältig prüfte er Papiere und Ladung, öffnete die Schranke und ließ die Fahrzeuge passieren. In der Dreherei überwachte er das Entladen, das die Fahrer mit einem am Lastwagen angebrachten Schwenkarm bewerkstelligten. Klemm war dabei ganz Pförtner. Er sorgte für sichere Standplätze und prüfte die in den Papieren aufge-

führten Positionen und Stückzahlen. Noch sorgsamer als sonst verschloss er die Halle, geleitete die beiden Fahrzeuge zur Schranke und ließ sie ausfahren.
Auf seinem obligatorischen, nächtlichen Rundgang durch das Werksgelände fing er an, sich für das Denkmal zu interessieren. Mit einer Stablampe beleuchtete er die Gebilde und betrachtete mit zunehmender Faszination die halb menschlichen, halb tierischen Körperteile.
Die ehemalige Dreherei war zu einem Ort voller Wunder geworden. Da lagen fein gearbeitete Köpfe, deren Blick ihn traf. Es gab üppige Körper mit gewaltigen Brüsten und rundem Gesäß und Fischköpfe mit geöffnetem Rachen. Aus einer Ecke starrte ihn ein Wassermann an. Klemm hob den Deckel einer Kiste und erblickte Menschenarme und Fischflossen und Schwänze. Kaum sattsehen konnte er sich an all den Wundern, und er versuchte, in Gedanken die Teile zu einer Gruppe zusammenzusetzen. Wer mochte das alles geschaffen haben? Noch am selben Tag würde er in den Frachtbriefen forschen und auf den Begriff Allegorie stoßen und in seinem einbändigen Lexikon die Definition „Gleichnishafte, rational fassbare Darstellung" lesen, und den Mund aufsperren und „Aha" sagen.
Noch einmal ließ er seinen Blick über die bronzenen Gebilde schweifen, strich zärtlich mit den Händen über die Brüste eines weiblichen Torsos und verließ die Halle.
Die Besuche in der ehemaligen Dreherei wiederholten sich von nun an jeden Abend. Das neue Lagergut

hatte sein Pförtnerdasein verändert. Noch sorgfältiger machte er seine Kontrollgänge, noch genauer prüfte er Türen und Schlösser und suchte nach Spuren möglicher Eindringlinge.

Hinter der Mauer, die das Werksgelände nach Südosten abschloss, gab es seit einigen Wochen beunruhigende Vorgänge. In einem ebenfalls stillgelegten Betrieb hatte ein wie ein schräger Lebemann auftretender Herr eine Art Club eingerichtet, in dem es in den Abend- und Nachtstunden hoch herging. Dann drang lautes Musikgedudel herüber und Rufe und Gelächter und das Aufjaulen von Motoren. In einem mit Backsteinen hochgezogenen Anbau wohnten Frauen aus aller Herren Länder. Einmal hatte Klemm es gewagt, mit Hilfe einer Leiter in den Innenhof zu gucken. An Wäscheleinen hingen jede Menge Bettlaken, Tangas, Büstenhalter mit seltsamen Öffnungen und Negligées. Die Farben Rosa und Schwarz dominierten. „Na, du Wichser!", hörte er plötzlich eine schrille Stimme und wäre vor Schreck fast von der Leiter gefallen. Eine nur mit einem Höschen und Badelatschen bekleidete, platinblonde junge Frau mit vollen Lippen und großen Brüsten blickte von unten zu ihm hoch und rief, wobei sie mit den Händen die Beine spreizte: „Bist Du in Not, dann mach rüber! Für 'nen Fuffi bedien' ich Dich, für 'nen Hunni sogar französisch!" Klemm blieb der Mund offenstehen vor so viel Direktheit, und die Dame ahmte ihn nach, streckte die Zunge heraus, züngelte damit wie eine Schlange und brach in ein heiseres Lachen aus.

Klemm hatte genug gesehen und trat den Rückzug an. „Traust Dich nicht, Traumtänzer", tönte es von drüben, „aber irgendwann kommst Du, irgendwann kommen sie alle, die Herren der Schöpfung. Wenn Du Dir's überlegt hast, dann los und frag nach Chantal!" Er hörte noch einmal ihr Lachen, dann war es still.

Was war nur mit der Friesenheimer Insel los?, dachte Klemm. Wieder kam ihm der seltsame Begriff „Strukturwandel" in den Kopf. Wandel ja, sinnierte er, aber so? Das konnte nicht sein! Hier doch nicht, keine 100 Meter von seinem Pförtnerhaus entfernt! Mit dem ältesten Gewerbe der Welt hatte er keine Probleme, war er doch in diesem Milieu aufgewachsen, hatte sozusagen Tür an Tür damit gelebt. In der Neckarstadt war er groß geworden und zwar nicht irgendwo, sondern in der 18ten Querstraße der Mittelstraße, in der Ackerstraße, unmittelbar vor der 19ten, der Gutemannstraße, wo es ganz offiziell in jedem Haus einen Puff gab mit Prostituierten und Zuhältern.

Wenn auch Entwicklungspsychologen der Umgebung, in der Menschen aufwachsen, einen großen Einfluss einräumen, bei Klemm war das gerade Gegenteil eingetreten. Was seine Sexualität anging, war er eher prüde. In einen Puff war er nie gegangen, Gott bewahre! In jungen Jahren hatte er ein paar Liebschaften gehabt, später auch eine längere Beziehung mit einer hübschen, zwei Jahre jüngeren Frau namens Waltraud, die er Waldi nannte. Aber daraus war nichts Dauerhaftes geworden, es ging um's Geld,

seinen Beruf, die engen Wohnverhältnisse im Pförtnerhaus, das ständige Präsentsein und seine Eigenarten. Kurzum, seine Waldi machte einen Abgang auf Nimmerwiedersehen. So war es gewesen, und er war allein geblieben und traute sich nicht mehr, es noch einmal mit einer anderen zu versuchen.
Die nächtlichen Umtriebe hinter der Mauer empfand Benno Klemm als fundamentalen Einbruch in sein gewohntes Dasein. Sie bereiteten ihm fortan schlaflose Nächte. Das Schmuddelmilieu, neben dem er aufgewachsen war und das ihm nichts hatte anhaben können, war zu ihm zurückgekehrt. Jede Nacht um Punkt 12 Uhr fuhr der Inhaber des Etablissements in einem himbeerfarbenen, großkotzigen Ami-Schlitten am Pförtnerhaus vorbei. Zwei- oder dreimal war Klemm gerade davor gestanden, als er den Typ sah, der lässig hinter dem Lenkrad saß, das Goldkettchen glitzerte über seinem weit aufgeknöpften Hemd und die obligatorische Sonnenbrille saß oben auf seiner Gel-Frisur. Bei ihrer nächsten Begegnung geschah etwas Erstaunliches. Der Mann lächelte ihm freundlich zu, hob die rechte Hand und winkte.
Am nächsten Tag traf er seinen Kollegen Hans-Werner Weidemann vom Röhrenlager, der Genaueres wusste. Der Mann heiße Frank Schermuly, stamme angeblich von der Saar, sei in der Mannheimer Halbweltszene kein unbeschriebenes Blatt und allgemein als Frankie-Boy bekannt. „Wenn das so weitergeht“, so der Pförtner vom Röhrenlager, „dann wird aus der Friesenheimer Insel noch ein Kiez!“
„Du meinst“, wandte Klemm ein, „so wie in Ham-

burg-St. Pauli? Aber das ist unwahrscheinlich, so groß ist Mannheim nun auch wieder nicht."

Aber der Kollege ließ nicht locker. „Dann fahr heute Abend mal über die Kammerschleuse und bieg zur Bratröhre ab. Da gibt's jetzt einen Straßenstrich, mein lieber Herr Gesangsverein! Auch an der Reeperbahn haben sie mal klein angefangen!"

„Jetzt übertreib mal nicht! Halt's niedrig!" Klemm streckte die Hände nach vorn und senkte sie wie zur Beschwörung nach unten.

Was sein Kollege da angesprochen hatte, darüber machte er sich keinen Kopf. Mit dem neuen Freudenhaus unmittelbar in seiner Nachbarschaft war es jedoch eine andere Sache. Er fürchtete Ungemach für das ihm übertragene Werksgelände. Am Ende würden die in der Nacht einfallenden, zwielichtigen Gestalten noch das Firmengelände betreten. Was da alles passieren konnte! Nicht auszudenken!

Die Krise, in die Klemm geriet, kam schleichend. Nachts sprang er beim kleinsten Geräusch aus dem Bett, zog sich eilig an und schritt die Mauern entlang. Um schneller vor Ort zu sein, zog er bald keine Nachtwäsche mehr an, so dass er nur in die Schuhe schlüpfen musste. Kratzspuren an Türen, die ihm früher nicht aufgefallen waren, deutete er als Hinweise auf Diebe. Mutig machte er sich auf die Suche, spähte durch Fenster und in die abgelegensten Winkel. Lange stand er im Schatten einer Halle und wartete, um entschlossen einschreiten zu können, wenn sich einer der Eindringlinge zeigen sollte.

Am Tag war er oft so müde, dass er apathisch im

Pförtnerhaus saß und davon träumte, die Schranke zu bedienen und einen nicht abreißenden Strom ein- und ausfahrender Fahrzeuge zu kontrollieren.
Eines Nachts, als er wieder einmal keinen Schlaf finden konnte, war ihm, als sei im Bürogebäude der Aufzug in Betrieb. Er sprang aus dem Bett, hastete hinüber, betrat den Verwaltungstrakt und lauschte. Er zog an der Aufzugstür. Sie ging auf. Die Kabine war an der üblichen Stelle. War sie benutzt worden? Ein tiefer Seufzer kam aus seiner Kehle. Unschlüssig stand er noch eine Weile herum und machte sich schließlich auf den Rückweg. Er fing an, sich zu bemitleiden. Die Verantwortung drückte ihn nieder. Pförtner war ein beschwerlicher Beruf.
Am Nachmittag sprach er mit seinem Freund, dem Brückenwirt.
„Benno, Du bischd zu viel allä!“, meinte der. „Ich glaab, Du griggscht noch de Blues! Die Einsamkeit kann en Mensch kaputtmache. Die erschlägt Dich wie'e Axt.“
Klemm trank an seinem dritten Bier und beobachtete Hannelore, die Kellnerin, die seit einigen Wochen für den Brückenwirt arbeitete. Mehr als einmal hatte er sich schon mit ihr unterhalten, vor allem, wenn er nach der Sperrstunde dageblieben war und sein Freund, der Wirt, zum Absacker einlud. Für ihr Alter – sie war Ende 30 – sah Hannelore Obermeier blendend aus. Sie neigte zu einer vollschlanken Figur, hatte fantastische Proportionen und war es gewohnt, dass männliche Gäste, wenn sie in deren Nähe kam, Stielaugen in ihren Ausschnitt machten und ihren

Hintern tätschelten. Klemm hatte sie gefragt, woher sie komme und was sie früher gemacht habe, doch viel hatte er nicht in Erfahrung bringen können. Auch Hotte, dem Wirt, war darüber nichts zu entlocken. Auffällig war anfangs ein Bluterguss unter ihrem linken Auge, der aber nach wenigen Tagen abschwoll und dessen violett-gelbe Verfärbungen sie mit einer Puderdose und Lidschatten behandelte. An einer Tür gestoßen habe sie sich. So beantwortete sie die vielen Nachfragen.

Klemm hatte das Gefühl, dass ihn Lore, so nannte er sie, gut leiden konnte. Vor ein paar Tagen, als sie wieder bei ihrem Absacker saßen, hatte sie sich sogar auf seinem Schoß niedergelassen, die Arme um seinen Hals gelegt, ihn an ihren mächtigen Busen gedrückt und mit ihren hellgrünen Augen angestrahlt. Es war ein lustiger Abend gewesen, waren sie beide doch ganz für sich, denn Hotte hatte ihm zugeblinzelt und sich noch eine Weile in der Küche zu schaffen gemacht. Benno fühlte sich wie im Himmel. Ein Schauer nach dem anderen jagte ihm über den Rücken. Er spürte Lores weichen, warmen Körper. In seinen unteren Regionen tat sich was, und Lore blieb es nicht verborgen. Sie kreiste mit ihrem Po wohlig über seine Lenden und fuhr mit der Hand zärtlich und doch zupackend in seine Hose. Aber das war auch alles. Zu mehr kam es nicht. Klemm küsste ihre Augen, den Mund und die Brüste, in die er sich vergrub und fing wieder an, ihr Fragen zu stellen, denen Lore wie schon zuvor auswich.

„Na, ihr zwei, seid ihr euch nähergekommen?“, feix-

te Hotte, legte seine Schürze ab und hängte sie an einen Haken. „Trinken wir noch einen, aber dann in die Falle! Es ist spät geworden."
Auf dem Heimweg dachte Klemm über seine Eroberung nach. Irgendetwas schien Lore zu bedrücken, aber er kam nicht dahinter. Hatte er sich verliebt? Es sah alles danach aus. Es nahte sein zweiter Frühling. In jener Nacht fiel er in einen tiefen Schlaf und träumte von Lore.

Am nächsten Abend saß er wieder beim Brückenwirt. Die Jukebox dudelte, und die vielen Gäste sorgten für Umsatz und Hottes zufriedene Miene. Dann hatte Schermuly seinen Auftritt. Er fuhr direkt vor dem Eingang vor und betrat mit federnden Schritten und angriffslustigen Augen das Lokal, warf einen verächtlichen Blick auf Lore, die wie zur Salzsäule erstarrte, begab sich hinter den Tresen und packte den Brückenwirt beim Kragen. „Ha!", stieß er hervor, „dann ist es also wahr, bei Dir ist sie untergekommen, die Obermeier! Jetzt hör mir mal gut zu, Du Bierzapfer! Die Obermeier ist mein Pferdchen, und sie läuft für mich, verstehst Du das?" Und zu Lore gewandt, die gerade in die Küche verschwinden wollte: „Für heute will ich's noch gut sein lassen, du alte Schlampe, aber ab morgen", und dabei deutete er in Richtung Diffenébrücke, „bist Du wieder auf dem Luzenberg, wo Du hingehörst, dass das klar ist. OK?"
Noch einmal schüttelte er den Wirt. „Alles paletti, Bierzapfer? Hab' Dich gar nicht angefasst, oder?"

Hotte hielt sich den Hals und schaute zu Boden. Benno hatte aufspringen und eingreifen wollen, doch die Beine gehorchten ihm nicht. Er war eben kein Held, dazu musste einer geboren sein.
Schermuly machte seinen Abgang. Ehe er die Tür erreichte, entdeckte er Klemm. „Ha, Dich kenn' ich doch! Bist Du nicht der Pförtner von der stillgelegten Maschinenfabrik? Alles fit im Schritt?"
Die Gäste, die seit Schermulys Auftritt schlagartig verstummt waren, brachen in Lachen aus. Klemm wollte etwas erwidern, doch ihm blieben die Worte im Hals stecken. Schermuly schaute sich noch einmal um, verließ das Lokal und warf krachend die Tür ins Schloss.
„Frankie-Boy, der Oberlude!", rief der Wirt in die wieder entstandene Stille hinein, schaute in Richtung Küche, in der Lore verschwunden war und warf ein Geldstück in die Jukebox. „Nix war, garnix! Ein Bier, ein Appelkorn? Is genug do, verdorschde muss käner!"
In Hottes Lokal ging alles wieder seinen gewohnten Gang. Der Wirt bediente selbst, denn Lore blieb in der Küche. Dort fand Klemm sie schluchzend auf einem Hocker sitzen. Sie bot einen jämmerlichen Anblick. Die Ellenbogen auf die Knie gestützt, verbarg sie ihr Gesicht in den Händen. Sie weinte hemmungslos. Klemm fasste sie leicht an den Schultern und versuchte, sie mit zärtlichen Worten zu beruhigen. „Ist ja gut, Lore, er ist fort."
„Nichts ist gut. Er ist da, er ist immer da! Von dem komm' ich nicht los. Aber ich geh' nicht zurück, nein,

das tu ich nicht!“ Sie hob ihren Kopf und schaute ihn an wie eine waidwunde Hirschkuh.
„Das brauchst du auch nicht.“ Seine Stimme war fest. „Du kommst zu mir, im Pförtnerhaus ist genug Platz für uns beide.“
„Und wenn Frankie auftaucht, was dann? Mit dem ist nicht zu spaßen, das sag’ ich Dir.“
„Lass das mal meine Sorge sein! Es wird nichts so heiß gegessen, wie es gekocht wird!“
Lore versuchte ein Lächeln. „Wenn du meinst, aber gewarnt hab’ ich Dich, Benno, vergiss das nicht!“
Die Sache war abgemacht. Hotte machte zwar ein bedenkliches Gesicht, als er davon erfuhr, sagte aber dann: „Meinen Segen habt ihr.“
Klemm besorgte einen Handwagen, lud Lores Sachen auf und brachte sie heim ins Pförtnerhaus. Als sie am späten Abend kam, war alles schon aufgestellt und eingeräumt.
„Wie ordentlich du bist, Benno“, schnurrte Lore und gab ihm einen Kuss auf den Mund. Dann gingen sie zu Bett, ritten durch die Nacht und hatten sich lieb.
Im Pförtnerhaus war der Honeymoon eingezogen.
In den folgenden Wochen und Monaten gelang es Klemm, sein Pförtnerdasein abzulegen. Das wirkliche Leben hatte Besitz von ihm ergriffen, und wie. Die Welt war schön, und am schönsten war Lore, seine Lore.
Von Schermuly war offensichtlich nichts zu befürchten. Der war in die Defensive gedrängt worden. In der Mannheimer Lokalzeitung häuften sich die Meldungen über die Vorgänge in dem zwielichtigen Eta-

blissement in Bennos und Lores Nachbarschaft. Von einer sittenwidrigen Einrichtung in einem Sperrgebiet war die Rede, von einem getarnten Swingerclub, der in Wirklichkeit ein simples Bordell sei und dem begründeten Verdacht, dass nicht wenige der hier ihrer Tätigkeit nachgehenden Damen zur Prostitution gezwungen wurden und sich illegal in Deutschland aufhielten. Als dann auch noch von Menschenhandel die Rede war und die Forderung folgte, diesem Spuk auf der Friesenheimer Insel ein Ende zu setzen, schien das Fass, das die Presse aufgemacht hatte, überzulaufen. Schermuly hatte also ganz andere Sorgen. Sich um Hannelore Obermeier zu kümmern, dafür hatte er momentan keine Zeit.

Klemm hatte mit Frau Fürst, der Sekretärin seines Chefs, jetzt häufig telefonischen Kontakt. Bei der Einlieferung der bronzenen Brunnenteile war es nicht geblieben. In der großen Montagehalle hatte eine Großhandelsfirma Küchengeräte bis hinauf zur Decke gestapelt. Da gab es ein Lagerbüro, besetzt von zwei Angestellten und einem Gabelstaplerfahrer, mit dem Klemm bald gut Freund war. In der ehemaligen Werkzeugmacherei hatte eine Heizungsfirma ein Ersatzteillager eingerichtet. So war wieder ein wenig Leben in Klemms Reich eingekehrt. Nur an dem Bürogebäude hinter dem Pförtnerhaus schien niemand Interesse zu haben. Es stand nach wie vor leer. Das überdimensionale Schild oben auf dem Flachdach kündete weit sichtbar, dass hier 1500 Quadratmeter Bürofläche zu mieten waren.

Wenn er am Abend seinen Kontrollgang machte,

hörte er wohl, wie sich der obskure Ort hinter der Mauer allmählich mit Leben füllte, aber den Kiebitz machte er nicht noch einmal, nach Chantal sehnte er sich nicht.

Das friedliche Leben der beiden Turteltauben – Lore die Taube, er der Täuberich – wurde durch ein Ereignis jäh unterbrochen, das sich eines Nachts durch nicht abreißen wollendes Martinshorngetöse und Blaulicht vor dem Schlafzimmerfenster bemerkbar machte. In Schermulys Etablissement musste etwas Spektakuläres passiert sein!
Benno und Lore zogen sich etwas über und machten sich auf den Weg. Weit kamen sie nicht. Kaum waren sie um die Ecke gebogen, versperrten ihnen quergestellte Polizeiwagen den Weg. Alles war taghell erleuchtet. Ganz in der Nähe war Hundegebell zu hören.
„Hier gibt's nichts zu gucken, macht mal dorthin, wo ihr hergekommen seid!", herrschte sie ein Polizist an und fasste dabei an seine Dienstwaffe. Sie machten kehrt und traten den Rückzug an.
Gleich am anderen Morgen erfuhren sie Näheres im Rundfunk. In Schermulys Club war eine junge Frau vom Leben ins Jenseits befördert worden. Berufsrisiko. Ein Freier hatte sie mit ihren eigenen Strümpfen stranguliert, bis der Tod eingetreten war. Der Täter war schnell gefasst worden. Der Türsteher hatte ihn verfolgt und mit zwei gezielten Faustschlägen ins Reich der Träume geschickt. Ein einfacher Fall für die Mannheimer Kripo. Die Aufklärung folgte der Tat sozusagen auf dem Fuße.

Klemms Kollege vom Röhrenlager gegenüber wusste Genaueres. Weiß Gott, woher der seine Informationen bezog, dachte Klemm. Der Täter sei ein Perverser, der noch mehr auf dem Kerbholz habe und schon lange gesucht werde. Und die bedauernswerte Strangulierte sei eine junge Deutschrumänin, eine professionelle Hure, die sich Chantal genannt habe, in Wirklichkeit aber Hertha Ionescu heiße.
Woher er das alles wisse, fragte Klemm. Bei dem Namen Chantal spürte er einen Stich in seinem Herzen, und sein Pulsschlag steigerte sich gewaltig. „Du wärst ein guter Polizeispitzel“, fügte er hinzu.
„Nun übertreib mal nicht, Benno“, meinte Hans-Werner, „man hat halt so seine Quellen.“
Auf dem Weg zurück machte sich Klemm so seine Gedanken. Ausgerechnet Chantal, mit der er jene merkwürdige Begegnung gehabt hatte! Hertha hieß sie, und nun war sie tot, mausetot! Von seiner Bekanntschaft hatte er Lore nichts erzählt. Es wäre ihm peinlich gewesen. Aber mit einem Mal wurde ihm klar, in welcher Gefahr sich Lore befunden hatte. Es war an ihm, sie zu beschützen. Nie mehr sollte sie in dieses Milieu abrutschen!
Am nächsten Tag war das Verbrechen der Aufmacher in der Mannheimer Lokalpresse. Von den vielen warnenden Beiträgen im Vorfeld der Untat war die Rede, und der Betreiber des angeblichen Swingerclubs, dessen Name unerwähnt blieb, wurde in die Nähe eines Mitschuldigen gerückt. „Es reicht!“, lautete das Resümee. „In L6 gibt es Handlungsbedarf!“

Noch am selben Abend wiederholte sich das Schauspiel mit dem Konvoi blau flackernder Polizeiautos, die hinter dem Pförtnerhaus um die Ecke bogen. Auch zwei grüne Mannschaftswagen waren dabei. Auf akustische Signale hatte man diesmal verzichtet.

Die attraktive Hedwig Mazurka hatte gerade bei der Sitte als Kommissarin reüssiert und leitete unter der jungen Staatsanwältin Monika Lessner den Großeinsatz. Eine Razzia mit allem Pipapo war angesagt. Der Druck der Medien war letzten Endes zu stark geworden, und dann noch der Tod der Prostituierten, zwei Tage zuvor.

Die Medien berichteten tagelang von den Ereignissen. Die Nachrichten kamen tropfenweise. Immer neue Details wurden bekannt. So hatten sich eine ganze Reihe von Damen als illegale Einwanderinnen erwiesen, fünf waren gar gegen ihren Willen unter Androhung schwerer Gewalt aus Osteuropa verschleppt worden. In drei der Räume, in denen die Damen ihre Dienste anboten, hatten die Fahnder versteckte Kameras entdeckt und die Videokassetten, deren man habhaft werden konnte, beschlagnahmt. Die Rede war von schwerer Erpressung, der sich einige reiche, vielleicht auch prominente Freier aus der Rhein-Neckar-Region und darüber hinaus ausgesetzt sehen könnten.

Frank Schermuly, dessen Namen aus juristischen Rücksichten noch immer nicht genannt wurde, war von der Kommissarin in Untersuchungshaft genommen worden. Sein Verteidiger, einer der besten in der

Region, erreichte aber schon nach acht Tagen beim Haftrichter dessen Freilassung. Der gesamte Betrieb wurde allerdings umgehend wegen Sittenwidrigkeit geschlossen und vollständig geräumt. Die steile Karriere des selbst ernannten Mannheimer Sexkönigs Frank Schermuly hatte ein jähes Ende gefunden, unabhängig vom Ausgang der noch anstehenden Prozesse. Der stets strahlende, kraftstrotzende, blondgelockte Frankie-Boy, der vor lauter Kraft kaum laufen konnte, musste wieder ganz unten anfangen. Und genau dies war es, was Benno Klemm beunruhigte. Was lag näher, als dass er wieder Kontakt knüpfte zu Lore? „Sie ist mein Pferdchen, und es läuft für mich", hatte er zum Brückenwirt gesagt. Es war eine Drohung, die unangenehme Folgen haben konnte. Vor diesem Schermuly musste er sich in Acht nehmen. Den durfte man nicht aus den Augen verlieren.

Einen Tag nach Schermulys Freilassung stand Kommissarin Hedwig Mazurka in Begleitung eines Kollegen vor dem Pförtnerhaus. Klemm ließ die beiden ein. Lore war noch im Bad zugange, erschien aber bald, frisch gestylt und eine Duftwolke verbreitend. Die Kommissarin fragte Klemm nach seinen Beobachtungen, die er in den letzten Monaten gemacht habe. Viel war es nicht, was er zu berichten hatte. Seine Begegnung mit dem späteren Mordopfer erwähnte er nicht. Dies würde nur unnötige Verwicklungen bedeuten, also ließ er es sein.
Bald hatte er den Eindruck, dass sich die beiden Ermittler viel mehr für Lore interessierten als für ihn.

Im weiteren Gespräch, ein Verhör war es ja nicht, verbiss sich Frau Mazurka immer mehr in Lores Lebensumstände. Sei es nicht so, wollte die Kommissarin wissen, dass sie früher für den Betreiber dieses benachbarten Clubs gearbeitet habe, und dies nicht aus freien Stücken, sondern unter Drohungen und Schlägen?

„Sie können sich ohne Angst offenbaren", fuhr sie fort. „Ich garantiere für Zeugenschutz, und da gibt es ja auch noch das Ausstiegshilfsprojekt, das ins Sexgeschäft abgedrifteten Frauen jedwede Hilfe zukommen lässt. Haben Sie doch Vertrauen zu mir, Frau Obermeier!"

Aber da war alle Liebesmüh vergebens. Die Kommissarin mochte sich noch so anstrengen, bei Lore biss sie auf Granit. Sie gab zwar zu, Schermuly zu kennen, aber von irgendeinem Zwang oder gar gewalttätigen Übergriffen seinerseits könne keine Rede sein. Alles, was sie gemacht habe, hätte sie von sich aus getan. Und im Übrigen hätte sie ja inzwischen selber die Kurve gekriegt, sei aus der Szene ausgestiegen und hätte sich mit Klemm verbandelt. Den sollte sich die Kommissarin mal genau ansehen, der hätte mit irgendwelchen Geschäften mit Sex und Drugs wahrhaftig nichts zu tun. Kurzum, so waren ihre Worte, sie hätte hier ein neues Leben begonnen, und Frau Mazurka sollte das akzeptieren und sie mit Fragen zu ihrer Vergangenheit verschonen.

Die Kommissarin hatte dem nichts entgegenzusetzen und richtete ihren Blick fragend auf Klemm, der sich immer unbehaglicher fühlte und mit sich rang, ob er dem, was Lore da von sich gab, nicht widersprechen sollte. Er hielt Frau Mazurkas Blick stand, nickte wie zur Bestätigung von Lores Aussagen und sagte: „So seh' ich das auch, Frau Kommissarin." Seine Angst vor dem gerade in die Fänge der Justiz geratenen Zuhälter war groß, war sogar seit dessen Haftverschonung noch größer geworden, aber das war seine Sache und ging die Polizei nichts an. Den Ausschlag gab das, was Lore gerade gesagt hatte. Sie hatte sich zu ihm bekannt und von einem neuen Leben gesprochen, das sie mit ihm begonnen hatte. Das machte ihn selbstbewusst, ja sogar stolz. „Genau so ist es. Wir können Ihnen da nicht weiterhelfen."

Noch einmal traf ihn der durchdringende Blick der Kommissarin, die offenbar mit dem Ergebnis ihres Besuches nicht zufrieden war. Die zwei Ermittler erhoben sich. „Schade, Frau Obermeier", sagte die Kommissarin, „hier ist meine Karte und wenn Sie es sich anders überlegen, dann rufen Sie mich an! Ich bin jederzeit für Sie da, denken Sie daran!"

Lore geleitete sie zur Tür. Klemm schaute durch die Gardine nach unten und sah die beiden Besucher zu ihrem Wagen gehen und einsteigen. Sie blieben noch eine Weile stehen, sprachen miteinander und schauten immer wieder nach oben. Klemm rührte sich nicht. Dann fuhr der Wagen an und bewegte sich in Richtung Kammerschleuse.

Lore kam herauf. Sie hatte verweinte Augen, schniefte in ein Taschentuch und umarmte ihn. „Wir schaffen das, Benno, du und ich." Benno war gerührt. Er drückte sie ganz fest an sich, bedeckte ihr Gesicht mit Küssen und murmelte immer wieder: „Aber ja, Lore, aber ja."

So vergingen Wochen und Monate. Die beiden hatten sich gut eingerichtet im Pförtnerhaus. Klemms Monatslohn war nicht üppig, aber er reichte für ein Leben zu zweit, und da gab es ja noch Lores Ersparnisse aus ihrem früheren Leben. Sie machten Pläne. Eine neue Küche, ein neues Schlafzimmer? Ein anderes Auto? Auch Urlaubspläne gab es. Die Dominikanische Republik, oder Dom. Rep., wie sich Lore ausdrückte, stand ganz oben. „Da scheint immer die Sonne, der Strand ist endlos und die Palmen stehen bis zum Meer. Da fliegen wir hin, Benno!"
Frankie-Boy wurde nicht erwähnt, weder von Lore noch von Benno, gerade so, als wäre er aus der Welt, was aber ein Irrtum war, wie sich bald schon herausstellen sollte. Als nämlich Klemm von einem seiner Kontrollgänge zurückkam, traute er seinen Augen nicht. Vor dem Pförtnerhaus stand ein himbeerfarbener Ami-Schlitten mit laufendem Motor. Schermuly saß lässig am Lenkrad und grinste hämisch zu ihm herüber. Und Lore, seine Lore, hing mit dem Oberkörper durch das heruntergelassene Seitenfenster im Wagen. Ihr für Klemms Geschmack eh zu kurzer Rock verdeckte nur halb ihren Po, so dass das schmale Band ihres Tangas ihre intimsten Regionen nur teilweise bedeckte.
Die beiden hatten sich viel zu erzählen. Klemms Pulsschlag beschleunigte sich. Es war ihm, als hörte er sein Herz klopfen. Was wollte dieser Kerl? Ihm

seine Lore wegnehmen? Warum sprach sie überhaupt mit ihm?
Lore hatte Klemm bemerkt, kam unter dem Wagendach hervor, lächelte leicht säuerlich und zog ihren Rock nach unten.
Frankie-Boy sah auf und sagt: „Ha, der olle Pförtner!" Die Worte kamen voller Hohn und Spott. „Na, Du alter Herzensbrecher, wie steht's? Besorgst Du's auch meiner Hannelore ordentlich? Aber wenn ich Dich so ansehe, hab' ich meine Zweifel." Er lachte schallend und schlug mit der flachen Hand auf das Lenkrad.
Klemm wagte nicht, etwas zu erwidern. „Kommst Du, Lore?", stieß er stattdessen hervor. „Lass gut sein!"
„Lass gut sein, lass gut sein! So spricht er, der Herr Portier, ho, ho!" Wieder brach Schermuly in Lachen aus. „Hörst Du, Lore, lass gut sein! Ich fass' es nicht! Dieser Wicht, dieser jämmerliche Wicht! Ich fass es nicht!"
Schermuly hob die Hand zum Abschied, knallte den ersten Gang rein und bog mit aufjaulendem Motor und quietschenden Reifen über die Hafenbahngleise in Richtung Diffenébrücke ab.
Klemm sah Lore fragend, geradezu flehend an. „Mach Dir nichts draus, Benno, so ist er halt, der Schermuly. Aber mich kann er nicht mehr beeindrucken, der nicht mehr!"
Arm in Arm gingen sie ins Haus. Alles würde noch gut werden. Klemm schickte ein Stoßgebet zum Himmel, das nicht half.
Immer öfter fuhr nun Lore in die Stadt und kam erst nach Stunden mit neuen Klamotten und neuer Frisur

zurück. Auf seine Frage, wo sie so lange gesteckt habe, gab sie ausweichende Antworten. „Das ist doch nicht so wichtig, Benno, warum willst Du das denn wissen und überhaupt, ich brauch' meine Freiheit, einsperren lass' ich mich nicht!"
Benno ging es zusehends schlechter. Er flüchtete in seine Pförtnerpflichten, nahm wieder seine nächtlichen Rundgänge auf, entdeckte vermeintliche Spuren von Einbrechern und lauschte nach verdächtigen Geräuschen.
Eines Nachts hörte er einen Schlag und das Bersten von Mauerwerk und sprang aus dem Bett. Verschlafen lugte Lore aus den Kissen. „Was hast Du, Benno? Da war nichts! Bleib da und mach Dich nicht verrückt!" Aber Klemm war nicht zu überzeugen und stürzte zur Tür. „Bleib doch, Benno, bleib doch!", bettelte Lore, zog ihre Bettdecke zur Seite, lag splitternackt da, spreizte die Schenkel und schnurrte: „Komm doch!"
Er schüttelte den Kopf und stand da wie ein in Stein gemeißeltes Denkmal. „Ich bin Pförtner. Ich muss auf dem Gelände nach dem Rechten sehen."
Dann war er auf der Treppe, und seine Schritte hallten durch das Haus.

Seit ein paar Wochen hatte Lore wieder bei Hotte, dem Brückenwirt, mit Kellnern angefangen, was gut war für dessen Geschäft, denn es erhöhte den Umsatz. „Dein Gehalt ist einfach zu klein", jammerte sie. „Ich will nicht jede Mark dreimal umdrehen, ehe ich sie ausgebe."

Klemm war nun wieder viel allein, was seinem seelischen Befinden nicht förderlich war. An einem ihrer freien Nachmittage nahm er Lore mit in die ehemalige Dreherei. Zu seiner Freude zeigte sie Interesse an den bronzenen Kunstwerken. Doch nachdem sie eine Weile davorgestanden hatte, änderte sie ihren Sinn. In wenigen Minuten hatte sie sich einen Überblick verschafft und drängte ihn zum Ausgang.
Klemm war enttäuscht und beschloss, später, wenn Lore fort war, wiederzukommen. Er malte sich aus, wie die Köpfe und Leiber leuchteten, wenn sie von der durch die Fenster flutenden Abendsonne angestrahlt würden.
Ehe Lore zur Arbeit aufbrach, machte sie ihm Vorwürfe. „Du bist kein Mann, Benno! Immer hast du deine Arbeit im Sinn. Und überhaupt! Einer, der Geräusche hört, die gar nicht existieren, der ist nicht richtig in der Birne. Wenn das so weitergeht, werd' ich ausziehen. Das hält ja keine Sau aus, nicht einmal ich!"
Und fort war sie. Er nahm im Pförtnerraum Platz und dachte über ihre Worte nach. Lore war eine gute Frau. Für Kunst hatte sie zwar kein Verständnis. Aber war das so schlimm? Sie war eine schöne Frau. Er sah sie vor sich, wie sie dagelegen war mit gespreizten Schenkeln und ausgebreiteten Armen. Sie war eine schöne Frau. Und hatte sie nicht Recht, wenn sie sagte, er nehme seinen Beruf viel zu ernst? Sie war eine gute Frau.
An einem Morgen, es war Sonntag, und Lore hatte frei, machten sie Pläne. Sie wollten einen Spazier-

gang zur Orderstation machen. Lore kannte den Wirt und schwärmte von dessen Kochkünsten. Unglücklicherweise führte ihr Weg an der Begrenzungsmauer des Werksgeländes entlang. Am Straßenrand stand ein Auto, in dem zwei Männer saßen.

Klemm wurde unruhig. Was wollten die hier? Die beiden Männer blickten zur Mauer. Klemm meinte, sie schätzten deren Höhe und stiegen schon in Gedanken darüber. Er zögerte und blieb hinter Lore zurück. Doch umzukehren wagte er nicht, zumal Lore ungeduldig wurde und ihn rief. Vor sich hin seufzend und immer wieder den Kopf wendend folgte er ihr.

Aber die drohende Gefahr ging ihm nicht aus dem Sinn, und als sie den Feldweg erreicht hatten und in der Ferne der Rhein und die Orderstation zu sehen waren, sagte er zu Lore: „Ich muss zurück! Sie rauben mir die Firma aus!“ Er drehte sich um und trat mit großen Schritten den Rückweg an.

„Idiot!“, schrie Lore und: „Verdammter Spinner!“ und: „Blöder Kerl!“ Doch je lauter und wüster ihre Beschimpfungen wurden, desto schneller ging er, bis er rannte, was seine Beine hergaben.

Mit pfeifenden Lungen erreichte er den Ort der Gefahr. Das Auto war nicht mehr zu sehen, doch dies war ihm keine Beruhigung. In fieberhafter Eile rannte er zum Tor und stieß, zu allem entschlossen, auf das Werksgelände vor. Er spähte durch Fenster, lauschte an Türen, stieß Warnrufe aus, öffnete Schlösser, durchquerte Hallen und stürmte schließlich in die ehemalige Dreherei, wo er zwischen den bronzenen Wesen kraftlos niederfiel.

Hier lag er noch, als die Sonne am Untergehen war. Motorengeräusch riss ihn aus seiner Erstarrung. Er stand auf und taumelte auf den Hof hinaus. Im Schutz eines Mauervorsprungs sah er, wie Lore ihre Sachen in einem Lieferwagen verstaute. Ein Mann half ihr dabei. Es war Schermuly.
Ein klagender Laut zog durch Klemms Kehle. Als der Wagen anfuhr, schrie er auf.
Am nächsten Morgen bekam er Post. Es war ein Einschreibebrief, und er musste den Empfang bestätigen. Nichts Gutes ahnend öffnete er den Brief. Die Sekretärin des Doktors, Frau Fürst, teilte ihm in knapper Form mit, seine Arbeit sei beendet. Das fast leer stehende Firmengelände brauche keinen Pförtner mehr. Der Doktor danke für treu geleistete Dienste. Sein Lohn laufe noch drei Monate weiter, so lange könne er in der Werkswohnung bleiben. Dem Doktor tue es leid, zumal er wisse, dass in diesen Zeiten nur schwer eine neue Arbeit zu finden sei. Er wünsche ihm alles Gute für die Zukunft.
Ein fürstlicher Brief war das! Entlassen war er! Und bedankt für treue Dienste! Er wurde nicht mehr gebraucht!
Ein Pförtner war ein unnötiger Mann.
Tränen rannen Benno Klemm über die Backen. Er dachte an die vielen Arbeiter und Angestellten. Auch sie hatten damals ihre Arbeit verloren, lange vor ihm. Er war geblieben. Jetzt war auch er entlassen. Als Letzter.
Es hat sich ausgepförtnert für Dich, Benno Klemm! Ein für alle Mal!

So hockte er in der Pförtnerloge. Sein Kopf lag auf der Tischplatte. Was war los mit ihm? War es das, was der Brückenwirt damals gesagt hatte? „Du griggschd noch de Blues, Benno!“ So hatte er sich ausgedrückt. Den Blues? War es so weit? Er weinte still vor sich hin und ballte die Fäuste.

# Schermuly

Pförtner war Benno Klemm also die längste Zeit gewesen. Die „fürstliche" Kündigung musste er akzeptieren. Er war sogar ein bisschen stolz, war er doch viel länger gebraucht worden als all die anderen ehemaligen Kollegen.

Dass Lore das Weite gesucht hatte und wohl wieder in Schermulys Dienste getreten war, schmerzte ihn. Sich selbst gab er daran keine Schuld und Lore nur einen geringen Teil. Es war dieser Frankie-Boy, der Lackaffe, der noch immer einen eigentümlichen Einfluss auf sie auszuüben schien. Man musste sich das einmal vorstellen, dachte Klemm, da wird eine Frau von so einem Kerl malträtiert und sie lässt es sich gefallen, geht für ihn anschaffen und kehrt sogar zu ihm zurück. Es gab Dinge zwischen Himmel und Erde, auf die konnte er sich keinen Reim machen.

Vorwürfen, die sie ihm gemacht hatte, schenkte er keine Beachtung. Nein, nein, es war noch alles richtig in seinem Schädel. Den Blues hatte er nicht, wäre ja noch schöner!

Auch die Maschinenfabrik gegenüber hatte dicht gemacht. Der Kollege dort hatte nicht bleiben dürfen. Dem war gleich mit den anderen gekündigt worden. Mäurer, so hieß er, war zwölf Jahre älter, bekam Rente und war in die Alphornstraße in der Neckarstadt gezogen. Mäurer fiel wohl die Decke auf den Kopf, denn er hatte Klemm eingeladen. Klemm ging zu Fuß, kam an der Kammerschleuse vorbei, wo

es wegen der Ölmühle, wie so oft, fürchterlich stank, und spazierte den Neckar entlang.
Die Gutemannstraße hieß inzwischen Lupinenstraße. Als er Mäurer davon erzählte, war sie für den Ruheständler ein Thema, bei dem er weit ausholen konnte.
„Ja, ja, die Gutemannstraß', der haben sie jetzt einen ordentlichen Namen gegeben, aber, ohne es zu wolle, doch widder für G'sprächsstoff g'sorgt. Lupine, das sind nicht bloß Blumme, das sind auch Wölfinnen, Lupa ist lateinisch und heißt Wölfin, ich hab' mich informiert, Benno! Schon die alte Römer hawwe ihre Bordelle Lupanare genannt, oder so ähnlich. Der Schuss is nach hinne losgegange, wenn Du mich frogscht."
Mäurer grinste über beide Backen.
Was der alles wusste!
Mäurer, der Korn und Bier ausschenkte und mit ihm auf die alten Zeiten anstieß, nervte ihn bald. Mit dem Kollegen, mit dem er früher oft ein Schwätzchen gehalten hatte, gab's jetzt nicht mehr viel zu reden. Der war inzwischen alt und ständig ging es um früher. Das war nichts für Klemm, er blickte nach vorn, hatte noch viel vor, Strukturwandel hin, Rezession her. Auf dem Heimweg dachte er, dass er Mäurer heute gleich zweimal besucht hatte, nämlich ein erstes und ein letztes Mal. Er ging an der „Bratröhre" vorbei und stutzte, denn davor stand Schermulys Himbeerbomber. Diese Kanaille, was die da wieder zu suchen hatte! Auf dem Straßenstrich war rein gar nichts los, dazu war es noch zu früh.

In der seinem Pförtnerhaus gegenüberliegenden ehemaligen Fabrik hatte es in den letzten Wochen Veränderungen gegeben. In der völlig heruntergekommenen Fabrikantenvilla im hinteren Teil des Areals hatte sich ein Fremder einquartiert. Bei seinen Spaziergängen hatte ihn Klemm bei merkwürdigen Aktivitäten im Hof beobachtet. Der Pförtner vom Röhrenlager wusste wieder mal Bescheid. „Das ist ein Spinner, der sammelt vergammeltes Schwemmholz und alte Dosen, Becher, Plastikflaschen und so'n Müll und baut damit Kunstwerke."
„Wohnt der auch da?" Klemms Neugier war geweckt.
„Eben nicht." Wie immer schien sein Kollege auf seinen neuesten Wissensstand stolz zu sein. „Er hat sich ein Atelier eingerichtet, und im Hof will er ein Kunstwerk bauen, haushoch, nur aus alten Stämmen und Ästen, die er am Altrhein aufsammelt und mit einem Anhänger heranschafft. Und das, Benno, soll Kunst sein, mein lieber Mann! Erst betreibt der Schermuly einen Puff direkt vor unserer Nase, und nun haben wir einen Verrückten hier. Sachen gibt's, die gibt's gar nicht!"
Einmal blieb Klemm an der Straßenecke stehen und lugte durch den Maschendrahtzaun. So verkehrt ist der gar nicht, dachte Klemm, nachdem er mit dem „Spinner" ein paar Worte gewechselt hatte. Beim dritten Mal bat ihn der Künstler herein, und Klemm erfuhr von dessen Plänen und dass er Dogan hieß und Arzt war und jede freie Minute hier verbrachte. Auch Klemm musste von sich erzählen, und als

Dr. Dogan von der Kündigung erfuhr, meinte er: „Sie können bei mir unterkommen, über dem Atelier, dann ist immer jemand da und ich habe eine Sorge weniger."
Dogan sah ihn freundlich an. Das wirkte. „Miete will ich keine verlangen. Vielleicht können Sie mir ein wenig zur Hand gehen beim Bauen."
Das Angebot war verlockend. Zwar waren die Räume in bedenklichem Zustand. Da gab es feuchte Wände, Tapeten hatten Blasen geschlagen, Steckdosen waren herausgerissen und am Spülstein in der Küche tropfte der Hahn. Aber das würde er schon richten, dachte Klemm.
Mit Dogans Hilfe ging der Umzug an einem Nachmittag über die Bühne. Schon am anderen Morgen teilte er der „Fürstin" seinen Umzug mit. Sie nahm den Anruf mit großer Erleichterung entgegen.
Kollege Weidemann vom Röhrenlager, der seine Augen und Ohren überall zu haben schien, war außer sich. „Jetzt bist Du völlig übergeschnappt, Benno! Ziehst bei diesem Künstler ein. Ich mach' mir Sorgen um Deinen Gesundheitszustand, das kann doch nicht dein Ernst sein!"
„Lass mich mal machen, das geht schon in Ordnung!" Klemm bemühte sich um eine feste Stimme und einen entschlossenen Gesichtsausdruck. Jetzt fing Weidemann auch noch an, an seiner seelischen Gesundheit zu zweifeln.
„Red keinen Scheiß, Hans-Werner, pass lieber auf, dass Du nicht überschnappst! Dein ständiges Schnüffeln in Angelegenheiten, die Dich gar nichts ange-

hen, ist nicht normal. Hast Du darüber schon mal nachgedacht?“ So, jetzt hatte er es ihm mal gegeben, dachte Klemm. Doch Weidemann winkte ab. „Ist halt ein Hobby von mir, Benno. Ich hab’ schon Sachen rausgekriegt in der Firma, das glaubst Du nicht. Ich erfahr’ halt so manches, Benno, auch für Dich hab’ ich Neuigkeiten, die Dich vom Hocker reißen, versprochen!“
„Na, dann mal los, Du alter Spitzel!“ Klemm verdrehte die Augen.
„Der Schermuly ist gestern nur mit knapper Not einem Bombenattentat entgangen! Sein Wagen war beim Starten nicht angesprungen“, fuhr Weidemann fort. „Ein glücklicher Umstand, der Frankie-Boy das Leben gerettet hat, denn einer seiner Spezis, ein windiger Gebrauchtwagenhändler von der Mühlaustraße, von Schermuly herbeikomplimentiert, hat unter dem Chassis einen Sprengsatz entdeckt, der mit dem Anlasser verbunden war, und sofort die Kripo alarmiert.“
Klemm war wie elektrisiert. Es war nicht zu fassen! Auf Schermuly hatte es einer abgesehen. Und die Szene lief wie in einem Film vor ihm ab, er hörte die Explosion, sah Flammen aus dem Wagen herausschlagen und den sich aufbäumenden Schermuly, der zu einem kohlschwarzen Torso verbrannte.
„Hat man den Täter schon gefasst?“ Klemm flüsterte mehr als er sprach.
„Noch keine Spur von ihm.“ Weidemann schüttelte den Kopf. „Kommissar Müller hat den Fall übernommen. Die Sache ist eindeutig, wenn Du mich fragst,

Benno. Irgendjemand will Frankie-Boy ins Jenseits befördern. Über das Motiv kann man nur spekulieren: Ein Kunde, den Schermuly mit heimlich aufgenommenen Videos erpresst hat? Gut möglich. Oder der Vater eines gefallenen Mädchens, der sich an dem Kerl, der seine Tochter auf den falschen Weg gebracht hat, rächen will? Auch das hat es schon gegeben."

Weidemann legte eine Pause ein. Er hatte sich fast in Rage geredet.

„Vielleicht geht es auch nur um Revierkämpfe, bei denen einer einen zu groß gewordenen Rivalen ausschalten will", sagte er dann.

„Schade, dass es schiefgegangen ist", lautete Klemms Kommentar. „Er hätt's verdient, der Drecksack!"

„Aber Benno!" Weidemann schaute ihn ungläubig an. „So kenn' ich Dich gar nicht!"

Für Klemm schien die Sache damit abgetan, und er schnitt ein anderes Thema an. Aber denken musste er daran, was er gerade gehört hatte, vor allem an Lore, die fort war und die er mehr vermisste, als er sich eingestehen wollte.

Kaum eine Woche später klingelte Weidemann an der Fabrikantenvilla. Weidemann vermeide man, ging es Klemm durch den Kopf, und er schmunzelte über seinen eigenen Reim. Er ließ ihn nicht ein, sondern sprach mit ihm vom Fenster aus.

„Lore", rief sein Besucher nach oben, „ist gestern beim Brückenwirt aufgetaucht und bedient wieder! Weißt Du das schon? Und dem Frankie-Boy wird jetzt der Prozess gemacht, aber der windet sich wie

ein Aal, streitet alles ab, ob Erpressung, Nötigung oder Ausbeutung, der stellt sich nun selber als Opfer dar, hat Polizeischutz gefordert, und sein Anwalt kennt alle Finten und wird den alten Zuhälter wohl heraushauen."
„Danke für die Neuigkeiten", rief Klemm. „Und woher weißt Du das schon wieder?"
„Ja, das würdest Du gern wissen, ho, ho! Man hat halt so seine Verbindungen!"
Kaum hatte sich der Spitzel davongemacht, klingelte es erneut. Draußen standen Hedwig Mazurka von der Sitte und ein Herr Müller vom Morddezernat. Klemm ließ die beiden ein. Der Kommissar sagte gar nichts. Seine Kollegin fragte Klemm nach dem Aufenthaltsort von Hannelore Obermeier. Klemm zuckte mit den Schultern. „Wissen Sie, dass sie als Domina ihre Dienste anbietet?"
Das saß. Klemm druckste herum und stotterte: „Wir haben uns getrennt, Frau Kommissar. Ich weiß nicht, was sie macht und wo sie wohnt. Die Verbindung ist abgerissen."
„Kennen Sie Frank Schermuly näher?" Die Kommissarin blieb hartnäckig. „Können Sie sich, Herr Klemm, einen Reim darauf machen, wer hinter dem Mordanschlag stecken könnte, von dem Sie sicher gehört haben?"
Klemm blieb bei seiner alten Aussage. „Den Schermuly kenn' ich nur vom Sehen und Hörensagen, da kann ich Ihnen nicht weiterhelfen."
Die beiden Ermittler machten ein sauertöpfisches Gesicht und zogen ab. Zurück blieben Müllers Ziga-

rettenrauch und der dezente Parfumduft der Kommissarin.

Inzwischen war es Winter geworden. Klemm machte lange Spaziergänge, kam an der Orderstation vorbei, ging zur Nordspitze der Friesenheimer Insel durch den verschneiten Auwald oder durch die Schrebergartenkolonie zur Kammerschleuse und zum Neckar.

Einmal schloss sich ihm der Pförtner vom Röhrenlager an. Klemm musste dessen Neugier befriedigen, erzählte ihm von seinen vergeblichen Versuchen, eine neue Arbeit zu finden und von der vorläufigen Bewilligung seines Arbeitslosengeldes. Schnell kam Weidemann zu Dingen, die ihn weit mehr interessierten. „Was macht eigentlich deine Lore, und was ist mit dem Schermuly?"

„Darüber weiß ich nichts zu sagen. Was fragst Du mich danach? Du bist es doch, der immer alles weiß."

Die Antwort nahm sein Begleiter zum willkommenen Anlass, über den letzten Stand seiner Recherchen zu fabulieren.

„Tja, soviel ich weiß, ist der Schermuly am Boden zerstört! Der hat neun Monate mit Bewährung gekriegt und eine saftige Geldstrafe dazu wegen Betreibens eines illegalen Bordells!"

Weidemann ließ seine Worte wirken. Als er merkte, dass sein Zuhörer so tat, als habe er an diesen Neuigkeiten wenig Interesse, fuhr er fort: „Und bei der Kripo, Benno, hat es große Veränderungen gegeben.

Beim Morddezernat gibt es jetzt einen neuen Hauptkommissar namens Grabosch, einen erfahrenen Ermittler, den man von Pforzheim nach Mannheim versetzt hat. Und die hübsche Kommissarin von der Sitte ist nun im Morddezernat und bildet dort mit Grabosch und Müller ein Team. Aber der Mordanschlag auf Frankie-Boy ist immer noch nicht aufgeklärt, und die Liste der Verdächtigen wird immer länger."

Auch davon schien sein Freund Benno wenig beeindruckt zu sein, so dass Weidemann wieder auf dessen ehemalige Liebschaft zu sprechen kam.

„Die Hannelore Obermeier ist ja ganz brav geworden und kellnert wieder bei Hotte, aber das hab' ich Dir ja schon erzählt."

Er beobachtete Klemm aus den Augenwinkeln. Dem schwirrte der Kopf von all den Neuigkeiten. Der Kollege vom Röhrenlager, der da neben ihm ging und unaufhörlich auf ihn einredete, wurde ihm allmählich suspekt.

Eines Abends machte Klemm einen Besuch beim Brückenwirt. Lore bediente ihn, war gar nicht mehr böse, im Gegenteil, sie strahlte ihn an und kam ihm ganz nah und machte ihm Komplimente. „Gut siehst Du aus, Benno! Und so tolle Klamotten hast Du an, todschick sind die!"

Der Wirt sprach lauthals von dem Kunstwerk, das da am Entstehen war und von dem er in der Zeitung gelesen hatte. „Und Du wohnst bei dem Spinner und gehst ihm zur Hand?", höhnte er. „Ihr macht Sachen! Da sind zwei Banausen beisammen, o weh, o weh!"

Auch die Gäste meldeten sich jetzt, stießen ins gleiche Horn, und im Nu war das Lokal von Gelächter erfüllt.
Nur Lore ließ sich davon nicht anstecken und hielt zu ihm. „Lass sie doch lachen, Benno, kümmer Dich nicht drum!"
Am folgenden Tag erzählte er Dogan, was er bei der Diffenébrücke erlebt hatte.
„Die Frau hat Recht", meinte der und schmunzelte versonnen. „Ein kluger Mann, es war Oscar Wilde, hat mal gesagt: ‚Der echte Künstler nimmt vom Publikum keine Notiz.' So wollen wir's auch halten, Benno!"
Der Winter hatte die Friesenheimer Insel jetzt fest im Griff. Klemm hatte viel Zeit zum Nachdenken über sich, Lore, Schermuly, den Schwemmholzbauer, die Kommissarin Mazurka und den Weidemann, der sich in letzter Zeit rar machte.
Eines Morgens stand Lore vor dem Haus. Schlimm sah sie aus. Ein Auge war blutunterlaufen und zugeschwollen. Mit wirrem Haar und fröstelnd stand sie da, ein Bild des Jammers.
Klemm ließ sie ein und geleitete sie auf einen Sessel, wo sie sich seufzend niederließ. Von Weinkrämpfen geschüttelt beantwortete sie zögerlich seine Fragen.
„Schermuly hat mich wieder verprügelt!", stieß sie hervor. „Da geh' ich nie wieder hin! Jetzt ist ein für allemal Schluss! Ich kann nicht mehr! Der elende Säufer schlägt mich noch tot!"
Benno strich ihr behutsam über den Kopf. „Dieses Schwein!" Klemm war ganz außer sich. „Jetzt

reicht's aber! Das musst Du Dir nicht gefallen lassen, Du doch nicht! Du bleibst natürlich hier. Versuchen wir's noch mal miteinander! Diesmal wird alles gut, Du wirst sehen!"

Am Nachmittag tauchte Dogan auf, war entsetzt, sprach von Anzeige bei der Polizei und Krankenhaus. Doch Lore schüttelte den Kopf, sah den Doktor flehend an und fing an zu weinen.

Dogan holte einen Verbandskasten und versorgte Lores Wunden. Er reichte Benno Salbe und Gelkompressen, die ins Gefrierfach müssten und wandte sich wieder seiner Patientin zu. „Bleiben Sie hier?"

Lore zuckte die Achseln und machte ein klägliches Gesicht. Und Dogan zwinkerte mit einem Auge Klemm zu und meinte: „Aber natürlich, Sie bleiben hier, so lange Sie wollen. Benno wird gut für Sie sorgen, das weiß ich."

So war die Sache abgemacht. Lore war bald wiederhergestellt. Nun holten sie den Spaziergang zur Orderstation nach. Es war kalt, der Himmel war blau, und auf den Äckern am Rheinufer lag Raureif, der glitzerte unter den Strahlen der tief stehenden Sonne.

In der Nacht kamen sie sich ganz nah. Klemm hatte es gepackt, er stand seinen Mann, und wie. „Karacho!", rief er, und Lore jubilierte in den höchsten Tönen. Ermattet schlummerten sie in den neuen Tag hinüber.

Ihr zweiter Honeymoon verging wie im Flug. Der Frühling kam, und auch die Friesenheimer Insel wurde wieder grün. Lore ging zu Hotte zum Kellnern, und Klemm schrieb weiter Bewerbungen.

Über Schermuly verloren sie kein Wort, gerade so, als existierte der Kerl nicht mehr, was aber ein Trugschluss war, denn eines Nachmittags, Klemm kam gerade vom Arbeitsamt zurück und fuhr über die Kammerschleuse, hatte er eine Begegnung der besonderen Art. Ein himbeerfarbener Wagen versperrte ihm halb den Weg. Schermuly ließ das Seitenfenster herunter und strahlte Klemm an. „Gut, dass ich Dich sehe, wir zwei haben was zu besprechen. Stellen wir doch unsere Autos ab und gehen ein Stück miteinander! Einverstanden?"

Schermuly stieß zurück. Sie stellten ihre Autos vor der Zahnradfabrik ab und stiegen aus, Klemm allerdings zögernd, doch er tat es. Sie schlenderten an der Schleuse entlang bis zu einer Plattform, die als Übergang für Fußgänger und Radfahrer diente, standen am Geländer und schauten zum Neckar hinunter und zur Neckarspitze.

Klemm fühlte sich unbehaglich. Komischerweise stand Schermuly nur da und schwieg. In seinem maßgeschneiderten, kamelhaarfarbenen Tuchmantel und dem dunkelbraunen Seidenschal wirkte er wie ein distinguierter Herr, hätte es nicht einige Details gegeben wie die zu langen und gegelten Haare auf dem Mantelkragen, den Ohrring und die viel zu groß wirkenden spitzen Cowboystiefel, die Klemm an Waffen erinnerten. Klemm in seiner knallroten, dicken Steppjacke und mit dem mehrfach um den Hals gewundenen Strickschal und den Fäustlingen ließ eher an einen Winterurlauber denken, der sich ins schneearme und pottebene Mannheim verirrt hatte.

Endlich räusperte sich Schermuly und sagte: „Ich will nichts Schlimmes von Dir, Pförtner, wirklich nicht."
Klemm schaute unverwandt zur Neckarspitze und erwiderte nichts. Es bestand keine Gefahr, denn immer wieder überquerten Leute den Übergang.
Schermuly fasste mit beiden Händen, die in edlen Handschuhen steckten, das Geländer.
„Du bist ja jetzt wieder mit der Obermeier zusammen. Ich hab' Erkundigungen über Dich eingezogen. Du suchst Arbeit und findest keine, und das tut mir leid."
Worauf will der Kerl nur hinaus?, dachte Klemm. Der Schermuly menschelte ja. Was mochte er im Schilde führen? Da war Vorsicht geboten.
„Du musst das so sehen, mein Lieber! Ich gönn' sie Dir ja, die Lore, aber du musst zugeben, ich hab' die älteren Rechte an ihr. Sie soll wieder für mich anschaffen, das will ich Dir vorschlagen. Die Kunden rennen mir die Bude ein, Leute mit dickem Portemonnaie, kannst Du mir glauben, die sind ganz wild auf die Obermeier und löchern mich gewaltig. Ich weiß nicht, wie lang ich sie noch hinhalten kann, die feinen Pinkel. Und es soll nicht zu deinem Schaden sein. Ich denke da an eine gewisse Beteiligung Deinerseits, verstehst Du was ich meine?"
Er gab Klemm einen leichten Schubs in die Seite, fing an zu lachen und musterte ihn mit seinen stahlblauen Augen.
In Klemm stieg Wut auf. Der Kerl hatte kein Schamgefühl, dachte er. Was für ein Schwein er doch war, der Schermuly!

„Ich will Dich nicht überfahren, mein Guter, überleg Dir's in aller Ruhe! Ich werd' wieder auf Dich zukommen. Das war's, was ich Dir sagen wollte. Und grüß mir die Lore! Besorgst Du's ihr ordentlich? Sie ist ein Wundertier, ja, das ist sie, die Obermeier." Er lachte so laut, dass einige Fußgänger die Köpfe hoben und herschauten. „Gehen wir zurück! Ich hab' noch einen Termin. Bist Du immer so stumm?"

Sie machten sich auf den Rückweg. Als Schermuly anfuhr, hupte er mit seinem Dreiklanghorn, streckte einen Arm heraus und winkte Klemm zu.

Der war bedient. Als Lore am späten Abend zurückkam, erwähnte er Schermuly mit keinem Wort.

Wochen und Monate vergingen. Es war wieder Sommer, Dogan baute weiter an seinem Werk, das haushoch in den Himmel wuchs, die Fähre am Sandhofener Altrhein war wieder in Betrieb, und manchmal saß Klemm mit dem Fährmann in dessen grün angestrichenem Bauwagen und fachsimpelte mit ihm über die technischen Probleme, die bei der altersschwachen Kettenfähre auftraten.

Von Schermuly war nichts zu sehen und zu hören. Selbst der Weidemann vom Röhrenlager hatte keine Neuigkeiten mehr, wenn man einmal von seinen Kommentaren über die deutsche Wiedervereinigung absah, deren Folgen er in düsteren Farben malte und eine Heerschar von Ossis herannahen sah, die uns, so sagte er, die Arbeitsplätze wegnähmen und ein paar Wessis verdienten sich in der Ostzone eine goldene Nase. Von Schermuly, dem Obermacker, so nannte er

ihn, wusste er nichts. Der Kerl schien wie vom Erdboden verschluckt zu sein.
Eines Abends kam Lore von der Arbeit zurück und war wie aufgedreht. Sie hatte große Pläne und war in ihrem Redefluss nicht zu bremsen. „Benno hör zu! Wir machen einen Imbiss für Fernfahrer auf, die haben immer Hunger. Für Hotte ist das keine Konkurrenz, mit dem hab' ich schon darüber gesprochen. Ein Objekt' hab ich auch schon gefunden, da hinten, wo die Straße zur Diffenébrücke abbiegt, auf dem stillgelegten Firmengelände. Parkplätze gibt's da massenhaft und eine Wohnung ist auch vorhanden, und ein Antrag auf Zulassung hat gute Chancen."
Lore war ganz außer Atem gekommen. „Ich hab' schon immer was Eigenes haben wollen", meinte sie und guckte Benno treuherzig an. „Und die Vorlieben der Brummi-Fahrer kenn' ich, das kannst Du mir glauben, und gut kochen kann ich auch, das musst Du zugeben. Du musst aber die Kasse machen und einkaufen und den Schriftkram erledigen, das kannst Du doch, Benno, Du bist ja als Pförtner mit solchen Sachen vertraut." Sie war nun ganz erschöpft vor lauter Reden und schaute ihn ganz treuherzig an.
Benno tat sich schwer mit dem, was Lore da sagte. Er dachte an Schermuly, der wie ein Schatten über ihnen war. „Sie soll wieder für mich anschaffen", hörte er ihn sagen. „Ich hab' die älteren Rechte."
Mit dem Schermuly war nicht zu spaßen. Mit dem musste man rechnen, der konnte wieder auftauchen, und was war dann? Doch Klemm wurde mitgerissen

von Lores Enthusiasmus. Er konnte sie nicht enttäuschen und war mit allem einverstanden.
Dogan, dem er am Tag darauf alles erzählte, war angetan von Lores Plänen und sagte etwas von Emanzipation und weiblicher Selbstverwirklichung.
Die Sache mit dem Imbiss konnte also ihren Lauf nehmen.

# Grabosch

Franz Grabosch war ein Polizist von altem Schrot und Korn. Dies war jedenfalls die Meinung von Kommissar Müller über den 47-Jährigen, den man ihm als neuen Chef vorgesetzt hatte. Franz, wie er ihn bald nannte, war in Mannheim aufgewachsen und hatte in jungen Jahren seinen Dienst als Kommissar im Morddezernat Pforzheim angetreten, wo er für die Aufklärung so manch spektakulärer Verbrechen gesorgt hatte. Müller hatte noch den Fall um einen ermordeten Goldhändler im Gedächtnis. Kommissar Grabosch hatte sich daran fast die Zähne ausgebissen, konnte den Täter dann aber doch überführen, nämlich einen von der Ehefrau des Opfers bezahlten Killer, der den ungeliebten, aber reichen Ehegatten vom Leben zum Tode befördert hatte. Graboschs hartnäckige, immer wieder von Rückschlägen begleiteten Recherchen hatten schließlich zum Erfolg geführt.
Dieser Ruf eilte dem neuen Hauptkommissar voraus und war nicht wegzureden. Er schien froh zu sein, wieder in Mannheim zu wohnen, jedenfalls hatte das Frau Grabosch gesagt, die bei der Amtseinführung in L6 direkt neben Kommissar Müller gesessen hatte und der dies jedem, der es hören wollte, oder auch nicht, erzählte.

Es war noch früh am Morgen, als Kommissarin Hedwig Mazurka die Tür zum Morddezernat aufschloss, ihre Utensilien auf ihren Schreibtisch stellte und das

Kalenderblatt vom Vortag abriss. Heute war Donnerstag, der 28. November. Die Kommissarin war gern etwas früher da als ihre Kollegen. Sie genoss die Ruhe vor dem Sturm, eine Ruhe, die unweigerlich vorbei war, wenn der neue Hauptkommissar und Kollege Müller eintrafen.

Hedwig Mazurka war Anfang 40 und eine attraktive Erscheinung. Schlank war sie nicht, hatte ihre Proportionen, und die nicht zu knapp, aber doch so, dass sich männliche Passanten schon mal nach ihr umdrehten. Ein bisschen erinnerte sie an den ehemaligen Hollywoodstar Doris Day in deren besten Jahren.

Insgesamt, so ging es ihr durch den Kopf, hatte sie es mit diesem Grabosch gut getroffen. Es hätte schlimmer kommen können. Ihren Wechsel vom Sitten- zum Morddezernat bereute sie nicht. Das ewige Wühlen in undelikaten Angelegenheiten hatte ihr mehr zugesetzt, als sie es lange Zeit über hatte wahrhaben wollen. Und einen Vorteil hatte sie jetzt, sie konnte ihre einschlägigen Erfahrungen einbringen, denn nicht selten standen schwere Gewaltdelikte in einem engen Zusammenhang mit Prostitution und Zuhälterei. Ein gutes Beispiel dafür war gerade einer ihrer aktuellen Fälle, nämlich der Bombenanschlag auf den Zuhälter Schermuly. Sehr weit waren sie damit noch nicht gekommen, aber das konnte sich ja bald ändern.

Sie war also zufrieden mit ihrem neuen Chef. Grabosch nannte sie zwar von Anfang an nur Mazurka, gerade so, als sei dies ihr Vorname, aber sie war aus ihrem Berufsalltag ganz andere Anzüglichkeiten

gewohnt, sowohl von ihren Kunden im Mannheimer Milieu als auch von den männlichen Kollegen. Da hatte sie sich ein dickes Fell zugelegt, und das schützte und tat wohl.
Von draußen waren eilige Schritte zu vernehmen. Die Tür ging auf, und herein schoss Kollege Mathias Müller, ein junger Mann, groß, hager und mit einer markanten Nase, mit Jeans und hellblauem Pullover bekleidet, wie immer gut drauf und tatendurstig. Unter dem Arm trug er einen Aktendeckel, mit dessen Inhalt er sich zu Hause befasst hatte, rief: „Einen schönen guten Morgen, Hedwig!“, und schritt schnurstracks in das Dienstzimmer nebenan, wo er sich ans Telefon hängte und lospalaverte.
Hedwig Mazurka nahm sich die Akte Schermuly vor und vertiefte sich in die Abgründe des Falles, der sie vor immer neue Rätsel stellte.
Von draußen auf dem Flur waren polternde Schritte zu vernehmen. Ein Mann, mittelgroß und stämmig gebaut, strebte mit Elan seinem Arbeitsplatz zu. Er trug eine beige Cordhose, halbhohe braune Lederschuhe, ein braun-weiß kariertes Hemd und ein beiges Leinensakko. Sein oft etwas grimmig dreinschauendes Gesicht war glatt rasiert. Das spärliche Haar war extrem kurz geschnitten und an den Schläfen grau meliert. Energisch riss er die Tür auf und fasste die Kollegin ins Auge.
„Guten Morgen, Mazurka. Steht schon was an?“, fragte Franz Grabosch.
„Aber ja, der Herr“, erwiderte Mazurka, schloss den Aktendeckel und ließ ihn vernehmlich auf den Tisch

fallen. „Immer wieder der Fall Schermuly, mit dem ist ein Fluch über uns gekommen."
„So kann man das sehen."
Grabosch sah auf die Uhr, nahm hinter seinem Schreibtisch Platz und machte auf der Tischplatte ein paar Fingerübungen mit der linken Hand.
„Was schlägst Du vor, Mazurka?"
„Ich meine, wir sollten uns noch mal den Gebrauchtwagenhändler vornehmen und auch die Hannelore Obermeier, die ohne jeden Zweifel für Schermuly angeschafft hat. Vielleicht bringt uns das weiter."
Grabosch nickte und holte weit aus.
„Der Kerl ist mir ein Rätsel. Für den illegalen Puff auf der Insel, den ihr damals ausgehoben habt und die ganzen Scheußlichkeiten dort, ist er dank des Anwalts mit seiner Bewährungsstrafe gut weggekommen. Und dann wird auf den Typ ein Mordanschlag verübt, und er kriegt's mit der Angst und bittet um Polizeischutz, und jetzt ist er plötzlich unauffindbar. Ob er irgendwelche gut situierte Freier erpresst, wissen wir nicht, aber ihr habt bei eurer Razzia Videokassetten beschlagnahmt. Die muss sich Müller noch mal vornehmen. Die Leute tragen ja nicht ihren Namen auf der Stirn oder auf dem Hintern, das weiß ich auch, aber sie sind zu sehen, das ist ja der Sinn solcher Aufnahmen und bestimmt dem ein oder anderen Staatsbürger zuzuordnen. Einfach ist das nicht und es wird dauern, ich weiß, wir können schließlich kein Bild an die Medien geben mit der Frage: Wer kennt diesen Mann? Aber versuchen muss er es noch mal, der Müller."

Wie auf Kommando betrat der Kollege den Raum. „Was meinst Du, Franz, was ich gerade mache? Genau das, was Du gerade gesagt hast."
„Und die Ergebnisse?" Grabosch hatte mit seinen Fingerübungen aufgehört und blickte forsch in die Runde.
„Zu gegebener Zeit", war die Antwort. „Nur net hudle. Kommt Zeit, kommt Rat."
„Dann machen wir jetzt das, was Du gerade vorgeschlagen hast, Mazurka. Wir teilen uns die Arbeit. Ihr beide stattet dem Gebrauchtwagenhändler einen Besuch ab, und ich fahr' zu diesem Imbiss von der Obermeier. Dann mal los!"
Mazurka und Müller machten sich auf den Weg zur Mühlaustraße. Grabosch hatte es nicht so eilig, Wirtsleute standen nicht so früh auf, dachte er, und er telefonierte mit einem Kollegen in Saarbrücken, wo Schermuly vor Jahren gemeldet gewesen war und dort auch, zu Beginn seiner Karriere, mehrfach aktenkundig geworden war. Der Mann am Ende der Leitung, ein Kommissar Dubon, versprach, sich um die Sache zu kümmern und sich bald zu melden.
Dann aber brach auch der Hauptkommissar auf, verließ das Präsidium, stieg in seinen Dienstwagen und fuhr auf die Friesenheimer Insel.
Unterwegs klingelte sein Handy. Müller war am Apparat.
„So eindeutig ist die Sache mit diesem Marek nicht mehr. Der lässt an seinem angeblich so guten Freund kein gutes Haar. Mir geht die Idee nicht aus dem Kopf, dass das mit dem Bombenanschlag ganz an-

ders gelaufen sein könnte. Vielleicht haben's die zwei Ganoven fingiert, aber das ist nur so eine Vermutung. Anhaltspunkte dazu hab' ich keine."
„Dann nehmt das Subjekt mal ordentlich ran!", raunzte Grabosch. „Notfalls bestellt ihn auf's Präsidium zum Verhör!"

„Lores Imbiss", so war auf einem grellbunten Schild über dem Eingang zu lesen und darunter: Deutsche Küche. Auf dem Platz davor standen zwei Lastwagengespanne und mehrere Personenwagen. Noch bevor Grabosch die Wagentür öffnete, hörte er die Musik, die aus dem Lokal drang, eine Art Westernsong von einem, der so gern Dave Dudley hören wollte. „Doch AFN ist weit", plärrte es aus der halb offenen Eingangstür, auf die Grabosch zuschritt.
Er setzte sich an einen freien Tisch und schaute sich um. Die Einrichtung war nicht gerade nobel, aber freundlich und mit einigen Blickfängen versehen, wie der nostalgischen Jukebox, einem altehrwürdigen Maschinenteil in der Ecke und einem aus Bierdosen und Joghurtbechern zusammengesetzten Gebilde, das von der Decke hing.
Zwei Tische weiter bediente ein Mann, der eine lange grüne Halbschürze trug, zwei Kunden. Das mussten die Brummifahrer sein, deren Vehikel vor dem Lokal stand.
Grabosch fasste den Kellner ins Auge und war sich sicher, dass es jener Pförtner Klemm war, den ihm Mazurka beschrieben hatte. Der Mann musste kurz vor dem Fünfzigsten stehen, war um die 1,80 groß,

von schlanker, fast schmächtiger Gestalt, hatte ein fein geschnittenes Gesicht und dunkle Augen. Sein dunkelbraunes, nach hinten gekämmtes Haar ist eine Pracht, keine kahlen Stellen, dachte Grabosch und fuhr sich über seinen eigenen Schädel. Der Mann mit der grünen Schürze ging leicht gebückt wie einer, der in seinem Leben schon viel hatte tragen müssen. Auf Grabosch machte er keinen glücklichen Eindruck.

Die zwei Fernfahrer gaben ihre Bestellung auf, Kartoffelpuffer, große Portion und Apfelmus. Klemm setzte sich in Bewegung, schaute Grabosch an, sagte: „Bin gleich bei Ihnen!“, und ging zur Küche, aus der Geschirrklappern zu hören war.

Kaum war er darin verschwunden, stand eine Frau im Türrahmen, eine nicht mehr ganz junge, aber nicht unattraktive Frau mit halblangem, feuerrotem Haar und einem Dekolleté, von dem Männer träumen. Sie schaute sich im Lokal um. Ihr Blick blieb an Grabosch hängen, unentwegt schaute sie zu ihm hin, sagte etwas, was nicht zu verstehen war und verschwand in der Küche.

Klemm kam wieder hervor und steuerte Graboschs Tisch an. Erneut fielen dem Kommissar dessen nach vorn fallende Schultern auf. Rückenprobleme, dachte er, die Diagnose stand fest.

„Was darf ich bringen?“ Der Kellner stand vor ihm und schaute ihn erwartungsvoll an.

Seine Augen wirken traurig, dachte Grabosch. Aber man konnte in einen Menschen nicht hineinsehen und nicht wissen, wie es in ihm aussah.

„Ich bin eigentlich aus einem anderen Grund hier.

Grabosch mein Name, vom Morddezernat." Er zückte seine Marke.
„Klemm, Benno Klemm." Die Augen des Kellners wirkten nun noch trauriger, so schien es Grabosch.
„Ja, ich weiß, wie Sie heißen. Zwei meiner Kollegen waren ja schon einmal bei Ihnen."
„Das ist lange her." Der Kellner stützte seine Hände auf den Tisch und sah abwechselnd zu Grabosch und zur Küche. „Morddezernat? Und da kommen Sie zu mir? Wir führen hier ein Lokal, es hat alles seine Ordnung. Hochfeine Leute verkehren hier nicht, wenn Sie das meinen, aber Mord und Totschlag stehen nicht auf der Tagesordnung, Herr Kommissar."
„Das will ich Ihnen ja gern glauben", sagte Grabosch und dämpfte seine Stimme. Der Mann machte auf ihn keinen schlechten Eindruck. Einen weit besseren, als er auf Mazurka gemacht hatte.
„Es geht um einen gewissen Frank Schermuly, auf den ein Mordanschlag verübt worden ist. Und mit der Wirtin muss ich auch sprechen, das ist nicht zu ändern."
Der Kellner schaute wieder in Richtung Küche. „Ich mach' Ihnen einen Vorschlag, Herr Kommissar. So arg viel ist ja nicht los im Moment. Ich bediene noch die beiden da drüben und komm' dann zu Ihnen zum Verhör."
„Verhör! Aber nicht doch, Herr Klemm! Davon kann keine Rede sein. Ein bisschen unterhalten will ich mich mit Ihnen über den Schermuly, das ist aber auch alles. Gehen Sie nur!"
Klemm brachte den Fernfahrern die Kartoffelpuffer,

versorgte andere Gäste mit einem zweiten oder dritten Bier und setzte sich dann Grabosch gegenüber.
„Die Wirtin hat wenig Zeit.“ Wieder schaute er in Richtung Küche.
„Das macht nichts. Ich geh’ dann zu ihr. Sie kann weiterschaffen, wenn ich mit ihr spreche, kein Problem. Nun aber zu Schermuly. Wie nahe stehen Sie ihm?“
„Überhaupt nicht nahe, Herr Kommissar. Das hab’ ich doch alles schon Ihrer Kollegin gesagt. Den kenn’ ich nur vom Sehen, von damals, als er diesen Betrieb hinter meiner alten Firma hatte.“
„Dass dieser Betrieb, wie Sie sich ausdrücken, ein stinknormaler Puff war, das wissen Sie aber, Herr Klemm!“ Graboschs Stimme war um einiges lauter geworden.
„Ja, Sie haben ja recht, ein Puff, ein Bordell. Glauben Sie ja nicht, mir wär’ das angenehm gewesen, so in meiner ummittelbaren Nachbarschaft. Ich war ja Pförtner und für alles verantwortlich.“
„Dann halten wir fest: Mit Frank Schermuly haben Sie noch nie ein Wort gewechselt.“
„Sag’ ich doch, nie ein Wort.“
„Aber gehört haben Sie von ihm. Vielleicht können Sie mir Namen nennen von Leuten, die mit Schermuly Kontakt hatten?“
Jetzt fängt er an zu bohren, dachte Klemm, das haben Kommissare so an sich. Weidemann, der alte Spitzel, kam ihm in den Sinn, der wäre für sein Gegenüber ein besserer Gesprächspartner gewesen, aber er erwähnte ihn nicht.

„Und Marek, Till Marek, sagt Ihnen der Name was?" Graboschs Stimme riss ihn aus seinen Gedanken.
„Nee, nie gehört. Wer soll das sein?"
„War Schermuly nicht mal hier, in Ihrem neu eröffneten Lokal, hat mal reingeschaut und geguckt, was Sie beide da auf die Beine gestellt haben? Wär' doch gut möglich, die Friesenheimer Insel liegt ja in seinem Aktionsradius."
„Nee, das hat er nicht." Klemm schüttelte energisch den Kopf. „Kein einziges Mal, das wär' mir aufgefallen."
Klemm schien nachzudenken.
„Also doch!", schnellte Grabosch vor.
„Ja." Klemm war es jetzt ganz unbehaglich, und Grabosch blieb es nicht verborgen. „Beim Brückenwirt ist er ein-, zweimal aufgetaucht, als Lore noch dort gearbeitet hat. Aber das war lange vor dem Bombenanschlag. Und gesprochen hab' ich mit ihm nicht, wissen Sie", und dabei sah Klemm den Kommissar treuherzig an, „mit so einem redet unsereiner nicht, verstehen Sie, was ich meine?"
Grabosch beschloss, seine Strategie zu ändern. So kam er nicht weiter.
„Sie waren doch Pförtner, dort hinten in der ehemaligen Maschinenfabrik Peitsch. Das interessiert mich. Hat ja dichtgemacht wie so manch andere auch. Es sind schlechte Zeiten für mittelständische Betriebe. Haben die nicht Förderanlagen gebaut?"
Das war nun ein Thema für Klemm. Was der alles wusste, der Kommissar!
„Genau." Klemm schaute Grabosch voller Neugier

an. „Aber woher wissen Sie das? Ist doch schon ein Weilchen her."
Grabosch gab sich nun leutseliger.
„Ich bin ja drüben auf der Schönau aufgewachsen, dort, wo die Straßennamen an die verloren gegangenen Ostgebiete erinnern, in der Heilsberger Straße, da hat mein Vater in den 30er Jahren ein Häuschen gebaut. Er war Meister im Strebelwerk dort drüben, aber das ist ja inzwischen abgerissen. In den Ferien hab' ich mir da oft was dazuverdient. Einen Pförtner hatten die übrigens auch, wie hieß er nur?"
„Schlindwein", sagte Klemm, „ich erinnere mich an ihn."
„Genau. Ein netter Mensch übrigens. Hat nicht ein Werkmeister in Ihrer Maschinenfabrik einmal eine Erfindung gemacht, nämlich wie man konische Rollen zieht, so dass ein Förderband um die Kurve laufen kann? Mein Vater hat mir davon erzählt."
„Erstaunlich, Herr Kommissar. Heilmann, so hieß der Tüftler, aber gebracht hat's ihm nicht viel, eine besonders hohe Gratifikation, aber das war's dann auch."
„Ja", sagte Grabosch, „so geht's eben zu in der Welt, die einen malochen und die anderen stecken das Geld ein. Im Milieu, in dem Schermuly sein Unwesen treibt, geht's nicht anders zu."
Bei dem Namen Schermuly meinte Grabosch, ein Zucken an Klemms Mund wahrzunehmen.
„Klingelt da was bei Ihnen?"
„Nein, überhaupt nicht, mit so Sachen hab' ich nichts zu tun. Da muss ich Sie enttäuschen."
„Hab' ich das etwa behauptet?" Grabosch war mit

der Wende, die das Gespräch genommen hatte, nicht zufrieden.
„Ich muss mich jetzt um die Gäste kümmern. War's das, was Sie von mir wollten?"
„Ja, ja, Herr Klemm. Ich geh' dann mal in die Küche, wenn's recht ist."
Das Lokal hatte sich inzwischen gefüllt. Hannelore Obermeier hantierte am Herd, auf dem Kartoffelpuffer und andere ihrer Spezialitäten brutzelten, der ganze Raum war von Dampf durchwabert, und über dem Fenster zum Hof rauschte der Dunstabzug.
„Hab' schon von Ihnen gehört, Herr Kommissar. Was führt Sie zu uns?"
Sie stand vor ihm, die Hände in die Hüften gestemmt, und schaute ihn herausfordernd an. Ihre Augen trafen sich, und Grabosch dachte: Für ihr Alter sieht diese Obermeier fantastisch aus, alles was recht ist!
„Ich will gleich zur Sache kommen", rief Grabosch, um den rauschenden Ventilator zu übertönen. „Es geht um Frank Schermuly, mit dem Sie ja gut bekannt sind."
„Nicht so laut, Kommissar", erwiderte die Obermeier, „ich bin doch nicht taub! Ja, den kenn' ich, was ist denn mit ihm?"
„Spurlos verschwunden ist er. Irgendeine Ahnung, wo er sich aufhalten könnte?"
Grabosch bereute seine Idee, die Frau in der Küche zu befragen. Schwülheiß war es hier, er fing schon an zu schwitzen.
„Das will nicht viel heißen", rief sie, „das hat er schon öfter gemacht. Der taucht bestimmt wieder auf."

„Sie scheinen ihn ja gut zu kennen. Ist ja auch kein Wunder, Sie haben ja für ihn ..., wie sagt man da, ... angeschafft.“
Zu dumm aber auch, ihm fehlten die richtigen Worte.
„Das ist vorbei, ein für allemal.“ Sie machte mit den Händen einen Strich in die Luft. „Der Frank, der hat mir manchmal Kunden besorgt, das stimmt schon. Aber es ist immer alles korrekt zugegangen, ich weiß gar nicht, worauf Sie hinauswollen!“
„Immerhin haben wir einen Mordanschlag auf Ihren ehemaligen Arbeitgeber aufzuklären, keine Kleinigkeit, Frau Obermeier, Schermuly hat großes Glück gehabt!“
„Mein Arbeitgeber!“ Sie schüttelte den Kopf und sah ihn verächtlich an. „Ich hatte nie einen Zuhälter, ich brauchte keinen und darauf bin ich stolz! Und jetzt, wo ich ein neues Leben angefangen hab' und mit dem Benno dieses Lokal betreibe, lassen Sie mal meine Vergangenheit in Ruh! Ich steh' dazu, was ich gemacht hab', aber jetzt lass mal gut sein, Kommissar, was ich mir aufgebaut habe, lass' ich mir nicht kaputt machen, auch nicht von einem hergelaufenen Staatsdiener, der einen nur bei der Arbeit stört!“
„Jetzt machen Sie mal einen Punkt, liebe Frau!“ Grabosch wurde laut und verlor fast die Fassung. „Ich kann Sie ja auch ins Präsidium einbestellen zum Verhör. Da geht's aber anders zu als hier!“
Lore besann sich und wurde wieder friedlich. Mit diesem Früchtchen war nicht leicht umzugehen, das war Grabosch allmählich klar.

„Es geht darum, ob Sie eine Idee haben, wo er sich aufhalten könnte. Ist das zu viel verlangt? Können Sie mir Freunde, Bekannte von ihm nennen! Denken Sie nach!“
„So gut kannte ich den Frank nun auch nicht“, meinte sie. „Da gab es ein paar, mit denen hat er gepokert, aber Namen kann ich Ihnen nicht nennen. Vielleicht ist er im Saarland, wo er herstammt, hat er mir mal erzählt.“
„Und wie stehts mit Marek, Till Marek?“
„Den kenn’ ich, Herr Kommissar. Er hat ja Frank das Leben gerettet, ohne den wär’ er jetzt mausetot. Ist übrigens einer seiner Pokerbrüder, der hat meistens verloren, kam aber immer wieder, der ist spielsüchtig, wenn Sie mich fragen.“
Grabosch leitete seinen Rückzug ein. Die Befragung der beiden Wirtsleute brachte ihn nicht viel weiter. Klemm schien ihm glaubwürdig zu sein, bei der ehemaligen Hure hatte er, gelinde gesagt, so seine Zweifel. Die wusste mehr, als sie zugab, da war er sich ganz sicher.
„Dann mal gutes Schaffen, Frau Obermeier, hab’ Sie lange genug von der Arbeit abgehalten.“
„Das können Sie laut sagen!“
Grabosch verließ die Küche. Klemm stand hinter dem Tresen und zapfte Bier. Er wollte Grabosch zum Ausgang begleiten, doch der winkte ab. „Nicht nötig, Herr Klemm“, rief er, „ich finde allein raus. Auf Wiedersehen!“
Bevor Grabosch das Lokal verließ, drehte er den Kopf und schaute zu dem Mann hinter dem Tresen. Kein

übler Kerl, dachte er, aber irgendwie angegriffen sah er aus, zerbrechlich. Wie mochte der nur an diese Person geraten sein, das war ihm ein Rätsel.
Draußen wählte er Mazurkas Handynummer. „Wie sieht's aus bei euch? Habt ihr was rausgefunden?"
„Wir sind grad' auf der Rückfahrt, Franz. Viel Neues gibt's nicht."
„Die hätten den Anschlag fingiert, meint Mathias? Gibt's denn dafür irgendwelche Anhaltspunkte?"
„Wenn Du mich so fragst, Franz, nein. Das scheint mir eine fixe Idee zu sein."
Im Hintergrund war Müllers Stimme zu hören.
„Jetzt ist aber gut, man wird ja noch laut denken dürfen. Brainstorming nennt man das, nie davon gehört bei der Sitte?"
Die beiden schienen sich ordentlich zu beharken. Das konnte ja heiter werden.
„Und bei Dir, Franz? Wie war's? Bist Du aus dem seltsamen Pärchen schlau geworden?," fragte Mazurka
„Dieser Klemm ist ja ein komischer Heiliger, und die Obermeier ist eine Professionelle, die immer wieder den Absprung versucht und wieder rückfällig wird. Ich sag' Dir, das ist wie bei Alkoholikern und Fixern."
„Vielleicht packt sie's diesmal", meinte Grabosch.
Er stieg in seinen Wagen und fuhr los. „Das Lokal floriert, sie steht in der Küche und sorgt für deutsche Hausmannskost, und Klemm macht den Kellner. ‚Lores Imbiss' heißt der Laden, könnte auch ‚bei der roten Lola' heißen."
„Wieso das denn, Franz?"

„Sie hat feuerrotes Haar. Aber jetzt machen wir Schluss, Mazurka! Alles weitere im Präsidium. Und lass mir Müller in Frieden und reiz ihn nicht, den brauchen wir noch!“

Am Nachmittag saßen die drei Beamten im Präsidium und zogen Bilanz.
Es machte sich eine allgemeine Ernüchterung breit. Als Müller und Mazurka in den Hof von Mareks Firma gefahren waren, hatten sie Schermulys Ami-Schlitten entdeckt. „Unser Vogel ist wiederaufgetaucht“, hatte Müller gejubelt, „ich fass' es nicht!“
Seine Hoffnung war dann schnell verflogen. „Von Schermuly hab' ich lange nichts mehr gehört“, hatte der Autohändler gesagt. „Den Wagen hat mir Frank in den Hof gestellt. Mitte Januar ist das gewesen, als es so kalt war. Ich hab' die Karre zurückgekauft, Schermuly aber viel weniger gegeben als er dafür bezahlt hat. Der Schlitten ist schwer verkäuflich“, hatte er hinzugefügt. „Der Benzintank fasst zwar über 100 Liter, aber dafür schluckt er knapp 20 auf 100 Kilometer. Und dann die Himbeerfarbe! Wer fährt denn mit so was rum?“
„Ein Zuhälter zum Beispiel“, hatte Müller gesagt, „und von denen gibt's ja in Mannheim jede Menge.“
Da hatte sich Mareks Frau Christa, die im Büro auf und ab ging, eingemischt. „Do hawwe Se recht, Herr Kommissar! Ich hab' immer g'sad, hald Dich vun dem Schermuly fern, des gibt bloß Ärger!“
Im Grunde waren sie keinen Schritt weitergekommen. Marek schien sich große Sorgen um seinen

Spezi Frank Schermuly zu machen. Vielleicht war er nicht mehr am Leben, und ein Freier, den er erpresste, das hielt der Autohändler für durchaus denkbar, hatte die Nerven verloren, einen Profikiller angeheuert und den guten Frank, so nannte er Schermuly, ins Jenseits befördern lassen. „Gegen so einen Auftragskiller hast du keine Chance“, hatte Marek gesagt, er sprach anscheinend aus Erfahrung. „Der reist aus dem Ausland ein, macht seine Arbeit, kassiert den Lohn und reist wieder ab. Das dauert zwei Tage, und weg ist er.“

„Das heißt“, meinte Grabosch, „dass wir alle aktuellen nicht identifizierten Leichenfunde überprüfen müssen, die bisherigen und zukünftigen. Das heißt aber auch, dass Du Dampf machen musst mit dem Filmmaterial aus dem Puff. Brauchst Du Unterstützung, dann sag's! Daran soll's nicht scheitern!“

„Michaelsen wär' nicht schlecht, der ist clever bei so Sachen!“

„Ich forder' ihn an, den Kollegen. Vielleicht ist er morgen schon an Deiner Seite.“

Die Dienstbesprechung war zu Ende. Müller ging in das angrenzende Büro hinüber und telefonierte. Hedwig Mazurka begab sich an ihren Schreibtisch und vertiefte sich in Akten.

Grabosch tat es ihr gleich, überlegte es sich aber dann anders und sagte: „Ich bin mal drüben beim Chef und erstatte ihm Bericht.“

Etwas missmutig schaut er drein, der Franz, dachte Mazurka. Hab' ihn schon in einer besseren Verfassung erlebt.

Grabosch verließ den Raum und schloss lautlos die Tür hinter sich.
Manchmal ist es ein mieser Job beim Morddezernat, dachte Hedwig Mazurka. Da werden dicke Bretter gebohrt, aber gebohrt werden müssen sie.

# Van Gröben

Lars van Gröben war eine imposante Erscheinung und ein Mann in den besten Jahren. Zäh, zielstrebig und mit guten Ellbogen ausgestattet, hatte er es bis zum Staatssekretär in der Landeshauptstadt Stuttgart gebracht und wurde in den Medien allenthalben als zukünftiger Minister gehandelt. Die Chancen standen nicht schlecht, das richtige Parteibuch hatte er in jedem Fall.

Der Staatssekretär war in seiner Heimatstadt Mannheim wohnen geblieben, fuhr fast täglich mit dem ICE nach Stuttgart und kam meist spät am Abend wieder zurück. Er tat dies seiner Frau und den beiden Töchtern zuliebe, um sie nicht aus ihrer gewohnten Umgebung und von den Freunden zu trennen. An den seltenen Wochenenden, an denen er sich frei machen konnte, war er dann Ehemann und Vater und versuchte vergeblich, das nachzuholen, was er in den Wochen zuvor versäumt hatte. Es war eine Gratwanderung, dachte er manchmal, und er musste die Balance halten, um nicht ins Bodenlose abzustürzen.

Die Familie bewohnte ein stattliches Haus in der Nähe des Stollenwörthweihers in Neckarau, in dessen Ortskern van Gröben aufgewachsen war. Er galt an der Parteibasis als heimatverbunden, eine Eigenschaft, die noch keinem Politiker zum Nachteil gereicht hat. Der studierte Diplom-Kaufmann und Volkswirt, der vorübergehend in Kiel und Heidelberg gelehrt hatte, war das Zugpferd seiner Partei in der Rhein-Neckar-Region. In der Landeshauptstadt schätzte man seine

Kompetenz und Integrität. Wovon man nichts ahnte, war sein verqueres Sexualleben, das er hinter dieser Fassade der Wohlanständigkeit zu verbergen wusste, seinen Bekannten und Parteifreunden und auch seiner Frau gegenüber, die ihn in den Himmel hob.
Seine bevorzugte Gespielin in Mannheim war eine gewisse Hannelore Obermeier, die ihre Dienste in einem Appartement anbot, das auf halbem Wege zwischen der Neckarstadt und dem Waldhof lag. Van Gröben war regelrecht vernarrt in diese Dame, in ihre Art, wie sie sprach, die sinnlichen Lippen, die weiße, samtige Haut und die ausladenden Formen ihrer Brüste und ihres Pos, an dem er sich nicht sattsehen konnte, besonders wenn sich die Obermeier rittlings, mit gespreizten Beinen über ihn beugte und die schwarze Reitgerte auf seine Lenden niedersausen ließ. Dann vergaß er das Ministerium in Stuttgart, die Parteifreunde vor Ort, seine Ängste, seine Frau und die beiden halbwüchsigen Töchter. Alles war weit weg, und er war nur noch er selber, allein mit seiner Geilheit und dem Verlangen nach Lust und Schmerz, eine Paarung, die ihm in die Wiege gelegt worden war, so sah er es jedenfalls.
Zu seiner Mannheimer Favoritin war er auf Empfehlung eines zwielichtigen Herrn gekommen, den er in einer Neckarstädter Bar kennengelernt hatte, wo er sich ganz offiziell zu einer abendlichen Lesung der Stadtteil-Kulturinitiative aufgehalten hatte. Am Ende der Veranstaltung, es war schon spät geworden, kam van Gröben mit dem Mann ins Gespräch, wohl weil er ahnte, dass dieser ihm bei seiner Suche nach

einer Dame, die seine Bedürfnisse wirklich befriedigen würde, diskrete Informationen geben könnte. Was dieser ja auch tat.
Die Bekanntschaft mit diesem Frank Schermuly, ganz offensichtlich einem Mannheimer Luden, war van Gröben äußerst unangenehm, aber dessen Angebot konnte und wollte er nicht widerstehen. Schon zwei Tage später hatte er sein erstes Date mit der Dame und war fortan nicht mehr von ihr losgekommen.
Irgendwann erzählte ihm Schermuly von einem Etablissement, das er auf der Friesenheimer Insel eröffnet hatte. Die pikanten Details, mit denen er die Vorzüge des angeblichen Swingerclubs garnierte, ließen van Gröben keine Ruhe. Als er eines Abends voller Verlangen vor dem Appartement der Obermeier stand und trotz heftigen Klingelns keiner öffnete, siegten seine Triebe über den Verstand, und er machte sich auf den Weg zu Schermulys Sündenpfuhl.
Van Gröben fuhr in die angegebene Straße, parkte schräg gegenüber des Eingangs und stieg aus. Die frische Nachtluft holte ihn aber aus seinen sexuellen Phantasien in die Realität zurück. Was er im Begriff war zu tun, war gefährlich. Er konnte erkannt werden, es würde Gerede geben.
In diesem Augenblick ging ein Mann an ihm vorbei. „Strangers in the night“, ging es ihm durch den Kopf. Wie war er nur hier gelandet? Er erschrak, wandte den Kopf nach unten und schlug den Mantelkragen hoch. Der Passant war vorüber und überquerte die Straße. Van Gröben riss sich zusammen, stieg in seinen Wagen und fuhr nach Hause.

Schon bald nahm er die regelmäßigen Besuche bei seiner Domina wieder auf. „Du bist mein allerliebster Sklave, mein guter Lars", flötete die Obermeier jedes Mal, wenn sie ihn, bekleidet mit spärlichen schwarzen Lederrelikten, mit pikanten Öffnungen versehen, in den Salon führte, wo es gleich ordentlich zu Sache ging.

Die stets gleiche Begrüßungszeremonie nahm van Gröben nicht ernst. Das sagte sie sicher auch zu anderen Kunden. Naiv war van Gröben nicht.

Einmal blieb sie für Wochen verschwunden. Ein Anruf bei Schermuly ergab, dass sie Urlaub machte, aber bald wieder da sei. Und so war es auch.

Doch Monate später, van Gröben wusste inzwischen gar nicht mehr genau, wann es gewesen war, kam das Ende. Das Appartement hatte einen neuen Vermieter, die Obermeier war mit unbekanntem Ziel verzogen.

Wieder rief er Schermuly an. Dieser schien ebenso verblüfft und verärgert wie er.

„Es hat Zoff gegeben", sagte der Lude, „schwer Zoff. Sie will aussteigen, die Hannelore, aber da kann ich nur lachen. Die kommt bald wieder, wie ich sie kenne."

„Haben Sie ihre neue Adresse?" Van Gröbens Puls beschleunigte sich und er spürte eine eigenartige Trockenheit im Rachen, die ihm das Sprechen schwer machte.

„Ich weiß, wo sie untergekommen ist, das ja, aber ich sag's Ihnen nicht, Herr van Gröben. Das ist meine Sache. Wenn sie wieder zur Vernunft gekommen

ist, und da hab' ich keine Zweifel, sind Sie der Erste, der's erfährt. Versprochen!"
Damit musste sich der Herr Staatssekretär zufriedengeben. Ganz wohl fühlte er sich nicht in seiner Haut. Schermuly war ein Mann weit unter seinem Niveau. In gewisser Weise hatte er sich diesem Menschen aber ausgeliefert, ging es ihm durch den Kopf. Nein, da war nichts Weltbewegendes zu befürchten, dachte er weiter. Was hatte dieser Zuhälter schon gegen ihn in der Hand? Außer, dass er von seinen Neigungen wusste und er ihm die Obermeier zugeführt hatte, eigentlich nichts. Na, ja, die Öffentlichkeit sollte besser nichts davon erfahren. Doch er wähnte sich sicher, denn mit solchen Informationen ging ein Kerl wie Schermuly, der bestimmt noch andere Eisen im Feuer hatte, doch nicht auf den Markt, denn dies wäre schlecht für sein Geschäft. Na also! Er musste sich keine Sorgen machen.
Nachdem allerdings weitere Monate vergangen waren, inzwischen war es Winter geworden, musste van Gröben mit Schrecken feststellen, dass er sich getäuscht hatte. In der morgentlichen Post war eine Luftpolstertasche. Der Absender bestand aus nur zwei Buchstaben und zwei Punkten: F. S.
Van Gröben öffnete das Päckchen und förderte eine Videokassette und einen mit Maschine geschriebenen Brief zutage. *„Herr van Gröben"*, war da zu lesen,

*„Wenn Sie die Videoausschnitte, von denen ich natürlich einen Mitschnitt habe, gesehen haben, werden Sie ganz vernünftig sein und mit mir Kontakt*

*aufnehmen. Sie werden mir bis spätestens übermorgen die für Sie lächerliche Summe von 200 000 (in Worten: zweihunderttausend) DM überreichen. Den genauen Übergabetermin und -ort werde ich Ihnen noch mitteilen. Sollten Sie sich weigern, aber das glaube ich nicht, werde ich das brisante Band der Presse zuspielen, so einfach ist das. Also, besorgen Sie das Geld! Sie hören von mir.*
*F. S.*
*P. S.: Wenn Sie schlau sind, und das sind Sie ja, vernichten Sie umgehend den Brief und die Videokassette, natürlich erst, nachdem Sie sie gesehen haben.*"

Mit zunehmendem Entsetzen las van Gröben den Brief. Ihm sträubten sich die Haare im Nacken. Sein Herz raste, Schweiß trat ihm aus sämtlichen Poren, er taumelte und musste sich am Stuhl festhalten. Was hier stand und was auf der Videokassette zu sehen sein würde, konnte das abrupte Ende seines bisherigen Daseins bedeuten. Alles, aber auch wirklich alles, war bedroht. Seine Familie, seine politische Stellung, sein Beruf, seine Karriere, alles, wofür er sich unermüdlich eingesetzt hatte, ging aus den Fugen und stürzte in sich zusammen, sein ganzes Leben war in Auflösung begriffen.
Als er sich die Aufnahmen aus dem Appartement ansah – die Gelegenheit war günstig, die Töchter waren

in der Schule, seine Frau beim Einkaufen – ekelte er sich vor sich selbst. Dieser geile Bock, der da zu sehen war, das war er, Lars van Gröben, der politische Senkrechtstarter, von allen bewundert. Das war tatsächlich er, der gute Ehemann seiner Frau Katja und der Vater von Nicole und Lena.

Die Sache musste aus der Welt geschafft werden, so oder so.

Als er vier Tage später am Nachmittag im Stuttgarter Finanzministerium ankam und zunächst im Kasino Platz nahm, um sich zu stärken, kam ein Parteifreund aus dem Schwäbischen an seinen Tisch. Der Schwabe grinste wie üblich und mochte gleich wieder einen seiner Scherze mit ihm machen, dachte van Gröben.

„I glaub faschd, du lebschd net in Mannheim, sondern im badischen Chicago, du alder Säckl", spottete dieser, nachdem er sich an van Gröbens Tisch gesetzt und sein Viertele Lemberger abgestellt hatte. „Des derf jo net wahr sei!"

„Worauf willst Du denn hinaus?" Der alte Schwätzer aus dem Schwabenland hatte ihm gerade noch gefehlt.

„Ja woischd Du des noch net? In Mannheim habet se heut mit re Audobombe einen Zuhälter faschd in'd Luft g'jagd. I hab ja g'laubd, de Al Capone, der alde Gangsterboss, is scho längschd dot, abber da hann i mi däuschd."

„Er hat also den Anschlag überlebt, dieser Zuhälter?" Van Gröben gab sich Mühe, so zu tun, als sei er an dem, was sein Parteifreund Häberle da von sich gab, wenig interessiert.

„Aber ja, er hät a Sauglück g'häbd, der Strizzi, de Anlasser hät net funktioniert, sonschd häd'r ausgeschnauft, der Kerle. Ja dass Du des net woischt!"
„Jetzt weiß ich's ja, Häberle." Van Gröben schaute auf die Uhr. „Ich muss rauf, es geht gleich los, man sieht sich."
Und fort war er und ließ einen etwas verdutzten Parteifreund zurück, der kopfschüttelnd und vor sich hin lachend sein Viertele zu Ende schlotzte.
Van Gröbens Dasein war nicht aus der Bahn geworfen worden. Von diesem dreckigen Luden namens Frank Schermuly, der mit F. S., wenig originell, dachte er, gezeichnet hatte, war vorläufig nichts zu befürchten. Nach dem Erpresserbrief hatte sich Schermuly nicht mehr gemeldet. Der hatte jetzt Todesängste auszustehen, die ihm noch im Schlaf verfolgten, das geschah ihm ganz recht, dem Sauhund! Schermuly war in polizeiliche Ermittlungen verstrickt und hatte sich wegen seines Bordells auf der Friesenheimer Insel vor Gericht zu verantworten.
Schade nur, dass Schermuly noch am Leben war, aber da war nun nichts zu machen. Wenn van Gröben einem Menschen den Tod wünschte, dann ihm. Eine Sorge blieb allerdings, und die war nicht von der Hand zu weisen. Die Kripo nahm den Kerl jetzt ordentlich in die Mangel, und wer konnte sagen, dass er, wenn sie ihn in die Enge trieben, nicht irgendwelche Namen nannte, zum Beispiel den seinen? Aber wie er Schermuly einschätzte – Menschenkenntnis rechnete er zu seinen Stärken – war das nicht zu befürchten. Eher würde der irgendwann einen zweiten

Erpressungsversuch bei ihm starten. Aber bis dahin konnte es noch dauern. Sie würden ihn einsperren im „Café Landes“, dem Mannheimer Gefängnis, oder sonst wo, und das konnte diesen Kerl auf ganz andere Gedanken bringen.
Aber aus der Welt geschafft war die Sache damit noch nicht. Bei ihren Recherchen konnte die Kripo auf Schermulys Videoaufnahmen stoßen, auf denen auch er zu sehen war. Dann ging die Chose wieder von vorn los. Seine Lage war und blieb prekär. Was war zu tun? Der alte Spruch „Abwarten und Tee trinken“ fiel ihm ein. Da war was dran, es blieb ihm ja vorläufig auch nichts anderes übrig.
Van Gröben wartete also ab, und er nahm sich vor, seine sexuellen Ausschweifungen vorerst einmal einzustellen und sich um seine Frau und die Kinder zu kümmern. Er beschloss, seinem Trieb Einhalt zu gebieten und sich auf seine Pflichten zu besinnen, was ihm zunächst auch gelang, bis es wieder anfing, in ihm zu gären und aufzusteigen und nach Erfüllung schrie. Der Trieb siegte über die Vernunft, oder anders ausgedrückt: Der Geist war willig, aber das Fleisch war schwach.

## Weidemann

„Übrigens, Werner, de Monfred hod angerufe, wollt ich der sache, eh ich's vergess, was willen der schunn widder vun Dir?"
Hans-Werner Weidemann, der stets großen Wert darauf legte, dass er mit Doppelnamen angeredet wurde, verdrehte die Augen. Er hatte gerade auf dem weitläufigen Firmengelände zu tun gehabt und stand in der Küche, wo seine Frau Erika mit einem ihm vertrauten, griesgrämigen Gesicht am Herd stand und das Mittagessen zubereitete.
„Hoscht net g'frogt, wasser will?"
Mit seinem Hausdrachen, dazu war seine Gemahlin in ihrer schon bald 35-jährigen Ehe geworden, sprach er Mannemerisch, denn andernfalls machte sie sich über ihn lustig. Fragen wie „Was reddschd'n so geschwolle doher?" oder „Schbielschd widder de Vornehme?" waren noch von der harmloseren Art.
„Dein Kusseng nervt mich schunn long. Alleridd ruft der an. Was habbd'n ihr zwee bloß so Wischdisches zu schwätze?"
Nach dem Essen zog sich Weidemann in die Pförtnerloge zurück. Mit Erika ist immer schwieriger auszukommen, dachte er. Was wohl der Manfred von ihm wollte? Vielleicht gab's wieder Neuigkeiten. Verdammt noch mal, warum war er nicht dagewesen! Fast hätte er ihn angerufen, der Telefonhörer lag schon in seiner Hand. Aber nein, das hatte er noch nie getan, das war viel zu gefährlich.
Manfred Weidemann war seit Urzeiten Aktenbote im

Polizeipräsidium. Es war eine geringe Stellung, aber er erfüllte seine Aufgaben zuverlässig und mit großem Pflichtbewusstsein.

Hans-Werners auffälligste Eigenschaft war schon immer seine große Neugier gewesen. Er hörte sozusagen das Gras wachsen und steckte seine Nase in jeden Dreck, der ihn nichts anging. Und je zänkischer die alte Beißzange dort oben in ihrer Küche wurde, desto mehr kümmerte er sich um die Angelegenheiten anderer Leute. Der Pförtner Weidemann war zum Schnüffler mutiert und ein Meister im Ausbaldowern von Verwicklungen und Geheimnissen, die Leute in seiner Umgebung mit sich herumtrugen.

So war es kein Wunder, dass der Vetter im Polizeipräsidium sein wichtigster Informant geworden war, zumal jetzt, wo man diesem Luden seinen Puff geschlossen hatte, der Pförtnerkollege von gegenüber mit der Edelnutte dieses Loddels zusammenwohnte und jemand dem Schermuly einen Sprengsatz unter dessen Straßenkreuzer angebracht hatte. Frankie-Boy war zwar untergetaucht, aber er, der Spitzel, wie Klemm ihn einmal abfällig genannt hatte, würde ihn schon noch aufspüren, das war sicher, und ob! Die würden alle noch Bauklötzer staunen und sich die Augen reiben.

Dass Vetter Manfred manchmal in Akten blätterte und deren Inhalt an ihn weitergab und damit grob gegen seine Pflicht zur Verschwiegenheit verstieß, hatte einen Grund. Die beiden Familien besaßen gemeinsam einen Schrebergarten in der Gartenkolonie, die sich zwischen der Schmiermittelfabrik Petrolub und der Kammerschleuse erstreckte, eine grüne Idylle, die sich besonders bei den Neckarstädtlern großer Beliebtheit erfreute. Erika hatte inzwischen das „ewische Gärdeln“, wie sie sich ausdrückte, satt. Hans-Werner lag im Clinch mit dem Vorstand des Kleingartenvereins, der immer neue Vorschriften erließ, die er nicht akzeptieren wollte.

Es gab also Gründe genug, um seinem Vetter Hoffnung zu machen, dass er ihm seinen Anteil an dem Garten zu übertragen gedachte. Aber festgemacht war noch nichts. Er ließ Manfred noch ein bisschen zappeln, so dass dieser seine so lange geübte Diskretion sausen ließ und ihm Interna von der Mannheimer Kripo zuspielte.

Dies alles und noch mehr ging dem Pförtner vom Röhrenlager an jenem Nachmittag durch den Kopf. Der Fall Schermuly hatte es ihm angetan und beflügelte seinen Hang zur Sensationslust und Schnüffelei. Es war sein Bestreben, der Polizei immer einen Schritt voraus zu sein und aus der Sache für sich und sein Wohlergehen Profit zu schlagen. So klug wie die von der Kripo war er auch, manchmal dachte er, sogar noch klüger. Zur Rente war es nicht mehr lang hin. Üppig würde sie nicht ausfallen, und die Zeiten waren schlecht. Er hatte einiges auf die Seite legen können, aber für seinen Traum, ein Häuschen auf der Blumenau, reichte es nicht.

Das Klingeln des Telefons riss ihn aus seinen Gedanken. Es war Vetter Manfred.

„Gut, dass ich Dich erreiche, Hans-Werner, es gibt Neuigkeiten.“ Manfred sprach wie immer sehr leise,

er flüsterte fast. „Die Suche nach Schermuly erstreckt sich jetzt bis ins Saarland, wo er sich möglicherweise aufhält. Ich hab' gehört, dass sie vermuten, der Schermuly hat einige zahlungskräftige Freier heimlich gefilmt und sie erpresst. Der Bombenanschlag soll damit in Verbindung stehen, verstehst Du?"
„Und was machen sie jetzt!" In atemloser Spannung hatte er den Worten gelauscht.
„Sei mal still, da kommt jemand!"
Vom anderen Ende der Leitung hörte er das Klappern von Absätzen und eine quietschende Tür, dann Stille.
„So, jetzt weiter, Hans-Werner. Die Mazurka war gestern mit Müller bei dem Autohändler in der Mühlaustraße, der damals den Sprengsatz entdeckt hat, und der Hauptkommissar war in der Fernfahrerkneipe, die Dein Kollege Klemm und die Obermeier betreiben."
„Und? Haben sie was rausgefunden?"
„Weiß ich noch nicht. Ich muss vorsichtig sein, das kann mich meine Stellung kosten! Aber heute Morgen sind sie in die Waldhofstraße, in ein Haus, wo die Obermeier ihr Liebesnest gehabt hat. Sie sind noch nicht zurück."
„Da werden sie nichts finden, Schermuly ist doch nicht blöd!" Hans-Werners Stimme überschlug sich fast. „Der hat seine schmutzigen Filme an einem sicheren Ort."
„Das ist es ja, Hans-Werner. Die haben schon welche von Schermulys Videokassetten und jetzt versuchen sie, die Freier zu ermitteln."

Noch ehe Hans-Werbner seinem Vetter antworten konnte, fügte er hinzu: „Das weiß ich erst seit gestern. Ich muss jetzt Schluss machen."
Hans-Werner Weidemann saß da und brütete vor sich hin. Er dachte an seine Geheimnisse, die er keinem auf der Welt anvertrauen würde. Kannte er nicht einen von Schermulys Erpressungsopfern? Die ganzen Monate über hatte er sich darüber den Kopf zerbrochen, doch in der letzten Nacht war es ihm wie Schuppen von den Augen gefallen. Er mochte ja wenige Talente haben, aber eines war ihm nicht abzusprechen. Er hatte ein fotografisches Gedächtnis. Der elegant gekleidete Fremde, der damals mitten in der Nacht gegenüber von Schermulys Puff mit gesenktem Kopf und hochgestelltem Mantelkragen neben seinem Wagen gestanden hatte, war derselbe, den er dann, unmittelbar nach dem misslungenen Bombenattentat, so hatte er es später rekonstruiert, ganz in der Nähe des Tatortes gesehen hatte. Weidemann war damals zu seinem Friseur unterwegs gewesen. In beiden Fällen reiner Zufall, zugegeben. Doch so war es gewesen. Und in der letzten Nacht hatte sich dann alles verbunden, das letzte Puzzleteil war gefunden. Es war der Mann, den er gestern in der Zeitung gesehen hatte, eine öffentliche Person namens van Gröben, der sogar im Mannheimer Telefonbuch stand mit Nummer und Adresse.
Weidemann rieb sich die Hände. Er war eben schlauer als die Kripo und den schwerfälligen Beamten wieder einmal ein paar Schritte voraus. Jetzt musste er nur noch Schermuly aufspüren und sein Wissen

zu Geld machen. So schwer konnte das nicht sein, Schermuly würde die Polizei nicht verständigen, er würde zahlen. Den Herrn van Gröben würde er nicht belästigen, der war ein hohes Tier, einer von den Großkopferten, und mit denen konnte die Polizei womöglich noch gemeinsame Sache machen. Oder doch? Van Gröben war ein reicher Herr, bei dem viel zu holen war.

Hans-Werner Weidemann schossen die Gedanken nur so durch den Kopf. So schwer konnte es doch nicht sein, mit seinem Wissen Geld aus Schermuly herauszuschlagen. Der Lude würde ihm einen Teil der erpressten Summe abgeben, er würde ihn sonst verpfeifen, anonym versteht sich.

Der Portier vom Röhrenlager sah die Chance seines Lebens. Die würde er nutzen, wie auch immer. Und da gab es ja noch Marek. Lauter Trümpfe hab' ich in der Hand, dachte er, lauter Trümpfe. Die würden stechen, jawohl.

Nach Feierabend stieg er in seinen Wagen und fuhr zu Marek. Er kannte den Autohändler von früher. Vor bald 30 Jahren waren sie Arbeitskollegen im Röhrenlager gewesen und hatten sich gut verstanden. Später, als Marek den Autohandel aufmachte und dabei wohlhabend wurde, war der enge Kontakt abgerissen. Schon zweimal hatte er bei Till Marek aber ein Auto gekauft. Der gewiefte Händler hatte ihn dabei nicht über den Tisch gezogen, sondern war ihm im Preis weit entgegengekommen. Die alten Zeiten waren also nicht vergessen.

Marek saß im Büro und stand sofort auf, als Weidemann eintrat.
„Ja der Hans-Werner, was für eine Freude, Dich zu sehen! Willst Du wieder ein Auto? Ich glaub', ich hab' was für Dich."
„Da muss ich Dich enttäuschen, Till. Demnächst vielleicht, aber heute nicht. Ich bin aus einem anderen Grund hier."
Marek klopfte ihm auf die Schulter und forderte ihn auf, Platz zu nehmen. „Trinken wir einen auf frohes Wiedersehen, lass Dich anschauen, na ja, älter geworden sind wir beide." Er brach in Lachen aus, holte eine Kognakflasche und zwei Gläser aus dem Schrank neben dem Schreibtisch und goss ein. „Dann mal Prost, mein Freund! Trinken wir auf die glorreichen Zeiten!"
Nach einem großen Schluck, den er zunächst genüsslich über die Zunge rollen ließ, setzte Marek das Glas ab und kam zur Sache.
„Dann mal raus mit der Sprache! Was führt Dich zu mir?"
Weidemann fasste sich ein Herz und sagte: „Ich suche einen Bekannten von Dir. Sein Name ist Frank Schermuly."
„Den sucht die Kripo auch, mein Lieber. Die haben mir gerade die Bude eingerannt und sind ganz wild nach ihm. Was hat er nur wieder ausgefressen, der Frankie, wenn das einer wüsste. Ich hab' denen gesagt, ich weiß nicht, wo er ist und Dir, mein Guter, sag' ich das Gleiche, ich weiß es nicht, jedenfalls nicht genau."

Marek machte eine Pause und sah ihn an.
„Was hast Du denn mit dem zu schaffen?“ Der Autohändler runzelte die Stirn und schüttelte missbilligend den Kopf. „Ihr beide, Du und Schermuly, Ihr passt nicht zusammen. Also, was willst Du von ihm?“
„Ich will ihm was über die Obermeier erzählen, das ihn sehr interessieren wird, und von einem feinen Herrn, den sie in ihrem Liebesnest bedient hat und der gar nicht gut zu sprechen ist auf deinen Freund, gar nicht gut.“
„Aber Hans-Werner, alter Kumpel, so kenn’ ich Dich gar nicht!“ Der Autohändler war entsetzt und sah Weidemann entgeistert an. „Bist Du jetzt auch im Milieu tätig? Lass es sein, alter Freund, das passt nicht zu Dir, das ist ein paar Nummern zu groß für Dich! Mach keine Sachen, Du bist ja verrückt!“
Weidemann hielt seinem Blick stand.
„Das lass mal meine Sorge sein“, sagte er.
Marek gab sich geschlagen. „Wo Frankie sich aufhält, weiß ich wirklich nicht, aber wenn ich von ihm höre, werde ich es ihm ausrichten.“
„Dann mach das!“ Weidemann erhob sich und ging zur Tür.
„Nicht so eilig“, rief Marek, „ich bring Dich zum Wagen! Wir geht’s Deiner Frau? Grüß sie von mir!“
„Ich bin g’rad Strohwitwer. Sie versorgt die Enkel auf der Vogelstang.“ Weidemann war schon auf der Treppe. „Ich find’ allein raus. Mach’s gut, Till!“
Marek stand im Türrahmen und blickte dem ehemaligen Arbeitskollegen verwundert nach.

Keine 24 Stunden später meldete sich Schermuly am Telefon. Die Sache ist angelaufen, und sie läuft wie geschmiert, dachte Weidemann, und sein Herz machte Freudensprünge.

„Was gibt es denn so Wichtiges, Du selbsternannter großer Detektiv? Nun aber raus mit der Sprache und Schluss mit dem Drumrumreden!“ Schermulys Stimme klang alles andere als freundlich.

„Ich geh’ davon aus...“, Weidemann nahm all seinen Mut zusammen, „was heißt, ich geh’ davon aus, ich weiß, dass ein gewisser Herr van Gröben den Sprengsatz unter Ihren Wagen in Auftrag gegeben hat und dass Sie den feinen Herrn mit Videoaufnahmen erpressen, oder anders herum, zeitlich mein’ ich, und ich denke, dass Sie mich an Ihren Einnahmen ein wenig beteiligen.“

Ehe er ins Stottern geriet, schwieg er und ließ seine Worte wirken. Es war ein Schuss ins Blaue, dies war ihm klar.

Aber es war ein Volltreffer. Schermuly sagte zunächst einmal für eine ganze Weile nichts. Weidemann hörte nur seinen Atem.

Dann endlich kam für Weidemann der Satz, auf den er gewartet hatte: „Ich werd’s mir überlegen, Schnüffler, Du hörst von mir.“

Ein Knacken in der Leitung, dann das Tuten. Schermuly hatte aufgelegt.

Am Abend des nächsten Tages, als es schon dunkel war, saß Weidemann bei einem Bier vor dem Fernsehapparat und sah eine Sportsendung an, die er al-

lerdings nur zu einem geringen Teil mitbekam, weil er immerzu an Schermuly dachte und die Lawine, die er mit dem Besuch bei Marek und dem Gespräch mit Schermuly losgetreten hatte.
Weidemann war heute allein zu Hause und würde es noch bis übernächstes Wochenende bleiben, denn Erika war in der Wohnung ihrer Tochter auf der Vogelstang. Tochter und Schwiegersohn waren nach Mallorca geflogen, und Erika versorgte die Enkelkinder.
Als er die zweite Flasche geöffnet hatte, klingelte es an der Wohnungstür. Er spähte aus dem Fenster nach unten. Vor der Haustür standen zwei dunkle Gestalten, die im Schein der Straßenlaterne lange Schatten auf den betonierten Vorplatz warfen.

# Mazurka

Wie immer war Hedwig Mazurka als Erste an ihrem Arbeitsplatz, sah man von Amelie ab, der Schreibkraft und dem Mädchen für alles, die im Nebenzimmer schon eifrig mit dem Tippen von Schriftsätzen beschäftigt war.
Schon seit Tagen war der Himmel strahlend blau, und man hätte meinen können, die Rheinebene läge nicht nördlich der Alpen, sondern an der Mittelmeerküste. So hatte es gestern Wolfgang, ihr Ehemann ausgedrückt. Die Kurpfalz war ein gesegnetes Land.
Heute war der 2. Mai. Der Feiertag war auf einen Montag gefallen, so dass die Kommissarin das verlängerte Wochenende so richtig hatte genießen können. Man hatte sie in Ruhe gelassen, nicht einen einzigen Anruf von Grabosch oder Müller hatte es gegeben. Samstagabend waren sie im Theater gewesen, anschließend in einem Restaurant gegenüber, und den Feiertag hatten sie mit ihren Enkelkindern verbracht. Nicht zum ersten Mal hatte sich das Rheinufer bei der „Silberpappel" als Kinderparadies erwiesen. Beim „Estragon" waren sie dann bei Antipasti und Wein im Biergarten gesessen und hatten den Kleinen beim Spielen zugeschaut. Wolfgang hatte wieder seinen Lieblingsspruch gesagt: „Hedwig, mir sinn die jingschde Großeltern vun Mannem!"
Sie sah auf die Uhr. Es war halb neun, gleich würde Müller auftauchen. Auf Grabosch musste sie heute nicht warten. Der war schon unterwegs nach Hockenheim, wo gestern im Wald ein Wohnsitzloser

aufgefunden worden war, offenbar erschlagen und übel zugerichtet. Grabosch und Müller war das lange Wochenende kräftig verhagelt worden.
Vom Flur her hörte sie Müllers Stimme. Müller trat ein, hielt sein Handy ans Ohr und nickte ihr zur Begrüßung zu.
„Willst Du sie sprechen, Franz? Nein? .... Ich versteh'... noch nicht identifiziert... keine Zeugen... Die sollen mal im Ort rumfragen, der kann ja nicht ständig im Wald gelebt haben... So schlau bist Du auch?... Hab' ja nur gemeint, jetzt sei nicht so empfindlich, Franz... Ja, dann bis später."
Müller schüttelte seinen hageren Schädel, setzte sich halb auf Mazurkas Schreibtisch und informierte sie über den gestrigen Einsatz im Hockenheimer Wald.
Dann klingelte das Telefon. Hedwig Mazurka hob ab. „Wo?", sagte sie, „auf der Friesenheimer Insel? Röhrenlager, neben Petrolub, ja, ich verstehe. Lassen Sie alles so, wie es ist! Wir sind gleich da."
„Noch ein Toter?" Müller erhob sich und reckte die Arme. „Wir sind nicht zu beneiden, Hedwig. Ich sag' der Spusi Bescheid, Du verständigst die Trachtengruppe. So ein Mist aber auch!"
Als sie am Tatort eintrafen, waren die Uniformierten schon da und spannten die rot-weißen Absperrstreifen. Am Straßenrand standen ein paar Schaulustige und reckten die Hälse.
„Weitergehen, die Herrschaften!", rief Müller. „Hier gibt's nichts zu gucken!"
Vor dem Eingang zur Portiersloge stand ein Mann mit kreideweißem Gesicht.

„Es ist Weidemann, Hans-Werner Weidemann, der Pförtner." Er sprach leise und atmete stoßweise. „Als er heute Morgen nicht aufgetaucht ist, haben wir versucht, ihn anzurufen, und dann haben wir die Tür aufgemacht und ihn da oben in einer Blutlache liegen sehen. Ich bin immer noch ganz geschockt, es ist der erste Tote, den ich in meinem Leben gesehen hab'."
„Bleiben Sie bitte hier, Herr..."
„Riedinger, ich bin der Geschäftsführer", sagte das Bleichgesicht. Er schien zu frösteln, trotz des schon warmen Vormittags.
Bei „Weidemann" war die Kommissarin zusammengezuckt. Weidemann, das sagte ihr etwas, irgendwo hatte sie diesen Namen schon einmal gehört. Aber wo und in welchem Zusammenhang? Vielleicht würde ihr's noch einfallen.
„Dann wollen wir mal, Herr Riedinger. Sie kommen am besten mit."
Die Wohnung war in einem chaotischen Zustand. Schränke standen offen, Schubladen waren herausgerissen und ihr Inhalt war auf dem Boden verstreut. Neben dem Couchtisch lag das Opfer mit aufgerissenen Augen und durchschnittener Kehle. Alles war voller Blut. Müller machte einen Satz in die Toilette. Hinter der verschlossenen Tür hörte man sein Würgen und dann die Wasserspülung. Hedwig Mazurka hatte nun zwei Bleichgesichter neben sich.
Bald war die Wohnung von Betriebsamkeit erfüllt. Achim Dickgießer ging mit seinen Leuten von der Spurensicherung routiniert seiner Arbeit nach. Der Kollege, wie alle seine Mitarbeiter in die viel zu wei-

ten, schneeweißen Einteiler verpackt, war berühmt für seinen trockenen Humor und sein kurpfälzisches Naturell.

„Ah, die Hedwisch aus Feidene, isch hab disch am Samschdag g'sehe, uff de Haubtstroß beim Eikaafe, hab noch g'hubt, hoschd awwer net reagiert. Ach Gott, guck der mol den a, ich glaab, mit dem is nix mehr zu mache!"

Dr. Bär, der Polizeipathologe, beugte sich gerade über den Toten, schaute missbilligend zu Dickgießer auf und murmelte: „Ich glaub', jetzt reichts aber, Herr Kollege."

Die Fotos waren gemacht, und Bär unterzog den Toten einer ersten vorläufigen Untersuchung.

„Kannst Du schon was sagen, Johannes?"

„Tod durch Verbluten, Hedwig. Näheres kann ich erst bei der Obduktion eruieren."

„Kommt mir doch irgendwie bekannt vor, der Satz", spöttelte Müller. Er hatte sich erholt und wieder Farbe im Gesicht.

Bär tat so, als habe er nichts gehört. „Von mir aus könnt ihr ihn abholen lassen. Ich geh' dann mal wieder." Er packte seinen Arztkoffer, und fort war er.

In den folgenden Stunden stellten die Leute in den weißen Overalls die ganze Wohnung auf den Kopf, wie der oder die flüchtigen Täter, nur noch gründlicher.

Man hatte die Ehefrau des Toten in der Wohnung ihrer Tochter auf der Vogelstang erreicht und sie hergebracht. Die Frau weinte herzzerreißend, als sie eintraf, und jammerte laut wie ein orientalisches Klageweib.

„Mein Werner, mein armer Werner, was hawwe se donn mir Dir gemacht, hoschd doch käm was gedoh!"
Sie war völlig aufgelöst. Mazurka schickte nach der Polizeipsychologin und geleitete die offensichtlich unter Schock Stehende ins Schlafzimmer, wo sie vor sich hinwimmernd aufs Bett sank.
„Wo isser donn jetzt, mein Werner?", stieß sie hervor.
„Ich weiß, wie Ihnen zu Mute ist, gleich kommt eine Ärztin und wird sich um Sie kümmern." Mazurka blieb noch eine Weile im Zimmer. Nachdem sich Frau Weidemann etwas beruhigt hatte, ging sie wieder zu ihren Kollegen.
„Nix bis jetzt, nix!", meinte Dickgießer, „awwer uffbasse, mer finne noch was. Irgendwas gibt's immer!"
Später traf noch Grabosch ein. „Die Friesenheimer Insel hat's uns anscheinend angetan", sagte er. „Erst der Mord an einer von Schermulys Liebesdienerinnen und jetzt ein Mann, der kurz vor der Rente stand, wie man mir im Büro gerade gesagt hat, ein Pförtner, wie dieser Klemm von da drüben, schon komisch. Der müsste den Toten eigentlich gekannt haben, wir sollten dem gleich mal einen Besuch abstatten, vielleicht weiß der was."
„Wer's waaß, wird's wisse, sacht ma in Feidene", unterbrach Dickgießer den Hauptkommissar. „Iwrischens, kennt'er den schunn? Treffe sich zwe alde Klassekamerade nach langer Zeid widder a mol. Wescht noch, wie mer friher Wettpinkle gemacht und geguggt hawwe, wer am weidschde kommt? Des kenne ma doch noch a mol probiere! saacht de anne-

re. Wie se ferdisch ware, saacht de äne: Ich hab ma uff die Schuhspitze gepinkelt. Do mänd de annere: Hoschd gewunne! Hoschd gewunne, hod der g'sacht, isch krick misch nimmer!"

Allgemeines Gelächter erfüllte den Raum, und Grabosch, der sich schon wenig schmeichelhaft über die flapsige Art des Kollegen von der Spurensicherung geäußert hatte, lachte am lautesten.

„Seh der, ihr Leit, jetzt geht's eich besser, wer saagst donn!"

„Der Name Weidemann geht mir nicht mehr aus dem Kopf", warf Hedwig Mazurka in die Runde, nachdem sich das Gelächter gelegt hatte.

„Heeßt net eier Faktotum so, de Monfred, de Akteschieber?"

„Genau!" Die Kommissarin schlug sich mit der flachen Hand an die Stirn. „Kommst Du mit Franz, die Frau des Opfers liegt inzwischen oben im Schlafzimmer. Fragen wir sie, ob sie mit unserem Manfred verwandt ist!"

Frau Weidemann lag noch immer apathisch auf dem Bett. Auf einem Stuhl daneben saß die Polizeipsychologin.

„Ein paar Fragen werden doch möglich sein oder haben Sie Einwände?"

Die Psychologin schüttelte den Kopf. Grabosch beugte sich über die Frau, die fortwährend die Zimmerdecke anstarrte und fragte: „Sagen Sie, sind Sie mit einem Manfred Weidemann verwandt, der im Polizeipräsidium arbeitet?"

Die Frau schien erst einmal nachzudenken.

„Ja, der Monfred", sagte sie schließlich, „des is, des war vielmehr..." Ein Zittern ging durch ihren Körper und seufzend fuhr sie fort: „... dem Werner sein Kusseng, awwer mir hawwe wenig Kontakt mit dem Monfred, wenn Sie des interessiert."

Ein erneuter Weinkrampf schüttelte sie. Die Polizeipsychologin machte eine ernste Miene.

„Ist ja schon gut", flüsterte Mazurka, „beruhigen Sie sich!"

Leise, wie sie gekommen waren, verließen sie den Raum.

Grabosch blieb noch für eine Weile am Tatort zurück. Frau Weidemann verließ in Begleitung der Psychologin das Haus. Mazurka und Müller fuhren zur Fernfahrerkneipe, um der Obermeier und Klemm einen Besuch abzustatten. Sie trafen ein lautes und gut besuchtes Lokal an. Benno Klemm, der hinter dem Tresen stand und Bier zapfte, zeigte sich von der Todesnachricht geschockt.

„Natürlich kenne ich den Weidemann, hat mir ja jahrzehntelang gegenüber gewohnt und war Pförtner wie ich. Was hat man mit ihm gemacht?"

„Steht morgen alles in der Zeitung, Herr Klemm", meinte Müller.

Die Kommissarin fand Müllers Bemerkung unpassend und versuchte, die Situation zu entkrampfen.

„Ein schönes Lokal haben Sie, Herr Klemm, das freut mich für Sie. Ich möchte Sie etwas fragen, denken Sie gut nach, ehe Sie antworten. Hatte Weidemann Feinde? Ist es möglich, dass er in irgendwelche krummen Sachen verwickelt war?"

Klemm schüttelte energisch den Kopf. „Nein“, war seine Antwort. „Das kann ich mir nicht vorstellen. Der Weidemann doch nicht, der hat dort drüben gewohnt und seine Arbeit gemacht. Er hatte ein zänkisches Weib, der Arme, die Erika, das schon, aber die hat ihn nicht umgebracht, das ist völlig abwegig.“

„Wo ist denn die Wirtin, wenn man fragen darf?“ Müller schaute zur offen stehenden Küche.

„Die ist am Kochen, aber Sie sehen ja, sie hat viel zu tun. Die können Sie jetzt unmöglich mit Ihren Fragen belästigen. Außerdem hat sie den Weidemann gar nicht gekannt. Ich habe mich immer allein mit ihm getroffen. Es ist besser, Sie gehen jetzt!“

Die beiden Kommissare schauten sich noch einmal um, verließen das Lokal und fuhren zum Tatort zurück. Die Spusi machte sich jetzt in der Portiersloge und am Hauseingang zu schaffen. Auch Dickgießer war emsig bei der Arbeit und nicht mehr zu Späßen aufgelegt. Oben fanden sie einen nachdenklichen Hauptkommissar in einem Sessel sitzen und auf den mit eingetrocknetem Blut bedeckten Fußboden blicken, auf dem die Umrisse des Opfers gezeichnet waren.

Sie hörten Schritte im Treppenhaus. Dickgießer kam herein, setzte sich zu ihnen und sah sie spitzbübisch an.

„Sach isch doch, ma find immer was. Der Täter hat Handschuh getrage, nirgends ein verdächtiger Fingerabdruck, awwer unne, do sin mer fündisch worre. Kummt ämol mit nunner!“

Sie nahmen Aufstellung auf dem Podest vor dem Eingang. Dickgießer deutete auf die zwei Klingeltas-

ten. Auf der unteren stand H. W. Weidemann, die obere war unbeschriftet. Dickgießer, der noch immer Gummihandschuhe trug, drückte die untere Taste. Aus der Pförtnerwohnung hörten sie es läuten.
„Und jetzt passt mal auf, was ich euch zeige!"
Der Kollege kann ja Hochdeutsch sprechen, wenn er will, dachte Mazurka und war ebenso gespannt, wie ihre beiden Begleiter.
„Und nun kommt's", fuhr Dickgießer fort. Er drückte die obere Taste, und es tat sich nichts. „Die Taste hat keine Funktion, aber es hat sie jemand gedrückt, möglicherweise der Täter letzte Nacht, ehe er Handschuhe angezogen hat. Die untere hat er abgewischt. Es war nur ein Fingerabdruck drauf, den wir dem Büroleiter zuordnen können, dem Riedinger. Aber der Abdruck auf der oberen Taste, der ist interessant, und jetzt haltet euch fest, von wem der stammt. Ich hab' ihn abgeglichen, und es gibt keinen Zweifel, er stammt von Schermuly."
Grabosch und Müller sahen sich an und sagten zunächst kein Wort. Es hatte ihnen die Sprache verschlagen.
Hedwig Mazurka stürzte sich auf Dickgießer und umarmte diesen stürmisch. „Lass dich knuddeln, Achim, lass dich knuddeln von mir!", stieß sie hervor.
Die Sache Schermuly hatte eine entscheidende Wendung genommen, so viel war sicher. Der Durchbruch war es noch nicht, aber der Fall war ins Rollen gekommen und wie! Heute war ein guter Tag, an den sie noch eine Weile zurückdenken würde, dachte die Kommissarin.

Grabosch sagte: „Respekt, Herr Dickgießer, Respekt!“, und schaute auf die gegenüberliegende Straßenseite zu der stillgelegten Maschinenfabrik und hinauf auf das Dach, wo zu lesen war, dass 1500 Quadratmeter Bürofläche zu vermieten waren. Der zweite Mord auf der Friesenheimer Insel. Ob dieser so schnell zum Abschluss zu bringen war wie der Mord an der Prostituierten, da hatte der Hauptkommissar so seine Zweifel.

# Waldhofstraße

Schon am folgenden Tag lief die Fahndung nach Frank Schermuly, auch über die Grenzen Deutschlands hinaus, auf Hochtouren. In den Printmedien erschien sein Konterfei samt Beschreibung. In den TV-Nachrichten sah man ihn und wurde mit der Frage konfrontiert: „Wer kennt diesen Mann oder weiß, wo er sich aufhält?“ und mit der Information verunsichert: „Vorsicht, der Flüchtige ist vermutlich bewaffnet!“
Müller und Michaelsen hatten wieder einmal Überstunden gemacht, doch ihre Anstrengungen, die in den Schmuddelfilmen agierenden Freier zu identifizieren, waren ohne Ergebnis geblieben.
Für Hauptkommissar Grabosch, der sich die halbe Nacht über das Mordopfer den Kopf zerbrochen hatte, blieb es ein Rätsel, warum Schermuly mit an Sicherheit grenzender Wahrscheinlichkeit dem Pförtner vom Röhrenlager die Kehle durchgeschnitten hatte. Die intensiven Gespräche, die er mit der Ehefrau und den Angestellten der Firma geführt hatte, ergaben das Bild eines biederen Mannes, der sich über Jahrzehnte mit Arbeitseifer und Zuverlässigkeit einen guten Ruf erworben hatte. Alle Befragten konnten sich nicht vorstellen, dass Hans-Werner Weidemann mit einem Individuum wie Frank Schermuly auch nur in Kontakt getreten sein könnte. Frau Weidemann hatte allerdings nach einigem Zögern zugegeben, dass ihr Mann sehr neugierig gewesen sei und sich gern mit den Eigenheiten seiner Mitmenschen beschäftigt

habe. Aber Feinde habe er deshalb nicht gehabt. „Dofür leg isch mei Hand in's Feier, Herr Kommissar!" Damit hatte sie ihre Aussage abgeschlossen und von neuem Rotz und Wasser geheult.
Der Witzemacher und Schnauzbartträger Achim Dickgießer von der Spurensicherung hatte gute Arbeit geleistet. Sie hatten alles Mögliche sichergestellt und mitgenommen und waren noch bei der Auswertung. Vielleicht, dachte Grabosch, gab es bald weitere Ergebnisse, die sie bei der Aufklärung weiterbringen würden. Er hatte jetzt zwei Morde zu bearbeiten, den im Wald hinter dem Hockenheimring und den auf der Friesenheimer Insel. Hoffentlich, ging es ihm durch den Schädel, gab's nicht noch einen dritten in absehbarer Zeit, sonst bekam er den Blues. So hatte sich heute Morgen seine Frau Anette ausgedrückt, als sie zum Frühstück auf der Terrasse gesessen waren. Grabosch hatte seine Frau fragend angesehen und zur Antwort bekommen: „Ja, Franz, zum Beispiel den Bademantelblues, der ist noch von der harmloseren Art. Da ziehst Du Dich morgens nicht mehr an und hockst trübsinnig im Sessel."

Kaum war Grabosch im Büro erschienen, wie immer saß Mazurka schon an ihrem Platz, ließ er den Boten Manfred Weidemann antreten. Der Hauptkommissar hatte den Aktenschieber zwar hin und wieder auf dem Flur wahrgenommen, wenn dieser mit seinem quietschenden Rollwagen vorübergekommen war, hatte auch schon dessen Stimme in Amelies Schreibzimmer gehört, dem Boten aber nie Beachtung geschenkt.

Als Manfred Weidemann nun vor ihm stand, fasste ihn Grabosch ins Auge. Der Kollege – dies war er ja genau genommen – ging leicht gebückt und schaute ihn mit tief liegenden, unsicher wirkenden Augen an. Der Mann war, Grabosch hatte sich dessen Personalakte kommen lassen, 61 Jahre alt und schon seit 1968 im Dienst, hatte insgesamt nur wenige Wochen wegen Krankheit gefehlt und galt als zuverlässiger Mitarbeiter.

„Nehmen Sie doch Platz, Herr Weidemann!" Grabosch gab ihm über den Schreibtisch hinweg die Hand und deutete auf den Stuhl.

Weidemann nahm Platz und schien sich ein wenig unbehaglich zu fühlen.

„Herr Weidemann, mein Beileid zum Tode ihres Vetters Hans-Werner, der gestern auf schreckliche Weise um's Leben gekommen ist", begann Grabosch.

„Ja, ganz furchtbar ist das, Herr Kommissar. Ich bin noch immer fix und fertig und hab' heut' Nacht kein Auge zugemacht."

„Aber nicht doch, Herr Weidemann, sagen Sie Grabosch zu mir, das genügt, wir sind doch Kollegen!"

Manfred, wie ihn im Präsidium alle nannten, schien gerührt. Er saß jetzt etwas aufrechter.

„Warum ich Sie zu mir gerufen habe, Herr Weidemann, ist die Tatsache, dass Sie mit dem Toten von der Friesenheimer Insel relativ eng verwandt sind. Standen Sie mit Ihrem Vetter Hans-Werner in regelmäßigem Kontakt?"

„Das nicht gerade, Herr... Grabosch." Der Aktenschieber sprach nun befreiter als zuvor. „Wir haben uns hin und wieder gesehen. Wir haben ja zusammen einen Garten bei der Kammerschleuse, aber in letzter Zeit sind Hans-Werner und Erika immer seltener dort aufgetaucht."

„Reden wir nicht drumrum, Herr Weidemann! Die Zeit ist kostbar."

Der Kommissar wollte endlich auf den Punkt kommen. „Ihre Schwägerin Erika hat ausgesagt, dass Hans-Werner Weidemann sich gern mit den Angelegenheiten anderer Leute beschäftigt hat, offenbar ein Hobby Ihres Vetters. Wir suchen nach einer Verbindung zwischen Ihrem toten Verwandten und dem flüchtigen Frank Schermuly. Deshalb frag' ich Sie jetzt geradeheraus: Haben Sie sich über Vorgänge, die hier bei uns über den Tisch gehen, mit Ihrem Cousin unterhalten?"

„Aber Herr Grabosch!" Weidemann stand auf. Seine Lippen bebten. „Was Sie mir da unterstellen, ist nicht zu fassen! Ich habe eine Vertrauensstellung und bin zur Verschwiegenheit verpflichtet! Ich trag' doch keine Ermittlungsergebnisse nach draußen. Also wissen Sie, Herr Kommissar!"

Der Mann schien außer sich. Hab' wohl den Bogen überspannt, dachte Grabosch.

„Nun beruhigen Sie sich, Herr Weidemann und nehmen Sie wieder Platz. Ich mach' das Mikro jetzt aus, dann sind wir ganz unter uns."

Weidemann setzte sich und beäugte ihn misstrauisch.

„Mir können Sie's beichten, denken Sie nach! Vielleicht war's nur ein einziges Mal, und Ihr Vetter hat so

lange gebohrt, und Sie haben ein bisschen in den Akten geblättert und was gefunden und es ihm gesagt."
„So was mach' ich nicht, Herr Grabosch! Ich blättere nicht in Akten, und das Wenige, was ich mal aufschnappe, behalt ich für mich und trag's nicht nach draußen!"
„Dann gehen Sie jetzt wieder an Ihre Arbeit, Weidemann!" Grabosch verlor die Lust an der Befragung. Weidemann war schon auf dem Weg zur Tür.
„Überlegen Sie es sich noch mal, vielleicht war's nur eine klitzekleine Information. Wenn Sie sich besonnen haben, kommen Sie wieder! Ich werd' Ihnen bestimmt nicht den Kopf abreißen."
Der Bote verließ den Raum wie er gekommen war, mit hängenden Schultern, in gebückter Haltung. Der Haaransatz im Nacken war schweißnass.
Mazurka, Müller und Michaelsen kamen aus Müllers Büro. Die Tür war halb offen gestanden, und sie hatten die Befragung des Boten mitbekommen.
„Ein Zufall aber auch, dass Manfred mit dem Opfer verwandt ist", meinte Müller.
„Was glaubst du, Franz, hat er oder hat er nicht?"
„Wenn ich das wüsste, Mazurka, aber Du bist es doch, die für solche Fragen zuständig ist."
Mazurka setzte sich an ihren Schreibtisch und machte ein ratloses Gesicht. „Immerhin hast Du ihm eine Brücke gebaut. Vielleicht kommt er wieder und beichtet seine Fehltritte dem Beichtvater Franz."
Alle vier lachten, rückten Stühle an Mazurkas Tisch und beratschlagten die Aktionen für den weiteren Tag.

Hedwig Mazurka hatte sich im Milieu umgehört, um das Appartement, wo die Obermeier ihrem Gunstgewerbe nachgegangen war, ausfindig zu machen. Die Dame, wie sie Mazurka nannte, hatte sich lange geweigert, die Adresse preiszugeben. Als ihr gestern Abend Mazurka mit Beugehaft gedroht hatte, war sie vernünftig geworden. Die Wohnung war längst wieder vermietet und lag in einem Anwesen in der Waldhofstraße.

„Dann nehmt euch mal die Wohnung vor, vielleicht findet sich noch was Verwertbares“, sagte Grabosch. „Viel Hoffnung hab' ich aber nicht. Nehmt Dickgießer mit, der findet ja immer was, sind dessen eigene Worte.“

In diesem Augenblick ging die Tür auf und Dickgießer trat ein.

„Wenn ma de Esel nennt, kummt er gerennt!“, rief Grabosch. Er hatte sich, auf den Rat seiner Frau hin, vorgenommen, in Zukunft etwas lockerer mit seinen Mitarbeitern umzugehen.

„So isses, Franz, un jetzat bin ich do und bring euch die bisherige Ergebnisse.“

Er legte einen Aktendeckel auf den Tisch, holte einen Stuhl aus Müllers Büro und setzte sich zu ihnen.

„Der Fingerabdruck von dem Schermuly an der oberen Klingel war jo a riese Sach! Awwer sunscht hammer nix G'scheits g'funne. Ich hab euch a List' gemacht von de Sache, die wir mitgenommen haben, liegt alles noch bei mir. Wir haben ja alles auf den Kopf g'stellt in der Wohnung und im Keller auch und nix g'funde, was mit dem Mord zu tun habe

könnt. Videos hat er ja gehabt, der Weidemann, aber kä selbst gedrehte, noch nit ämol än einzige Sexfilm war dabei, is übrigens selte bei unsre Recherche. Awwer ich sag mir, wenn der Weidemann was g'habt hot, dann hat's der Täter sicher mitgenomme."
Die Kommissare saßen da und hörten zu. Dieser Dickgießer kann reden wie ein Buch, dachte Grabosch. Marktschreier hätte er auch werden und ebenso erfolgreich arbeiten können. Bis auf den entscheidenden Fingerabdruck hatte er aber nichts Spektakuläres vorzuweisen. Aber vielleicht kam ja noch was. Der Mann von der Spusi war stets für Überraschungen gut.
„Ein Notizbuch oder so was haben wir nicht gefunde", fuhr Dickgießer fort. „Bloß einen Block, bei dem über die Hälft von de Blätter rausgerisse sind. Steht alles in meinem Bericht."
Grabosch griff nach der Akte, nahm eine Seite heraus, legte sie obenauf, begab sich zu seinem Schreibtisch und sagte: „Ich könnt' einen Kaffee vertragen."
Amelie erschien aus dem Schreibzimmer.
„Hab' ich mir gedacht und eine ganze Kanne gekocht für die Herrschaften!" Sie strahlte über's ganze Gesicht und schaute in die Runde.
„A Perl habt ihr an Land gezoge mit der Amelie, wisst ihr das überhaupt?" Genüsslich strich Dickgießer über seinen Schnauzbart und nahm seine Tasse in Empfang.

Am späten Nachmittag machten sich Mazurka und Müller auf zur Waldhofstraße. Der Kurpfalzkreisel wurde mal wieder umgebaut, das Straßencafé gegenüber der Feuerwache war überfüllt, und vor dem Capitol standen eine Menge Leute. Die von Hannelore Obermeier genannte Adresse war ein lang gezogener Bau aus der Kaiserzeit mit zwölf Klingelknöpfen und Namensschildern. Italienische und türkische Namen überwogen. M. Claren stand auf einem der gestanzten Klebestreifen. Müller drückte den dazugehörigen Knopf, einmal, dann ein zweites und schließlich ein drittes Mal. Der Summer ertönte und die beiden Kommissare betraten das Haus. Terrazzoboden, die Wände des Treppenhauses weinrot lackiert, das verzierte, eiserne Treppengeländer dunkelgrün gestrichen.

Die Wohnung im dritten Stock lag nach hinten zum Hof. Nachdem sie an der Tür geläutet hatten, erschien eine junge Frau mit einem Kurzhaarschnitt, schlank, mit einem lilafarbenen Minirock und einem Bustier im gleichen Farbton. Ihr Gesicht war ebenmäßig, ihr Haar schwarz. Sie trug rosafarbene Ohrringe, die Augenbrauen waren nachgezogen, und der Lidschatten, an dem sie nicht gespart hatte, gab ihrem Blick etwas Träumerisches. Sie war barfuß und fast einen Kopf kleiner als Hedwig Mazurka.

Müller schaute zuerst auf ihren Bauchnabel – Männer!, dachte die Kommissarin – und dann zu ihr auf. „Kriminalpolizei, Frau Claren, mein Name ist Müller, das ist meine Kollegin Mazurka.“ Sie zeigten ihre Legitimation. „Dürfen wir reinkommen?“

„Muss ich das? Ich glaube nicht.“ Sie sprach mit rheinischem Akzent und machte ein unwilliges Gesicht. „Ich wüsste nicht, dass ich mit der Kripo irgendwas zu schaffen hätte.“

„Hier im Treppenhaus könnte es aber peinlich für Sie werden, Frau Claren“, mischte sich Mazurka ein.

„Peinlich? Mir ist nichts peinlich, das ist eine meiner vielen Eigenschaften. Machen Sie doch, was Sie wollen!“ Frau Clarens Stimme war um eine Spur lauter und schriller geworden.

„Nun ist's aber genug!“, polterte jetzt auch Müller. „Entweder Sie lassen uns jetzt rein oder wir kommen mit einem Hausdurchsuchungsbefehl wieder, aber dann werden wir Ihre Wohnung so auf den Kopf stellen, dass Sie vier Tage brauchen, bis wieder alles an Ort und Stelle ist!“

„Dann kommen Sie halt.“

Sie ging voran durch den Flur, Müller schloss die Tür und folgte den beiden Frauen in einen Raum, der als Wohnküche diente. Sie setzten sich an den Esstisch. Die junge Frau schien nun ganz friedlich zu sein. „Darf ich Ihnen was zu trinken anbieten? Claren mein Name, Uschi Claren.“

„Das ist sehr freundlich von Ihnen, nein, danke.“ Wir haben ein paar Fragen an Sie, die Ihre Vormieterin betreffen, eine gewisse Hannelore Obermeier.“

„Da muss ich Sie enttäuschen. Den Namen hab' ich zwar schon gehört, aber das Vergnügen, diese Kollegin kennenzulernen, hatte ich noch nicht.“

„Dann können wir also davon ausgehen, Frau Claren, dass Sie ebenfalls dem Gunstgewerbe nachgehen.“ Mazurka hatten die Jahre im Sittendezernat wieder einmal eingeholt.

„Gunstgewerbe, wie das klingt! Müsst ihr Polizisten

euch immer so geschwollen ausdrücken?" Uschi Claren fauchte wie eine Katze.
„Ich steh' dazu, es ist ein Beruf wie jeder andere auch. Und notwendig ist er, denken Sie an die vielen verklemmten, unglücklichen Männer! Wer weiß, was die sonst anstellen würden." Dabei schürzte sie ihre Lippen und sah zu Müller auf, der aufgestanden war und gerade etwas sagen wollte, nun aber stumm blieb.
„Kennen Sie Frank Schermuly?", setzte Mazurka nach.
„Nicht persönlich. Aber gesehen hab' ich ihn schon, den Frankie-Boy, der ist ja inzwischen stadtbekannt nach dem Anschlag auf ihn und dem Tod dieses Portiers, mit dem er in Verbindung gebracht wird. Sie suchen ja nach ihm, aber dabei kann ich Ihnen nicht behilflich sein."
Müller stand noch immer unschlüssig hinter seinem Stuhl. Mazurka ergriff erneut die Initiative.
„Könnte man sagen, dass Sie der gleichen Tätigkeit nachgehen wie ihre Vormieterin? Frau Obermeier hat sich ja, und darüber bin ich froh, von der Szene gelöst und betreibt eine eigene Kneipe."
„Sind Sie Missionarin oder Kommissarin?" Uschi Claren kicherte vor sich hin. „Auch davon hab' ich gehört, man hört so einiges. Aber wenn Sie glauben, ich hab' einen Luden, der mich beschützt und die Hand aufhält, dann haben Sie sich geschnitten. Ich bin selbständig und von solchen Typen wie dem Schermuly nicht abhängig."
„Aber dass Ihre Tätigkeit in diesem Wohnbezirk gar

nicht erlaubt ist, das wissen Sie?", warf Müller ein.
„Jetzt sei mal nicht päpstlicher als der Papst, Kommissar! Was stehen Sie überhaupt hier rum, Sie machen mich ganz nervös! Ich bin für das Motto ‚Leben und leben lassen'. Das läuft hier ganz gesittet ab. Ich lauf ja nicht splitternackt im Treppenhaus rum. Mit den Nachbarn hab' ich ein gutes Verhältnis, keiner hat sich je beschwert, oder haben Sie andere Informationen? Ihr werdet mir doch nicht die Sitte auf den Hals hetzen?"
Dies war das Stichwort, auf das Müller gewartet hatte.
„Darüber lässt sich reden, Frau Claren, doch kooperieren müssten Sie schon mit uns. Gestatten Sie mir, dass ich mich in der Wohnung ein bisschen umsehe?"
„Wenn's Ihnen Spaß macht, Kommissar. Ich hab' nichts zu verbergen."
Müller begab sich in den Flur. Als er Mazurkas Stimme hörte, blieb er stehen.
„Wem gehört eigentlich die Wohnung?"
„Das ganze Haus gehört einem Autohändler namens Marek", antwortete die Claren. „Er hat das Haus gekauft und renoviert, und ich überweis' an jedem Monatsende meine Miete, es hat noch nie Ärger gegeben."
Müller betrat den eigentlichen Wohnraum und schaute sich um. Das Zimmer war ein einziger Albtraum in Rosa und Schwarz, die Einrichtung eine Mischung aus Kitsch und Skurrilitäten. Das unübersehbare Zentrum bildete ein ausladendes Bett mit rosaroter Bettwäsche, auf dem mehrere Teile Damenunterwäsche herumlagen. Zu beiden Seiten des

Kopfendes stand ein gläserner Beistelltisch, auf dem einen lag eine Hochglanzzeitschrift mit dem Namen „Bazar", auf dem anderen ein Päckchen Präservative der Marke „Billy-Boy, Rubber". Der schnörkellose Kleiderschrank, der fast eine ganze Wand verdeckte, war vollständig verspiegelt. In einer Ecke standen zwei mit rosa Velours bezogene Cocktailsessel an einem schwarz gebeizten, dreieckigen Tisch, auf dem eine weiße Skulptur stand, ein Paar beim Liebesakt. Müller zog die halb geöffneten, schwarzen Übergardinen auf, die zwei Fenster frei gaben und ihm einen Ausblick in den Hinterhof gewährten, kein übler Ausblick, dachte Müller, denn da gab es einen hohen Laubbaum und darunter eine Bank und einen Sandkasten, in dem mehrere Kinder fröhlich spielten.
Müller ließ noch einmal seine Blicke durch das Liebesnest kreisen, besann sich aber dann auf den eigentlichen Grund seiner Recherchen vor Ort.
Als Erstes nahm er sich den überdimensionierten Ventilator vor, der von der Stuckdecke hing. Er zog die Schuhe aus, stieg auf das Bett und stellte fest, dass sich das Ding nicht drehen ließ, sondern die Funktion einer Lampe hatte. Als er sich den Mittelteil, die vermeintliche Achse des Propellers, vornahm, entdeckte er das Objektiv einer Minikamera. Das weiße Lampenkabel verlief in einem hängenden Bogen zur Wand hin und endete in einer Buchse.
Müller zog die Schuhe wieder an, verließ den Raum und öffnete die Tür zum angrenzenden Bad.
Aus der Wohnküche drang ein Lachen. Die beiden Frauen schienen sich ja prächtig zu verstehen.

„Was macht er denn jetzt, Ihr Begleiter? Er schnüffelt in meinem Badezimmer, na, solange er nicht mein Klo benutzt, ist's ja gut.“ Wieder hörte er ein Lachen.

Das Bad blitzte vor Sauberkeit. Es gab eine Dusche mit ovaler, gläserner Schwingtür. Auf der Konsole über dem Waschbecken standen eine Unmenge Dosen und Fläschchen. Darüber hing ein Alibertschrank mit noch umfangreicherem Kosmetikangebot.

Noch einmal vermaß Müller mit den Augen die raumhoch geflieste Wand. Genau! Dort oben über dem Spiegelschränkchen musste die Stelle sein, wo das Kabel der Propellerlampe in einer Buchse verschwand. Zwei Kacheln waren nicht verfugt und mit kaum sichtbaren Klammern befestigt.

„Bingo!“, rief Müller, stellte sich auf einen Hocker, holte sein Schweizer Offiziersmesser aus der Hosentasche, wählte den Schraubendreher, entfernte die Klammern und löste vorsichtig die beiden Kacheln.

„Bingo!“ Seine Ahnung hatte sich bestätigt. Der Hohlraum war größer als er für eine Videokamera nötig war. Jede mittelgroße Apparatur passte da hinein. Aus der Wand hing ein dünnes schwarzes Kabel.

Müller befestigte die zwei Kacheln und ging wieder in Uschi Clarens Schlafgemach. Hinter den verspiegelten Schranktüren fand er nichts. Er suchte den gesamten Raum noch einmal ab, doch ohne weitere Ergebnisse.

„Na, alter Schnüffler“, sagte Uschi Claren, als er die Wohnküche betrat. „Was gefunden?“

„Haben Sie diese Wohnung mitsamt der Einrichtung übernommen?“ Die Anrede machte ihn ärgerlich, aber er ließ es sich nicht anmerken.
„Was Sie alles wissen wollen! Aber egal. Das meiste hab’ ich mitgebracht, bis auf das Bett, den Vorhang und die Einbauküche. Ich habe dafür eine Abstandssumme bezahlt, sagt man so, Herr Kommissar?“
„Und an wen, wenn man fragen darf?“
„Na, an die Vormieterin, an die Hannelore Obermeier, an wen denn sonst?“
Nun kam die entscheidende Frage, dachte Müller. Er sah schon alle Felle davonschwimmen.
„Und die Propellerlampe über Ihrem Bett, haben Sie die auch mitgebracht?“
Uschi Claren schlug sich an die Stirn. „Ach, Kommissärchen, die hab’ ich doch glatt vergessen. Nein, nein, der Propeller hing schon da.“
„Von mir aus war’s das, Frau Claren.“
Müller stand im Türrahmen. Sein Kopf reichte bis knapp unter die obere Zarge.
Mazurka stand auf und gab Uschi Claren die Hand. „Dann machen Sie’s mal gut, Schätzchen! Und überlegen Sie sich’s noch mal, es ist nie zu spät, wenn man sein Leben ändern will, glauben Sie mir, ich weiß, wovon ich spreche.“
„Das ist vergebene Liebesmüh, Frau Kommissarin!“ Uschi Claren wirkte jetzt gar nicht mehr so kratzbürstig wie zu Anfang ihrer Begegnung. „Sie können die Welt nicht retten, liebe Frau. Die Welt ist wie sie ist, und damit basta!“
Ehe sie die Abschlusstür hinter sich ins Schloss fallen

ließ, stand sie wieder vor ihnen, ebenso lasziv wie eine halbe Stunde zuvor. „Na, großer Mann. Hat's Ihnen gefallen in meinem Schlafzimmer? Wenn Sie's wieder mal juckt, dann kommen Sie!"
Sie lächelte, sah Müller von oben bis unten an und fügte hinzu: „Über den Preis machen Sie sich keinen Kopf, darüber kann man reden."
„Mein lieber Scholli!", sagte Müller, als sie das Haus verließen.
Müller ist geschafft, dachte Mazurka. Und wie zur Bestätigung ihres Eindrucks stieß Müller, als er sich ans Lenkrad setzte, hervor: „Sack Zement, das ist eine, alles was recht ist!"
Erst als sie über die Jungbuschbrücke fuhren, war mit Müller wieder zu reden. Er informierte Mazurka über das, was er entdeckt hatte.
„Also doch, Mathias. Franz hatte wieder mal Recht. Da oben wurden die Freier gefilmt. Schermuly hat die Aufnahmen und versucht sie garantiert zu Geld zu machen. Der Kerl ist Zuhälter, Mörder, Erpresser und was weiß ich noch alles! Wir müssen Dampf machen, Mathias, der gehört hinter Schloss und Riegel und zwar schnell!"
Mazurka hatte sich regelrecht in Rage geredet.
Als sie vom Parkring in die Bismarckstraße abbogen, versuchte Müller, seine Kollegin zu beruhigen. „Jetzt mach mal halblang, Hedwig! Wir kriegen den noch, dead or alive, aber wir kriegen ihn!"
Als sie nach L6 abbogen, berichtete Mazurka von dem Gespräch mit der Claren. Sie sei eine gescheite Person, aber wie viele ihrer Kolleginnen unbelehrbar,

habe kein Unrechtsbewusstsein und sei taub gegenüber Argumenten und Ratschlägen. Neues, was sie im Fall Schermuly weiterbringen konnte, hatte Mazurka nicht in Erfahrung gebracht.
Im Präsidium informierte Müller den schon ungeduldig wartenden Grabosch über seine Entdeckungen in der Waldhofstraße.
„Sag' ich doch, Mathias, der erpresst gut betuchte Freier, gerade jetzt, wo nach ihm gefahndet wird. Schermuly braucht Geld, dem wird der Boden hier zu heiß, und er wird versuchen, sich ins Ausland abzusetzen. Die Flughäfen, Bahnhöfe und Grenzkontrollen sind informiert. Der Mann ist eine lebende Zeitbombe, wenn ihr mich fragt. Ihr müsst Tempo machen, Du und Michaelsen!"
Der Hauptkommissar blickte missmutig drein und machte Fingerübungen auf dem Schreibtisch, rauf und runter. Hab' ihn nie gefragt, ob er Klavier spielt, der Chef, dachte Mazurka. Aber diese Frage fand sie im Moment unpassend und so ließ sie es sein.
„Wir müssen zum Leichenschnippler", sagte Grabosch. „Er ist jetzt fertig und will uns die Ergebnisse präsentieren."
„Muss ich da mit, Franz?", jammerte Mazurka.
„Nein, Madame, wir beide machen das. Fahr Du noch mal zu dem Bistro und frag die Obermeier, ob sie weiß, dass der Schermuly sie gefilmt hat. Du musst hartnäckig sein, vielleicht weiß sie mehr, als sie bisher zugegeben hat."
Dr. Bär, der Polizeiarzt, empfing sie in Arbeitskleidung. Sie gingen zum OP-Tisch, und der Pathologe

zog das Leintuch zurück. Weidemann lag da mit halb geöffnetem, schiefem Mund, wie sie ihn am Tag zuvor auf der Friesenheimer Insel vorgefunden hatten, nur dass er jetzt unbekleidet war. Die Wundränder an seiner Kehle waren blutverkrustet.

„Die Tatwaffe", begann Dr. Bär, „war mit großer Wahrscheinlichkeit ein Stilett, und der glatte Schnitt hat zu einem raschen Tod geführt. Aber zuvor muss ihn der Täter auf andere Weise malträtiert haben. Hier am Hals sind deutliche Würgemale zu sehen. Auch an den Oberarmen gibt es Spuren. Der Täter muss sein Opfer mit eisernem Griff gepackt haben. Das alles deutet darauf hin, dass der Täter etwas aus dem Mann herauspressen wollte. Ich bin da ganz sicher, denn das Beste hab' ich euch noch gar nicht gezeigt."

Er drehte Weidemanns Arme um. In den Armbeugen waren hässliche Brandwunden zu sehen. Grabosch und Müller sahen Dr. Bär fragend an.

„Ja, meine Herren, da kommt ihr aus dem Staunen nicht mehr heraus. Ich hab' ein bisschen experimentiert, und das Ergebnis ist eindeutig. Die Brandwunden wurden mit einer brennenden Zigarette herbeigeführt. Könnt ihr euch vorstellen, wie der arme Kerl gejault hat?"

Den beiden Kommissaren fehlten die Worte. Sie waren gestandene Männer, aber beim Anblick des toten Portiers wurden sie ganz klein.

„Ich bin noch nicht fertig", sagte der Pathologe in die entstandene Stille hinein. „Der Mann hatte einige Flaschen Bier intus, war aber nicht betrunken.

Im Magen hab' ich nichts Auffälliges gefunden. Der Mann war in einem guten gesundheitlichen Allgemeinzustand."

„Deck ihn zu, Doc!", sagte Grabosch. Er wandte sich mit Müller zur Tür. Auf einem Tisch an der Wand sah er einen Teller mit Leberwurst, Blutwurst und Schwartenmagen. Schon halb auf dem Flur drehte sich Grabosch um und rief: „Vielen Dank, Doc, für die Mühe, und guten Appetit!"

„Gern geschehen, Franz, und danke!"

Sie fuhren zurück ins Präsidium. Es war schon später Nachmittag. Oben hielten sie Rat mit Rede und Gegenrede. Sie warteten auf Mazurka. Was hatte Weidemann gewusst?

Was hatte Schermuly aus seinem Opfer mit rabiaten Mitteln herauspressen wollen? Etwas, was seine Existenz bedrohte. Aber was war es?

## Blaue Adria

Es war Monate später, am 17. Dezember, einem Dienstag. Bis zum Ende des Millenniums waren es noch vier Jahre. In sechs Tagen war Weihnachten, und Lars van Gröben hatte schon alle Geschenke beisammen. Beim Juwelier Braun in den Planken hatte er ein sündhaft teures Collier erstanden. Auch für die Töchter hatte er sich ins Zeug gelegt. Der Höhepunkt des Heiligen Abends würde ein Gang zum nahen Reiterverein sein, wo ein edles Pferd im Stall stand, von dessen Besitz weder seine Frau noch die lieben Kleinen auch nur den Hauch einer Ahnung hatten.
Van Gröben war mit sich zufrieden. Er freute sich auf die Festtage und auf die stille Zeit zwischen den Jahren.
Als er, aus Stuttgart kommend, am späten Abend im Mannheimer Hauptbahnhof aus dem ICE stieg, klingelte sein Handy.
„Ganz schön kalt heute in Mannem, Herr Staatssekretär, oder?“
Schermulys Stimme klang nicht unfreundlich, hatte aber einen verschlagenen, geradezu bedrohlichen Unterton. Also doch, der Lump gibt keine Ruhe, dachte van Gröben, schwang seinen silberfarbenen Aktenkoffer und schlug ihn gegen sein rechtes Bein.
„Der Koffer kann nichts dazu!“ Schermulys Stimme war nun voller Hohn. „Sie allein, Gröben, sind schuld an Ihrer Situation!“
Van Gröben schaute sich um. Der Dreckskerl war in

seiner unmittelbaren Nähe und beobachtete ihn. Er erfasste mit einem Blick die hastenden und wartenden Leute auf dem Bahnsteig und dehnte die Suche auf die benachbarten Perrons aus, konnte den Erpresser aber nicht entdecken.
„Da staunst Du, he?“ Es folgte ein Lachen, das von der sonoren Stimme der Bahnhofssprecherin übertönt wurde.
Van Gröben fehlten noch immer die Worte. „Was wollen Sie?“, flüsterte er schließlich. „Der Tote auf der Friesenheimer Insel geht auf Ihr Konto, nach Ihnen wird gefahndet, und Sie stehen hier seelenruhig rum und rufen mich an. Was sind Sie bloß für ein Mensch?“
„Einer, der genau weiß, was er macht.“ Schermuly sprach sehr leise, wirkte aber selbstsicher. Von Angst schien er nicht getrieben zu sein.
„Die wollen mir den Mord an diesem Portier anhängen, ob zu Recht, das will ich mal offen lassen. Jedenfalls wird mir hier der Boden zu heiß, ich muss die Flatter machen, das verstehen Sie doch, und ich brauch' jetzt das Geld, und zwar subito!“
„Wieviel?“ Van Gröben hielt den Aktenkoffer ganz ruhig, aber die Hand umfasste krampfhaft den Griff und zitterte.
„400 000 Deutschmark. Die Situation hat sich geändert, Gröben, und da steigt der Preis.“
„Wann und wo?“
„Besorgen Sie's morgen! Sie hören von mir.“
„Wir müssen reden!“ Er brauchte einen Aufschub. Das kam alles so schnell, er musste Zeit gewinnen.

Hundert Gedanken jagten durch van Gröbens Kopf. Die Angst war wieder da, und sie war kein guter Ratgeber, das wusste er. Er stand am Abgrund.
„Der Worte sind genug gewechselt, Goethe, Faust I.“, tönte Schermuly.
Van Gröben spürte einen Kloß im Hals. Dieser Verbrecher war schlauer als er gedacht hatte. Der war nicht zu unterschätzen. „War's das?“, stieß er hervor.
„Noch nicht ganz. Wenn Sie gleich nach Hause kommen, werden Sie eine Überraschung erleben.“
„Wovon reden Sie?“ Van Gröben fühlte sein Herz in den Schläfen schlagen.
„Sie werden's gleich merken, was ich mein'. Wenn ich's Ihnen jetzt sag', ist's ja keine Überraschung mehr. Machen Sie keine Dummheiten! Sie hören von mir, Ende.“
Als van Gröben durch die Bahnhofshalle eilte, hatte er keinen Sinn für den glitzernden Weihnachtsbaum und die Heilsarmee-Soldatinnen, die Weihnachtslieder zur Gitarre sangen. Im Taxi zerbrach er sich den Kopf über Schermulys Worte, dachte an Entführung oder noch Schlimmeres. Seine Vergangenheit hatte ihn eingeholt, bedrohlicher als zuvor. Die Angelegenheit eskalierte, so viel stand fest.
Das Haus lag in völligem Dunkel. Er trat ein und rief die Namen seiner Lieben. Es blieb totenstill. Auf dem Esstisch lag eine Nachricht. Er nahm sie auf und hielt das Blatt mit zitternden Händen. Es war die Schrift seiner Frau.
„Du bist ein Schwein“, las er, und sein Herz raste. „Ich

habe das Video gefunden und mir angesehen. Mein Ekel ist größer als meine Enttäuschung. Du bist ein Ungeheuer! Ich will Dich nie wieder sehen! Lass bloß Deine dreckigen Pfoten von unseren Töchtern! Wir sind ausgezogen und bei meinen Eltern in Freiburg. Wie konntest Du uns das antun? Alles ist aus, alles!"
Das letzte Wort war unterstrichen. Van Gröben hielt das Blatt über die auf dem Tisch stehende Messingschale und zündete es an. Beim letzten Züngeln der Flammen verbrannte er sich die Finger, aber er fühlte keinen Schmerz. Der war innen und kroch ihm die Kehle hoch. Aus, dachte er, alles aus, das war's! Er wankte und erreichte mit Mühe einen Sessel, wo er kraftlos niedersank.
Das war also die Überraschung, von der Schermuly gesprochen hatte. Er war Zeuge der überstürzten Abreise seiner Frau und seiner Kinder gewesen. Den Grund dafür konnte der Erpresser nicht wissen, doch dies war ein schwacher Trost.
Nachdem er sich gesammelt hatte, sandte er eine E-Mail an seine Frau. „Kommt zurück", schrieb er, „ich packe und ziehe ins Haus am Schwanenweiher, jetzt sofort. Es tut mir unendlich leid. Lars."
Hastig packte er ein paar Sachen und verstaute sie in seinem Wagen. Nur fort von hier, nur fort!, dachte er. Hier hatte er nichts mehr verloren.
Das Video lag noch im Rekorder. Er hatte es gut versteckt, aber nicht gut genug, und seine Frau hatte es gefunden. Einen Fluch ausstoßend riss er das Band heraus, legte es in die Schale zu den Ascheresten und verbrannte es. Es knisterte und stank. Er legte den

Hausschlüssel auf den Tisch, leerte die Schale im Kamin aus, sah sich noch einmal um, löschte alle Lampen, verließ das Haus und warf die Tür ins Schloss. Die leere Kassette warf er in die Mülltonne am Straßenrand. Morgen früh kam die Müllabfuhr.
Es war später Abend, bald Mitternacht. Die Autofähre am Großkraftwerk fuhr nicht mehr, falls sie wegen des derzeitigen Hochwassers überhaupt noch in Betrieb war. Er musste den Umweg durch die Stadt über die Rheinbrücke nach Ludwigshafen und Rheingönheim nehmen.
Das Wochenendhaus an der Blauen Adria, wie man die vielen Baggerseen bei Altrip nennt, lag beschaulich hinter einer mannshohen Ligusterhecke im Mondschein, der die Wasserfläche mit tausenden zitternder Lichtpunkte verzauberte. Am gegenüberliegenden Ufer hingen Nebelschwaden. Es war feucht und kalt. Van Gröben fröstelte, als er das einstöckige Haus betrat, die Heizung aufdrehte und im Kamin ein Feuer entzündete. Hier würde er die nächsten Tage verbringen, dachte er, und dann in Stuttgart bleiben. Erst musste noch die Sache mit dem Erpresser zu Ende gebracht werden.
Am frühen Morgen klingelte es. Van Gröben, der die halbe Nacht keinen Schlaf gefunden hatte, glaubte an eine Täuschung und drehte sich auf die Seite. Dann war ein heftiges Klopfen ans Fenster zu vernehmen. Sich die Augen reibend begab er sich zur Haustür und öffnete. Vor ihm stand ein Mann in einem beigefarbenen Dufflecoat und einem um den Hals gewundenen Schal mit Schottenkaros.

„Grabosch mein Name, Kriminalpolizei, hier meine Marke. Sind sie Herr van Gröben? Entschuldigen Sie die frühe Störung. Darf ich reinkommen, es ist saukalt hier draußen."
„Dann kommen Sie!" Van Gröben ging voraus, bat den Besucher, im Wohnraum Platz zu nehmen, verschwand im Schlafzimmer und kam mit Hausschuhen und Bademantel zurück. „Wie kann ich Ihnen helfen, Herr Kommissar?"
Grabosch räusperte sich. „Werd' mir doch hier draußen keine Erkältung eingefangen haben. Ich war vor Ihrem Haus in Neckarau und hab' dann erfahren, dass Ihre Frau mit den Töchtern nach Freiburg zu Ihren Schwiegereltern gefahren ist. Werden Sie mit Ihrer Familie die Festtage im Breisgau verbringen, Herr Staatssekretär?"
„Das kann schon sein." Van Gröben gab sich gelangweilt. „Aber warum wollen Sie das wissen, ich versteh' Sie nicht."
Grabosch überhörte die Frage. „Herr van Gröben, warum Sie hier in der Einsamkeit die Nacht verbracht haben, das könnte mich schon interessieren. Hat's Ärger gegeben?"
„Jetzt werden Sie indiskret, lieber Kommissar, und ich kann nicht sagen, dass mir das gefällt. Aus einer sentimentalen Laune heraus, wenn Sie's unbedingt wissen wollen. An diesem Wochenendhaus hängen viele Erinnerungen. Aber woher wissen Sie, dass ich hier bin?"
„Einer ihrer Nachbarn hat's vermutet." Grabosch war es noch immer kalt, und er rieb sich die Hände.

„Aber nun heraus mit der Sprache. Sie sind doch nicht nach Altrip gefahren, um sich nach meinem Familienleben zu erkundigen und mir frohe Weihnachten zu wünschen! Was führt Sie zu mir?"
„Nein, nein, da kann ich Sie beruhigen, Herr Staatssekretär. Es geht um etwas anderes. Im Zusammenhang mit der Fahndung nach dem Zuhälter Frank Schermuly, der dringend des Mordes an einem Portier von der Friesenheimer Insel verdächtigt wird, und von dem wir annehmen, dass er ehemalige wohlhabende Freier erpresst, sind wir unter anderem auch auf die Ex-Prostituierte Hannelore Obermeier gestoßen."
Grabosch legte eine Pause ein und beobachtete van Gröben aus den Augenwinkeln. Sein Gegenüber zeigte keinerlei Reaktion und gab sich noch gelangweilter als zuvor. Er gähnte laut und schien gar nicht richtig zuzuhören.
„Diese Frau", fuhr Grabosch fort, „behauptet schon ewige Zeiten, keinen ihrer Freier mit Namen gekannt zu haben. Aber jetzt, nachdem wir sie haben vorführen lassen, ihr mit Beugehaft gedroht und sie ordentlich in die Zange genommen haben, hat sie einen Namen genannt."
„Und welchen, wenn ich fragen darf. Kommen Sie zum Schluss, verehrter Kommissar, ich will mir einen Kaffee machen!"
„Den Ihren hat sie genannt, den Ihren, und deshalb bin ich hier."
Van Gröben brach in schallendes Gelächter aus. „Den meinen, sagen Sie, den meinen! Das ist einer-

seits eine lustige Vorstellung, andererseits aber völlig abwegig. Ich bei einer Prostituierten, das ist einfach lächerlich und eine Verleumdung sondergleichen. Ich rufe sofort meinen Anwalt an. Ich verlange eine Gegenüberstellung!"
Gelangweilt ist er nicht mehr, der Politiker, dachte Grabosch, erbost ist er, und wie, und dies vielleicht zu Recht, der Kommissar war sich seiner Sache längst nicht mehr so sicher wie einige Minuten zuvor, als er über die mit Tau bedeckte Wiese vor dem Haus gegangen war.
„Machen wir, Herr van Gröben. Dann werden wir ja sehen, wie glaubwürdig die Dame ist."
„Das ist eine böswillige Behauptung, an der nichts, aber auch gar nichts dran ist. Da will mir einer Schaden zufügen, das ist eine Intrige!"
Van Gröben hatte sich erhoben und ging wutschnaubend auf und ab.
„Machen Sie einen Termin mit meinem Anwalt! Die Sache stinkt zum Himmel und muss aus der Welt geschafft werden, je schneller desto besser!"
Grabosch war die Angelegenheit inzwischen leicht peinlich geworden. Wenn an der Sache nichts dran war, hatte er sich vergaloppiert und musste für entstandene Flurschäden geradestehen. Aber wenn nicht?
„Dann erübrigt sich wohl meine letzte Frage, die ich Ihnen stellen möchte, Herr van Gröben." Graboschs Stimme klang fast kleinlaut.
Van Gröben blickte ihn wütend an. „Und die wäre?"
„Ob Sie von Schermuly erpresst werden. Ein Mann

in Ihrer Stellung, Herr van Gröben, Frank Schermuly hat Sie vielleicht gefilmt. Er ist auf der Flucht und braucht Geld und Sie sind die perfekte Melkkuh. Erpressung ist ein schweres Delikt, Herr van Gröben. Kooperieren Sie mit uns, um Schlimmeres zu verhindern, wenn es sich so verhält!"

„Wie ehrenwert von Ihnen, Herr Kommissar", brauste der Staatssekretär auf. „Aber Sie verschwenden Ihre Zeit. Jetzt soll ich auch noch erpresst werden. Das ist lächerlich!"

„Das war es auch schon, Herr Staatssekretär, ich geh' dann mal wieder."

Van Gröben begleitete ihn hinaus. An der Hauswand hing eine Angel und ein Kescher.

„Sind Sie Angler?", fragte Grabosch. Van Gröben nickte und blickte über den Weiher. Am steil abfallenden Ufer sah Grabosch einen Steg und ein Ruderboot. Die Riemen waren eingeholt.

„Schön hier", meinte Grabosch.

Van Gröben brummte etwas Unverständliches.

„Man sieht sich", sagte er dann, „die Sache muss aus der Welt. Mein Anwalt wird sich bei Ihnen melden."

Er stand auf dem Eingangspodest und schaute auf den Kommissar herab. Dieser fand keine Gelegenheit, dem anderen die Hand zum Abschied zu reichen, denn van Gröben ging ins Haus und schloss die Tür.

Um Punkt 10 Uhr klingelte van Gröbens Handy. Der Minister aus der Landeshauptstadt meldete sich mit heiserer Stimme und Hustenattacken.

„Entschuldigen Sie, Herr Kollege, dass ich Sie be-

lästigen muss, und das gleich an Ihrem ersten freien Tag", krächzte er. „Ich habe Donnerstagabend um 20 Uhr einen Termin in Heidelberg, eine Podiumsdiskussion. Sie hören's ja, ich bin krank, wenn Sie mich vertreten könnten, wär' ich Ihnen unendlich dankbar. Das Thema ist kein Problem für Sie, Sie machen das mit links. Meine Sekretärin faxt Ihnen alles, was Sie wissen müssen. Sind Sie einverstanden?"
„Kein Problem." Es war nicht ratsam, den Minister hängen zu lassen, wenn dieser etwas von ihm wollte. „Aber ich bin in unserem Wochenendhaus, und da gibt's eine andere Faxnummer. Sie könnten mich mit Ihrer Sekretärin verbinden, dass das klargeht, und gute Besserung!"
Die Bürodame war sofort dran und notierte die Verbindung. Im Hintergrund hörte van Gröben erneutes Husten.

24 Stunden später, Donnerstag, 19. Dezember. Van Gröben aß ein paar Happen, verließ das Haus, setzte sich in sein Auto und fuhr los. Vor Speyer bog er auf die Autobahn ab und bretterte Richtung Basel. Er musste das Geld besorgen, mit Schermuly war nicht zu spaßen.
Kurz bevor er das Walldorfer Kreuz erreicht hatte, rief ihn sein Anwalt an.
„Einfach lächerlich, was die Kripo gegen Sie im Schilde führt", meinte der Anwalt. „Die Gegenüberstellung ist auf morgen, 15.30 Uhr, terminiert. Wir müssen uns noch absprechen, Herr van Gröben, heute noch."

Dann rief ihn Schermuly an.
„Haben Sie das Geld besorgt, Herr Staatssekretär?“
„Bin gerade dabei“, sagte van Gröben und verminderte für einen Augenblick die Geschwindigkeit.
„Gut! Seien Sie vernünftig und machen Sie keine Mätzchen, sonst wird’s unangenehm für Sie, äußerst unangenehm. Ich lass’ von mir hören. Punkt 18.30 Uhr.“
„Und die Kassette, was ist mit der Kassette?“
„Das Original bring’ ich mit. Es gibt keine weiteren Kopien. Die einzige, die es gab, hab’ ich Ihnen geschickt. Das müssen Sie mir schon glauben. Wenn ich das Geld habe, bin ich fort, weit fort und Sie hören und sehen von mir nichts mehr bis in alle Ewigkeit. Versprochen!“
Das Gespräch war zu Ende. Van Gröben legte wieder einen Zahn zu. Er schoss über die Autobahn wie ein Gejagter. Nur bei Tempobeschränkungen hielt er sich in etwa an die zulässige Höchstgeschwindigkeit. Er wollte nicht erwischt werden, heute auf keinen Fall.

# Friesenheimer Insel

Lores Imbiss hatte sich etabliert. Besonders bei den Lkw-Fahrern hatte es sich herumgesprochen, dass hier, unweit der Diffenébrücke und der Ausfallstraße zur Autobahn, eine attraktive Wirtin deftige Speisen wie bei Muttern zubereitete. Auch für andere Berufsgruppen war das Lokal ein beliebter Treffpunkt. Arbeiter und Angestellte aus den Betrieben, die die Strukturkrise nicht umgehauen hatte oder sich gar neu angesiedelt hatten, waren zu Gast, aber auch junge Leute, die der Friesenheimer Insel eine hässlich-schöne Ästhetik abgewinnen konnten, wie etwa Leute aus der Mannheimer Szene und Studenten. Für manche war das Lokal zum Geheimtipp geworden.

Am Dienstag, dem 17. Dezember 1996, stand Benno Klemm im Hinterhof, wo er den Müll entsorgte, der sich in der letzten Woche angesammelt hatte. Aus dem offenen Fenster zur Gaststube hörte er die Stimmen der Maler, die mit dem Streichen der Wände beschäftigt waren, zwei Arbeitslose, die sich an der Steuer vorbei ein paar Mark dazuverdienten und alle zwei Stunden ein Bier verlangten.

Am vergangenen Samstag hatte Klemm ein Schild beschrieben und es an der Eingangstür befestigt. Betriebsferien vom 16. bis 29. Dezember stand darauf. Klemm hatte die Pause durchgesetzt, denn er fühlte sich seit einigen Wochen nicht wohl, hatte Schwindelanfälle am Tag, und nachts meinte er, seine Kehle sei wie zugeschnürt. Hätte nicht der Herd teilweise seinen Geist aufgegeben, wäre aus den Betriebsferien nichts geworden, denn Lore hätte nicht zugestimmt. Sie ging in ihrem neuen Metier auf, galt als Seele des Lokals und wurde von nicht wenigen Truckern regelrecht angehimmelt. An den Wochenenden war der Imbiss geschlossen, und Lore meinte, dies reiche als Erholung. Wer sich aber erholen musste, das war Klemm, Lore hingegen schien unverwüstlich und blühte auf. Klemm dagegen, so musste es ein Außenstehender wahrnehmen, welkte dahin.

Schon wenige Monate nach der Eröffnung waren die Rollen festgelegt. Lore war die Chefin, Klemm der Arbeiter. Er machte die Einkäufe, war der Kellner, putzte Küche und Gaststube, schleppte Bierfässer und Wasserkästen und saß oft bis in die Nacht über Abrechnungen und amtlichen Papieren. Als Liebhaber hatte er so gut wie ausgedient. Getrennte Schlafzimmer hatten sie nicht, aber Lore ließ sich immer wieder neue Ausreden einfallen. Mal hatte sie Migräne, mal Angst um ihre neue Frisur. Von Liebe war keine Rede mehr. Doch Streit gab es keinen. Er tat, was man ihm sagte, zuverlässig und fleißig. Das Sagen hatte sie. Er machte schon einmal Einwände, machte Vorschläge, wie ein Problem gelöst werden könnte, aber zu widersprechen war nicht seine Art.

An den Wochenenden war er meist allein. Lore war dann unterwegs, oft von mittags bis abends, nicht selten auch über Nacht. Sie sprach von Bekannten, die sie besuchte und die zu Benno nicht passten oder von einer Tante in Frankfurt, um die sich sonst keiner kümmere. Klemm hatte es sich längst abgewöhnt, Lore danach zu fragen, nicht weil es ihn

nicht interessierte, im Gegenteil. Er litt unendlich unter ihrer Abwesenheit, er fragte nicht, weil er ihr keinen Anlass zum Streit geben wollte. An den seltenen Abenden, an denen sie einen Bummel durch die Mannheimer Innenstadt machten oder gemütlich im Wohnzimmer saßen, von vergangenen Zeiten sprachen und sich näherkamen, glomm in Klemm ein Fünkchen Hoffnung auf und er dachte, es könnte alles wieder werden wie früher.
Seinen Gedanken nachsinnend, ging er um's Haus, gebeugt und mit schleppenden Schritten. Ein Trucker fuhr in den Hof, wie bei fast allen seinen Kollegen stand ein kleiner Lichterbaum auf dem Armaturenbrett. Der Fahrer las das Schild an der Tür, fuhr einen Bogen und kehrte auf die Straße zurück.
Nächste Woche ist Weihnachten, dachte Klemm und überlegte, was sich Lore diesmal einfallen lassen würde. Am liebsten wäre er hoch gegangen, um sie danach zu fragen, aber sie schlief sicher noch. Einmal hatte sie an Heiligabend zu einer geschlossenen Gesellschaft geladen. Viele Leute, die meisten hatte er nie zuvor gesehen, hatten das Lokal in ein Tollhaus verwandelt. Auch Schermuly war gekommen und hatte sich als äußerst trinkfest erwiesen. Zum Höhepunkt des Abends hatte eine Freundin Lores auf dem Tisch getanzt und sich nach und nach ihrer Kleidungsstücke entledigt. Die Leute johlten, wedelten mit Geldscheinen, die sie der Stripperin zusteckten, was sich zusehends schwieriger gestaltete, so dass die Banknoten schließlich unter den Achseln oder sonst wo ihren Platz fanden. Klemm hatte sich

währenddessen in die Küche zurückgezogen, aber das merkte keiner.
Er betrat die Gaststube. Die beiden Maler zogen gerade die Abklebestreifen von den Fußleisten. „Bis 12, spätestens 1 sind wir mit allem fertig", sagte der eine, „mit noch zwei Bier geht's noch schneller", der andere.
Klemm holte zwei Flaschen, stellte sie auf den Tisch neben dem Eingang, warf eine Münze in die Jukebox und drückte Johnny Cash's „Ring of Fire". Lore kam im halb offenen Bademantel und Lockenwicklern im Haar die Treppe herunter, lehnte sich lasziv in den Türrahmen und blickte zu den beiden Malern.
„He, ihr zwei Kaprusen, trinkt ihr nur unser Bier alle oder schafft ihr auch was?"
„Um 12 rum wollen sie fertig sein, Lore", antwortete Klemm. „Ich werd' sie bezahlen, und dann sind sie fort."
„Du gefällst mir heut' gar nicht, Benno! Ist Dir nicht gut?" Sie schlug den Weg zur Küche ein.
„Geh wieder rauf und mach dich fertig, Lore! Ich koch' gleich was für uns, dein Lieblingsessen, Du wirst überrascht sein." Er war ihr nachgegangen und hatte sich vor den Herd gestellt.
Lore schloss die Tür und drückte sich an ihn.
„Du bist ein lieber Kerl, Benno!" Ihre Stimme war zärtlich, wie sie früher gewesen war. „Was hast Du? Bist Du krank?"
„Es geht schon, Lore. Ein bisschen schwindlig ist mir hin und wieder, aber mach Dir keine Sorgen um mich! Unkraut vergeht nicht." Er versuchte ein Lächeln.

„And it burns, burns, burns“, tönte es aus der Gaststube.
„Ich hab' nachgedacht über uns, Benno. Wir haben's geschafft. Mein Traum von einem eigenen Lokal ist in Erfüllung gegangen. Aber zu welchem Preis? Hast Du schon mal aus dem Gewinn und unserer Arbeitszeit unseren Stundenlohn berechnet? Noch nicht? Da wirst Du Augen machen, Benno, und verstehen, was ich mein'.“
„A ring of fire, a ring of fire...“, drang es durch die Tür, dann waren nur noch die Stimmen der beiden Arbeiter zu hören.
„Aber es läuft, unser Bistro, es läuft, Lore, es brummt! Wir haben's geschafft. Du und ich!“
Er legte seine Arme um ihre Schultern und bedeckte ihr Gesicht mit Küssen.
„Aber Du schaffst Dich dabei zu Tode, Benno, guck Dich doch an! So geht es nicht weiter.“
Sie löste sich von ihm und setzte sich auf die Tischkante. „Wir müssten eine Kellnerin einstellen, für Dich bleibt noch genug zu tun, mein Schatz. Aber die kostet, die Kellnerin, und dann müssten wir die Preise erhöhen. Manchmal denk' ich, es war doch keine so gute Idee, das Bistro aufzumachen, und wir sollten es verkaufen und was anderes machen, Schätzchen.“
„Du meinst...“
„Gar nichts mein' ich, Benno, ich denke nur nach und weiß nicht, was werden soll. Guck nicht so traurig, das mag ich nicht! Erhol Dich mal, wir haben schließlich Urlaub! Ich muss übrigens noch in die

Stadt, Besorgungen machen. Lass das mal mit dem Kochen, ist lieb gemeint, vielleicht morgen."

„Was wollten die eigentlich auf dem Präsidium von Dir?", fragte Klemm unvermittelt.

„Ach die, ausgefragt haben sie mich, gebohrt haben sie, immerzu." Sie machte eine abfällige Handbewegung. „Nach Schermuly haben sie mich gefragt, was denn sonst, wie der sein Geld verdient und solche Sachen. Erinnere mich nicht dran, es war ganz schrecklich!"

„Und was hast Du ihnen gesagt?"

„Nichts, nichts hab' ich gesagt, ich weiß es ja auch nicht, aber am Ende wollten sie wissen, wer mich in meinem Appartement besucht hat, und sie haben gebohrt und gebohrt, und da hab' ich einen Namen genannt. Ich könnt' mich noch jetzt in den Hintern beißen."

Klemm wandte sich zur Tür. „Ich glaub', frische Luft tut mir gut. Wenn die zwei weg sind, mach' ich einen langen Spaziergang am Rhein entlang zur Altrheinspitze, und dann schau' ich noch bei Dogan vorbei. Hab' ihn länger nicht gesehen. Es kann dauern."

Lore erhob sich, schnürte ihren Bademantel zusammen und nestelte an den Lockenwicklern. „Grüß ihn von mir! Und wart nicht auf mich heute Abend, es kann spät werden!"

Sie verließen die Küche. Lore entschwand nach oben, Benno ging zu den Malern, die gerade Farbflecken vom Boden entfernten. Die zwei Bierflaschen auf dem Tisch waren schon leer.

Unterwegs zum Rheinufer hing Klemm seinen Gedanken nach. Die letzten Jahre waren schnell vergangen. In zwei Jahren wurde er 60, und mit seiner Gesundheit war es nicht gut bestellt. Er fühlte sich ausgelaugt und müde. Lore war es nicht verborgen geblieben, wollte eine Kellnerin einstellen und ihn entlasten, oder aber das Lokal verkaufen und etwas Neues anfangen. Aber was? Er hatte nicht zu fragen gewagt. Lore war ihm fremd geworden. „Wart nicht auf mich heute Abend, es kann spät werden", hörte er sie sagen. Wo ging sie nur wieder hin? Früher hatte sie das nicht gemacht. Ja, früher. Da war alles gut gewesen. Weinte er, oder war es der kalte Wind, der ihm ins Gesicht blies?
Dann dachte er an Weidemann vom Röhrenlager. Dem hatte er nicht über den Weg getraut, der hatte ihn genervt mit seinen Informationen, die er wer weiß woher hatte. Aber ein solches Ende hatte er ihm nicht gewünscht. Die Kehle durchgeschnitten! Wer mochte das getan haben? Und warum?
Als er die Fabrikstraßen hinter sich gelassen hatte und durch Brachgelände in Richtung Rheinufer ging, war Klemm überrascht über das, was er sah. Das Hochwasser war da, gewaltiger als er es je erlebt hatte. Die Felder waren überschwemmt. Im Strombett quälten sich zwei Schiffe bergauf. Die Schifffahrt musste wohl bald eingestellt werden. Wie eine Hallig ragte in der Ferne die Orderstation aus dem Wasser. Baumstämme und Unrat trieben vorüber, wahre Schätze für Dogan, dachte er. Baumaterial für Jahrzehnte.

Ein Schwindel erfasste ihn beim Anblick der reißenden Flut, die Baumstämme und Äste mit sich führte, die sich ineinander verhakten und Inseln bildeten, die sich wieder auflösten und weiter stromab trieben.
Klemm taumelte und ging in die Hocke. Sein Herz jagte, dann stolperte es und schien auszusetzen. Kalter Schweiß brach ihm aus allen Poren. Er klapperte mit den Zähnen. Als es vorüber war, ging er weiter. Seine Kräfte kehrten zurück, mit jedem Schritt fühlte er sich besser. Der Schwindel war vorbei, es wurde ihm wieder warm. Er wandte sich nach rechts, stieg den Damm hinauf, erreichte die Fahrstraße und ging weiter. Der Rhein schien ihm von hier aus doppelt so breit als sonst. Drüben ragten die gewaltigen Kessel und Schlote der Anilin zu den Wolkengebirgen am Himmel, durch die immer wieder die Sonne brach. Er erreichte den Auwald an der Inselspitze und suchte Schutz vor dem eisigen Wind hinter dem grünen Wagen des Fährmanns, mit dem er so manchen Plausch gehalten hatte. Es folgte die nächste Attacke. Er meinte, das Herz schlüge ihm bis zum Hals. Er duckte sich nieder und wartete, bis es vorbei war. Dann trat er den Rückweg an.
Auf dem Weg zum Damm überholte ihn ein Auto und hielt an. Es war der Kellner vom Fischrestaurant am Altrhein.
„He, Benno, alter Kumpel, wohin des Wegs“, rief der Kollege. „Bist Du auf Wanderschaft?“
„Ja“, sagte Klemm, „und Du könntest mich heimfahren. Mir geht's nicht gut.“

„Kein Problem, steig ein!“, rief der andere und öffnete die Beifahrertür.
Als Klemm in den Hof kam, sah er zwei fremde Wagen vor dem Eingang stehen. Aus der Gaststube plärrte die Jukebox. Er schloss die Tür auf. Die Gaststube war leer. Er musste nach oben, sich hinlegen. Es war ihm so seltsam zumute.
Er öffnete die Schlafzimmertür und blieb wie angewurzelt stehen. Auf dem Bett hockte ein riesiges, fettes, spinnenartiges Tier, mit quellendem, fleischfarbenem Leib, sechs Armen und sechs Beinen, teils dunkel behaart, feuerrot in der Mitte. Drei Augenpaare starrten ihn an. Die Tentakel waren in der Bewegung erstarrt, angehalten zu einem Bild des Grauens. Drei nackte Leiber ineinander verhakt. Lore war mit zwei Männern zugange, der eine war Schermuly, den zweiten kannte er nicht.
„Ha, der Benno!“, rief Schermuly und lachte. „Das ist ein flotter Dreier, guck doch nicht wie ein Auto! Komm her und mach mit, für Dich gibt’s auch noch eine Öffnung!“
Klemm drehte sich um, stürzte die Treppe hinunter und rannte aus dem Haus. Er setzte sich ins Auto und legte den Kopf auf das Lenkrad. Er musste weinen, aber es kamen keine Tränen. Er startete den Motor, fuhr hinaus auf die Straße, ohne Ziel, sein Herz schlug bis zum Hals, in seinen Schläfen hämmerte es.
Irgendwann kehrte er um und fuhr zurück. Die zwei Wagen waren nicht mehr da. Er betrat das Haus und horchte, ging von Zimmer zu Zimmer. Lore war ausgeflogen. Er ging ins Bad, trank eine Unmenge Was-

ser und ließ den kalten Strahl über seinen Nacken laufen, begab sich dann ins Wohnzimmer, sank auf die Couch und schloss die Augen.

Am anderen Morgen, kurz nach 9, klingelte das Telefon. Klemm saß apathisch in der Gaststube, hatte die Ellbogen auf den Tisch gestützt und vergrub sein Gesicht in den Händen. Er wirkte wie ein Gespenst, das es versäumt hatte, in der Morgendämmerung zu verschwinden.

Das Telefon läutete lange, dann hörte es auf. Sinnlos stand die Jukebox neben dem Ausgang, sinnlos der Tresen hinter ihm und die Tische und Stühle. Sinnlos war alles, die Arbeit, die Mühe, Liebe und Hoffnung, das Leben, der Tod. Klemm überkam das Grausen. Glück, was war das? Er hatte es gesucht, es festzuhalten versucht, aber es war ihm zerronnen wie Sand zwischen den Fingern. Was war mit ihm geschehen? Er wusste es nicht.

Um ½ 10 läutete die Türglocke. Er legte den Kopf seitlich auf den Tisch und schloss die Augen. Da klopfte jemand ans Fenster und eine weibliche Stimme rief: „Machen Sie doch auf, Herr Klemm, ich kann Sie doch sehen!"

Er stand auf, schleppte sich zur Tür und schloss auf. Draußen stand Kommissarin Mazurka.

„Aber Herr Klemm, was ist mit Ihnen, wie Sie ausschauen! Sind Sie krank? Soll ich nach einem Arzt rufen? Du lieber Himmel!"

„Es geht schon." Er hörte seine Stimme und wunderte sich, dass er noch sprechen konnte, steuerte seinen Stuhl an und nahm wieder Platz.

Mazurka schloss die Tür und setzte sich Klemm gegenüber.
Der Mann ist kaum wiederzuerkennen, dachte sie. Ein Mundwinkel hing herab. Er sprach undeutlich. Dieser Klemm musste in ärztliche Behandlung, betrunken war er nicht, ausgeschlossen, er war krank. Sie wiederholte ihr Angebot und erhielt die gleiche Antwort wie zuvor. „Es geht schon."
„Der vergebliche Anrufer vorhin war ich", sagte sie schließlich. „Warum haben Sie nicht abgenommen? Sie sitzen hier und keinen Meter hinter Ihnen steht das Telefon."
„Ich weiß nicht. Wir haben Betriebsferien, da muss ich nicht ans Telefon gehen", nuschelte er.
„Sind Sie in der Lage, ein paar Fragen zu beantworten?"
Klemm sah sie mit einem seltsamen Blick an. Mazurka war es, als schaute er durch sie hindurch. Er nickte.
„Wie Sie sicher wissen, haben wir Frau Obermeier im Präsidium verhört. Wir wollten Namen wissen, Namen ihrer Kunden, denen sie in ihrem früheren Leben gefällig war. Sie hat uns einen genannt, der leugnet es aber ab, und deshalb brauchen wir Frau Obermeier für eine Gegenüberstellung."
Klemm schwieg und schaute sich in der Gaststube um, gerade so, als sei Mazurka nicht vorhanden.
„Hören Sie mir überhaupt zu?"
Er nickte.
„Ist sie oben?" Mazurka sah durch die offene Tür ins Treppenhaus. „Sind Sie so freundlich und rufen sie herunter oder sollen wir raufgehen?"

„Sie ist nicht da, Frau Kommissarin, sie ist nicht da." Die Worte kamen ihm jetzt leichter über die Lippen. „Wir haben Betriebsferien, hab' ich doch gerade gesagt."
„Und wo hält sie sich auf? Wir brauchen Frau Obermeier dringend, wir haben schon einen Termin. Sagen Sie schon, wo wir sie erreichen können, Herr Klemm!"
„Ich weiß es nicht, ich kann Ihnen nicht helfen, tut mir leid, und jetzt gehen Sie, ich muss mich hinlegen."
„Haben Sie nicht doch eine Idee, wo sie sich aufhalten könnte?"
Klemm schüttelte den Kopf.
„Wann wird sie denn wieder da sein? Sie muss Ihnen doch was gesagt haben!"
Er zuckte mit den Schultern, stand auf und ging mit wackligen Beinen zum Ausgang. Mazurka folgte ihm.
„Wenn sie auftaucht, soll sie sich umgehend mit uns in Verbindung setzen. Sagen Sie ihr das! Es ist dringend! Meine Karte liegt auf dem Tisch. Eine letzte Frage. Ist Schermuly in letzter Zeit hier mal aufgetaucht oder haben Sie was von ihm gehört?"
„Nein, tut mir leid." Benno Klemm schien am Ende seiner Kräfte zu sein.
Draußen drückte ihm Mazurka die Hand. Sie lag in der ihren wie ein toter Fisch. „Soll ich Sie zu einem Arzt bringen, ich mach' mir Sorgen um Sie."
„Danke, es geht schon."
Er schloss die Tür hinter sich. Mazurka drückte ein

paar Tasten ihres Handys und ging zu ihrem Wagen. „Blas die Gegenüberstellung ab, Mathias! Die Obermeier ist nicht aufzufinden! ... Ganz schön peinlich, ich weiß, aber es ist so.“

# Saarbrücken

Nach dem unergiebigen Besuch bei van Gröben in dessen Wochenendhaus am Schwanenweiher machte sich Grabosch auf den Weg zum Landeskriminalamt in Saarbrücken, wo er für 12 Uhr ein Treffen mit dem saarländischen Kollegen Dietrich Dubon vereinbart hatte. Es war seine Absicht, sich in der Stadt, in der Schermuly aufgewachsen war, ein Bild von der Vergangenheit des Mannes zu machen, der den Pförtner Weidemann offenbar bestialisch hingerichtet hatte und seitdem wie vom Erdboden verschluckt schien.
Unterwegs hatte der Hauptkommissar Zeit um nachzudenken, über seine gesundheitlich angeschlagene Frau Anette, über den unauffindbaren Frank Schermuly, über jenen seltsamen Benno Klemm, den er in der Fernfahrerkneipe kennengelernt hatte und dessen Lebensgefährtin Obermeier, die so gar nicht zu dem ordentlichen Menschen passen wollte.
Seit ein paar Wochen machte sich Franz Grabosch große Sorgen um seine Frau. Sie litt unter Bluthochdruck. Ein Internist hatte eine erhebliche Erweiterung der Aorta diagnostiziert, ein Aneurysma, wie er dies nannte, sprach von einer Verdickung der Herzmuskelwand, wenn Grabosch den Arzt richtig verstanden hatte, der besorgt war und auf weitere Untersuchungen im Städtischen Krankenhaus drängte. Zum ersten Mal wurde Grabosch klar, dass er Anette verlieren könnte, und ihm graute vor der Vorstellung, wie es dann mit ihm weiterginge. Er wäre sozusagen allein auf der Welt. Kinder hatten sie keine.

Hinter Kaiserslautern riss ihn ein Anruf Mazurkas aus seinen trübsinnigen Gedanken.
„Die Gegenüberstellung der Obermeier mit van Gröben ist geplatzt. Der Imbiss hat Betriebsferien, die rote Lola ist ausgeflogen, ohne ihren Aufenthaltsort zu nennen, und mit Klemm ist kaum zu reden, er scheint krank zu sein, sah gottserbärmlich aus, hat aber ärztliche Hilfe abgelehnt. Andererseits hat's auch sein Gutes, denn der Chef ist schwer in der Bredouille, das LKA ist an dem Fall dran, weiß Gott wie die von der Sache erfahren haben. Anweisung von oben: der Staatssekretär muss geschont werden, keine Maßnahmen mehr, die nicht von Stuttgart abgesegnet sind."
„Auch das noch", fluchte Grabosch, verringerte die Geschwindigkeit und fuhr auf die rechte Fahrbahn. „Verdammt aber auch! Hast Du Klemm gesagt, dass er sich sofort melden muss, wenn die Obermeier wieder auftaucht?"
„Ja, natürlich, Franz, was denkst Du denn?"
„Die Aussage von der Obermeier ist das einzig Konkrete, was wir gegen van Gröben in der Hand haben. Die Suche nach ihr hat oberste Priorität. Such nach ihr, Mazurka, setz Leute ein, Du hast freie Hand!"
„Soll ich Dir was sagen, Franz, ich bin fest davon überzeugt, dass Hans-Werner Weidemann vor seinem Tod unseren Aktenschieber Manfred als Informationsquelle benutzt hat. Es gibt da eine Verbindung."
„Aber beweisen konnten wir's nicht", wandte Grabosch ein.
Es entstand eine Pause, und Grabosch dachte an

Manfred Weidemann, der nichts aber auch gar nichts zugegeben hatte und den sie eine Woche nach dem Tod seines Vetters an die Straßenverkehrsbehörde abgegeben hatten, wo er seinen subalternen Dienst bis zur Pensionierung verrichten konnte.
„Und es gibt noch etwas, Franz“, fuhr Mazurka fort. „Ich war vorhin bei der Witwe Erika Weidemann, und sie hat mir gesagt, dass ihr Mann den Autohändler Marek von früher her gekannt und schon zweimal ein Auto bei ihm gekauft hat. Ein Zufall ist das nicht, Franz!“
„Gute Arbeit, Hedwig. Bleib dran, und danke. War's das, Mazurka? Ich muss wieder schneller fahren, ich will den Kollegen in Saarbrücken nicht warten lassen.“

Saarbrücken stellte sich als eine moderne Industriestadt heraus mit mehreren historischen Bauten, die Grabosch an die von Mannheim erinnerten. Die Brücke, die er sich gemerkt hatte, verpasste er, überquerte die Saar auf der Luisenbrücke, irrte durch die Innenstadt, hielt sich nach rechts und erreichte kurz vor 12 das Landeskriminalamt in der Hellwigstraße, einen langgezogenen Klinkerbau.
Kollege Dubon erwartete ihn bereits vor dem Haupteingang. Seit ihrem gemeinsamen Besuch der Polizeischule hatten sie sich nicht mehr gesehen, so dass die Wiedersehensfreude groß war. Schnell kamen die beiden Beamten aber zur Sache.
„Ich hab' Dir Auszüge aus Frank Schermulys Akte gemacht, manches ist ja schon per Fax an euch ge-

gangen." Dubon übergab Grabosch einen Schnellhefter, den dieser in einer der großen Taschen seines Dufflecoats versenkte.
„Danke, Thierry, wo fangen wir an?"
„Zuerst mal mit der Justizvollzugsanstalt drüben auf der anderen Saarseite. Frank Schermuly hat dort eingesessen, für 4 Monate, als er 19 war."
„Und weswegen?"
„Gewerbsmäßige Unzucht. Er hat seine Freundin zur Prostitution gezwungen und das Geld kassiert. Ein Vollzugsbeamter von damals ist noch im Dienst, er steht kurz vor dem Ruhestand. Ich hab' einen Termin gemacht. Er erinnert sich noch an ihn."
Der im Dienst ergraute Vollzugsbeamte empfing sie in seinem Büro. „Frank war ein ungestümer, junger Mann damals, blond, blaue Augen, ein hübscher Kerl war er", erzählte der ehemalige Aufseher. „Ohne Unrechtsbewusstsein war er, aber intelligent, er war der beste Kunde in unserer Gefängnisbibliothek. Einmal hatte er eine Schlägerei im Hof mit einem Mitinhaftierten, dem hat er das Nasenbein gebrochen. Der Direktor hat ihm dann zeitweise den Aufenthalt im Gefängnishof gestrichen."
„Konnte man mit ihm reden?", fragte Grabosch.
„Man kam nicht an ihn ran. Alles, was seine Vergangenheit oder seine Zukunft betraf, hat er abgeblockt. Ich erinnere mich noch an seine Entlassung. Rechts vom Ausgang stand seine Mutter, links einer seiner Kumpane. Der Mutter hat er lässig zugewinkt und ist mit seinem Bekannten weggefahren. Was er auch immer getrieben haben mag danach, hier auf-

getaucht ist er nie wieder. Ich hab's nicht glauben können, aber es war so."
„Seitdem ist er im Saarland nie wieder aufgefallen", ergänzte Dubon die Aussage des Vollzugsbeamten.
Die beiden Kommissare bedankten sich und verließen das Gefängnis. „Ich bin immer froh, wenn ich da wieder draußen bin", meinte Grabosch.
Dubon lachte und klopfte ihm auf die Schulter. „Mir geht's ebenso."
„Und jetzt?", fragte Grabosch.
„Zu Frau Schermuly, Franks Mutter. Sie wohnt mit ihrer Schwester in Brebach, nicht weit, ist ein Stadtteil bei der Brebacher Hütte. Da ist unser Spitzbube aufgewachsen, übrigens ohne Vater, denn der hat sich bald aus dem Staub gemacht."
Die Wohnung lag im zweiten Stock eines viergeschossigen Blocks. Eine Frau Anfang 70 öffnete die Tür. Die Kommissare stellten sich vor und nannten den Grund für ihren Besuch.
„Ich bin Frau Schermulys Schwester. Franks Mutter ist in der Kirche, da drüben, hinter dem Kreiskrankenhaus, da geht sie jetzt jeden Tag hin, zum Beten, seit sie nach Frank suchen, weil er einen Menschen getötet haben soll."
Der Frau standen Tränen in den Augen. „Wollen Sie trotzdem hereinkommen?"
In der Küche nahmen sie auf einer mit rotem Kunstleder bezogenen Eckbank Platz.
„Nein, danke, nichts zu trinken", sagte Grabosch. „Erzählen Sie uns was über Ihren Neffen! Was war er für einer?"

„Frank hat uns immer Sorgen gemacht." Die Tante seufzte laut auf. „Man wusste nie, was er dachte, er war so verschlossen, wissen Sie. Seine Mutter war überfordert mit ihm. Dabei war er ein guter Schüler, nur sein Betragen war schlecht, er hatte ständig Streit mit anderen Schülern, er war bald als Schläger bekannt. Im Gymnasium war's nicht besser. Und in der 12. Klasse fing er mit Schulschwänzen an, war oft tagelang verschwunden, hielt sich häufig am Hauptbahnhof auf. Und dann war er im Knast, aber das wissen Sie ja. Seitdem ist der Kontakt abgerissen, bis heute. Aber warten Sie, alle Weihnachten schickt er seiner Mutter Geld, aber sie rührt's nicht an. Sie sagt ‚schmutziges Geld' und spendet es immer der Kirchengemeinde, sie tut's wohl für Franks Seelenheil."
Da Frau Schermuly nicht kam, machten sich Grabosch und Dubon auf den Weg zur Kirche, in der sie fünf Frauen antrafen. Bei der Dame in der zweiten Bankreihe meinte Grabosch, eine gewisse Ähnlichkeit mit Frank Schermuly zu erkennen. Sie war ins Gebet versunken, kniete, hatte die Hände gefaltet, blickte zum Altar und bewegte die Lippen. Die Frau machte einen gepflegten Eindruck. Sie trug einen dunklen Bouclé-Mantel. Grabosch schätzte sie auf Ende 60. Dann blickte sie zu den beiden Kommissaren, erhob sich und kam auf sie zu.
„Sind Sie Frau Schermuly?"
Sie nickte.
„Grabosch, Kripo Mannheim, das ist mein Kollege Dubon von hier, Frau Schermuly, wir haben ein paar Fragen, die Ihren Sohn Frank betreffen."

Sie setzten sich in Bewegung.
„Fragen Sie mich vor der Kirche, nicht in der Wohnung!“, bat Frau Schermuly. „Es Wiltrud regt sich dann nur auf. Was wollen Sie denn über meinen Frank wissen, hab’ ihn ja selbst so viele Jahre nicht mehr gesehen. Dass die Polizei bei mir auftaucht, damit hab’ ich gerechnet. Es hört nie auf mit dem Frank, nie! Mit dem hat mich Gott gestraft! Es ist zum Heulen!“
Sie nestelte in ihrer Handtasche nach einem Taschentuch, wischte ein paar Tränen ab, schnäuzte sich die Nase und sagte: „Also, was wollen Sie wissen?“
„Am besten ganz von vorn.“
„Waren Sie schon bei meiner Schwester? Was hat sie Ihnen gesagt?“
„Dass er ein schwieriger Junge war, der sich nichts sagen ließ, ein guter Schüler, der dann auf die schiefe Bahn geraten ist und ins Gefängnis musste und dann nie wieder bei Ihnen aufgetaucht ist.“
Frau Schermulys Lippen waren jetzt ganz schmal. „Schiefe Bahn“, stieß sie hervor, „da sagen Sie was, Herr Kommissar. Ich hab’ alles versucht, dem Frank hat der Vater gefehlt, er hätt’ eine starke Hand gebraucht, ich war zu weich und nachgiebig. Einmal hatte ich einen Nervenzusammenbruch, und es Wiltrud, meine Schwester, hat ihn aufgenommen, aber dort ist es noch schlimmer geworden mit dem Frank, bestohlen hat er sie und ist abgehauen. Und dann ist er von der Schule geflogen und noch später kam er vor Gericht, und der Anwalt hat mich in den Zeugenstand gerufen, aber ich hab’ nur geweint und kaum was gesagt.“

„Was wissen Sie über seinen damaligen Umgang?“, unterbrach Grabosch. „Irgendwelche Freunde und was war mit seiner Freundin? Wie hieß die eigentlich?“
„Das war es Heidi aus Malstatt. Sie war ein Jahr jünger als Frank. Es ist dann bald weggezogen mit ihren Eltern, ich glaub’ nach Trier. Glaube Sie mir, Herr Kommissar, dere Eltern hab ich net ins Gesicht gucke könne. Es war furchtbar!“
„Und Franks Freunde?“, hakte Grabosch nach.
„Do gab’s de Spider Murphy, ja, so haben se den genannt und de Meiers Erwin und de Leiders Jean, aber mit denne hat de Frank kän Kontakt mehr gehabt. Aus denne sind ganz normale Leut geworde. Auf die schief Bahn is er komme, der Frank, das habe Se gut g’sacht, so is es gewese.“
Die leidgeprüfte Mutter hatte wohl ein wenig Vertrauen zu den beiden Kommissaren gefasst und fiel in ihren saarländischen Dialekt.
„Hat er irgendwann mit seinem Vater Kontakt aufgenommen?“, fragte Dubon in die entstandene Stille. Grabosch schien in Gedanken versunken.
„Davon weiß ich nichts und halt’s für ausgeschlossen. Den hat er gehasst, der Frank. Mein Mann, der ist, Frank muss so fünf oder sechs gewesen sein damals, nach Kanada ausgewandert. Ich hab’ nie wieder von ihm gehört.“
Inzwischen waren sie weitergegangen und an Dubons Wagen angekommen.
„Wenn ich was für Sie tun kann, Frau Schermuly“, sagte Dubon, „ich bin immer für Sie da und ganz in

Ihrer Nähe. Hier ist meine Karte, Sie können mich jeder Zeit anrufen oder bei mir vorbeikommen."
Frau Schermuly nahm Dubons Karte, steckte sie in ihre Handtasche, griff nach einem weiteren Taschentuch und schaute zu Grabosch. „Meinem Frank trau ich ja viel Schlechtes zu, Herr Kommissar, aber dass er ein Mörder is un emme Mensch die Kehl durchschneit, des glaub ich net, das wollt ich Ihne noch sage."
„Aber es sieht alles danach aus, liebe Frau", erwiderte Grabosch. „Ich versteh' Sie ja, er ist Ihr Sohn."
Die beiden Kommissare gaben Frau Schermuly die Hand zum Abschied.
„Hat's was gebracht, Franz?", fragte Dubon, als sie zum Landeskriminalamt zurückfuhren.
„Hab' mir ein Bild gemacht von unserem mutmaßlichen Täter, das schadet zumindest nicht."
Vor dem Klinkerbau stieg Grabosch in sein Auto. „Wir bleiben in Kontakt, Dietrich, ich halt' Dich auf dem Laufenden, ja?"
„Ich dich auch, Franz. War schön, Dich wieder mal getroffen zu haben. Gute Heimfahrt!"
Ehe Grabosch aus der Stadt herausfuhr, rief er seine Frau an. „Es geht mir gut", sagte sie. „Ich muss allerdings nach Weihnachten zwei Tage auf Station zur genaueren Untersuchung. Mach Dir keine Sorgen, Franz und komm bald nach Haus!"
Dann meldete sich wieder Mazurka.
„Ich bin auf dem Heimweg, gerade losgefahren. Was gibt's?"
„Eben waren zwei vom LKA hier und haben Druck

gemacht. Wenn wir nicht mehr gegen van Gröben in petto haben, sollen wir die Finger von ihm lassen."
„Hm", brummte Grabosch.
„Was rausgefunden über unseren verschwundenen Frankie-Boy?"
„Ja und nein, aber ich kann mir jetzt ein besseres Bild von ihm machen, eine Karriere wie aus dem Bilderbuch, eine Fallbeschreibung, gut für jedes Fortbildungsseminar."

In L6 hatte Grabosch nach seiner Rückkehr noch ein Abschlussgespräch mit seinen Mitarbeitern. Der Tag war gelaufen. Keine Spur von Schermuly, keine von Hannelore Obermeier. Grabosch bestand auf einer Vorladung des Autohändlers Marek zum Verhör am nächsten Tag. Zur selben Zeit sollte Mazurka Frau Marek einen Besuch abstatten. „Sie plaudert vielleicht was aus, hat ja bei eurer ersten Befragung ihrem Mann Vorwürfe gemacht, dass er mit Schermuly verkehrt."
„Den Kellner vom Bistro können wir vergessen, der ist außer Gefecht gesetzt, krank und völlig am Boden", meinte Mazurka.
„Vielleicht gerade deshalb sollt' ich mit ihm noch heute sprechen", erwiderte Grabosch. „Der Mann tut mir irgendwie leid. Ich kann's nicht oft genug sagen: Das Allerwichtigste ist im Moment, dass wir die Obermeier auftreiben und die Gegenüberstellung mit van Gröben machen. Das war's für heute, geht nach Haus! Ich werd' hier auch nicht mehr alt."
Die anderen machten sich auf den Heimweg. Grabosch ging rüber zu seinem Chef, Kriminaldirektor

Dr. Mucke, um ihm Bericht zu erstatten. Er traf ihn am Schachcomputer an, in eine Problemlösung vertieft. Mucke schaute nicht auf und sagte: „Sie wissen Bescheid, Herr Grabosch, nicht wahr? Das LKA versteht da keinen Spaß, wenn es um einen hochrangigen Politiker geht. Wenn Sie nicht mehr vorweisen können als Verdachtsmomente, lassen Sie die Sache ruhen. Wenn Sie was Konkretes haben, dann bin ich auf Ihrer Seite. Sie verstehen mich, Herr Kollege, oder?“

„Ich verstehe“, brummte der Hauptkommissar. „Ich geh' dann mal.“

Als Grabosch den Kaiserring hinunterfuhr und zur Abzweigung vor dem Nationaltheater kam, zögerte er. Er wollte geradeaus, um nach dem Pförtner Klemm zu sehen, von dem Mazurka gesagt hatte, er sei krank und sehe aus wie ein Gespenst.

Im letzten Augenblick entschied er sich anders und bog nach rechts in Richtung Ebertbrücke ab. Ein andermal, dachte er, das konnte warten. Er musste heim zu seiner Frau, die brauchte ihn nötiger.

Grabosch drückte auf's Gaspedal und rauschte über die Ebertbrücke Richtung Vogelstang.

## L6

Als Grabosch am nächsten Morgen im Wohnzimmer seines Hauses die Rollläden hochzog und auf die Terrasse ging, zog er den Hals ein und rieb sich die Hände. Draußen war es nasskalt und neblig, ein feiner Sprühregen hatte eingesetzt.
In der Küche hantierte Anette. Der Tisch war gedeckt, die im Backofen aufgewärmten Croissants lagen im Körbchen, und aus der Küche klang das Gurgeln der Kaffeemaschine.
Heute war Donnerstag, der 19. Dezember.
„Nächste Woche machen wir's uns gemütlich, Anette, ich freu' mich schon drauf."
Anette lächelte, doch ihre Miene verriet sie. So ganz konnte sie dem, was Franz gerade gesagt hatte, nicht Glauben schenken.
„Heute und morgen geh'n wir noch mal voll in die Puschen, Anette."
Er tunkte einen Croissant in den Kaffeebecher und führte ihn, braungetränkt und triefend, zum Mund. Es war eine „Unart", die ihm seine Frau in den zurückliegenden 26 Ehejahren nicht hatte abgewöhnen können.
„Auf 9 Uhr hab' ich eine Krisensitzung angesetzt. Wenn wir nicht bald einen Durchbruch im Mordfall Röhrenlager erzielen, seh' ich schwarz. Uns läuft die Zeit davon."
Grabosch blätterte im „Mannheimer Morgen" und griff nach einem zweiten Croissant. Das LKA konnte zufrieden sein. Sie hatten es geschafft, dass über van

Gröbens Verbindung mit dem Mannheimer Rotlicht-milieu nichts in die Medien gekommen war.
Grabosch stand auf, zog den Dufflecoat über – „nicht schon wieder, Franz, Du hast doch mehr als einen Mantel“, was er überhörte – gab Anette einen Kuss und verließ das Haus.
Punkt neun Uhr waren sie um den Tisch in Graboschs Amtszimmer versammelt:
Er selbst, Mazurka, Müller und Michaelsen. Nur Dickgießer, der Leiter der Spurensicherung, war noch nicht eingetroffen.
Durch die nur angelehnte Tür zum Schreibzimmer hörten sie Amelies Stimme. Die ‚Perl‘, wie sie Dickgießer nannte, telefonierte offenbar mit ihrem derzeitigen Lebensabschnittsgefährten, wie man auf Neudeutsch sagte. Ganz grün schienen sich die beiden heute nicht zu sein, denn sehr liebenswürdig klang es nicht, was Amelie gerade sagte.
Grabosch wählte Dickgießers Nummer und polterte: „Wo bleibst Du denn, Achim? Wir wollen endlich anfangen!“
„Ich kumm glei, muss noch was probiere ... vielleicht hab’ ich was für euch. Fangt halt schun a mol ohne mich an!“
Grabosch legte auf und schaute in die Runde.
„Er kommt noch. Ist vielleicht auch besser so, der hält uns nur auf mit seinem ewigen Dazwischenreden. Fangen wir ohne ihn an!“
Grabosch berichtete von der massiven Einflussnahme der Stuttgarter auf ihre Ermittlungen gegen van Gröben. Wenn sie nicht bald etwas Konkretes gegen

den Herrn Staatssekretär vorweisen könnten, müssten sie ihn in Ruhe lassen.
Ob sie Hannelore Obermeier zur Fahndung ausschreiben sollten, darüber herrschte Uneinigkeit. Sie beschlossen abzuwarten und sich zunächst in den einschlägigen Kreisen umzuhören.
Müllers Vorschlag, die Freiburger Kripo um Amtshilfe zu bitten und Gröbens Frau befragen zu lassen, lehnte Grabosch ab. „Dann haben wir das Innenministerium endgültig auf dem Hals und erleben ein äußerst ungemütliches Weihnachtsfest. Auch mit Frau van Gröben zu telefonieren, ist nicht ratsam. Dr. Mucke hat mich gestern Abend ins Gebet genommen und klare Anweisungen gegeben. Ich kann dem Chef nicht in den Rücken fallen."
„Wir müssen halt was finden", sagte Müller in die entstandene Stille hinein, „irgendwas Handfestes, dann können wir ihn in die Mangel nehmen."
Mazurka hatte Einwände.
„Muss nicht erst seine Immunität aufgehoben werden?"
Grabosch wischte mit einer Handbewegung Mazurkas Bedenken beiseite. „Nein, Hedwig, er ist nicht Mitglied des Landtages, nur Beamter, allerdings ein hoher, aber da greift dieses Gesetz nicht."
„Wir müssen halt was finden", wiederholte sich Müller.
Grabosch brauste auf. „Das sagt gerade der Richtige! Ihr findet ja nichts, und das seit Monaten! Wenn ihr ihn in den beschlagnahmten Videos entdeckt hättet, das wär' was!"

Müller und Michaelsen schüttelten den Kopf.
„Die sind am falschen Ort gedreht. Aus dem Liebesnest in der Waldhofstraße haben wir ja nichts.“ Michaelsen war der Meinung, dass er seinem getadelten Kollegen beispringen musste.
Die vier Beamten sahen sich an und schwiegen. Amelie hatte ihr Gespräch beendet, denn aus dem Schreibzimmer hörten sie verhaltenes Tastengeklapper.
Schließlich ergriff Grabosch wieder das Wort.
„Gut möglich, dass Schermuly van Gröben erpresst. Ich bin sogar davon überzeugt, aber was nutzt uns das?“
„Wir fragen noch einmal die Hausbewohner in der Waldhofstraße und zeigen van Gröbens Bild. Wir haben ja längst nicht alle angetroffen. Wenn ihn jemand vor dem Haus oder auf der Treppe gesehen hat, haben wir etwas gegen ihn in der Hand und können weiter ermitteln.“
Mazurkas Stimme war eine Spur zu schrill, als ob sie das Schweigen nicht mehr ertragen konnte.
„Gute Idee“, brummte Grabosch, „das kannst Du heute noch erledigen. Und zeig das Bild auch der neuen Mieterin, dieser Claren! Wo Dickgießer nur bleibt? Mit dem Humoristen sind wir gestraft! Ich hab’ ein ungutes Gefühl, Leute. Wir verbeißen uns in diesen Staatssekretär, und im Mordfall Weidemann treten wir seit Monaten auf der Stelle. Schermuly ist unser Hauptverdächtigter, natürlich, zwangsläufig muss er jedoch nicht der Täter sein.“
„Aber die beiden Fälle hängen irgendwie zusammen“, wandte Mazurka ein.

„Wie meinst Du das?“
„Intuition, Franz. Ich glaub’, wenn wir den einen Fall aufdröseln, dann lösen wir auch den anderen.“
Vom Flur her waren eilige Schritte zu vernehmen. Die Tür ging auf, und Dickgießer trat ein. Er hielt einen Aktendeckel in der Hand und schaute wieder ebenso verschmitzt wie damals, als er seine ratlos sitzenden Kollegen nach unten gebeten hatte.
Acht Monate ist das her, dachte Grabosch, acht Monate. Wenn ein Kapitalverbrechen nicht nach spätestens zwei Wochen aufgeklärt war, wurde es schwierig. Dies war eine Binsenweisheit. Daraus wurde schnell ein ungelöster Fall, den man irgendwann ad acta legen musste. Inzwischen hatte es in Mannheim und Umgebung drei weitere Gewaltdelikte gegeben, die sie mit Akribie und Routine aufgeklärt hatten, auch den Totschlag an jenem Wohnsitzlosen im Hockenheimer Wald. Drei Jugendliche aus Sandhausen hatten sie schließlich dingfest gemacht, die den Waldgänger im Streit verprügelt hatten. Der miserable Gesundheitszustand des Opfers und dessen Alkoholkonsum hatten zum Tode des Mannes geführt.
Wenn sie Frank Schermuly nicht bald habhaft werden konnten, war dieser mit dem von van Gröben oder anderen Freiern erpressten Geld bald über alle Berge, dachte Grabosch. Dies musste verhindert werden! Der Zuhälter und mutmaßliche Mörder Frank Schermuly durfte ihnen nicht durch die Lappen gehen! Vielleicht hatte Hedwig Mazurka Recht, und van Gröben war der Schlüssel zur Lösung des Falles. Wer weiß?

„Uffbasse, ich hab' was!"
Dickgießers Stimme riss Grabosch aus seinen Gedanken.
„Der halb abgerissene Block von dem Hans-Werner Weidemann hot mer jo kä Ruh gelasse. Es war jo naheliegend, dass sich a Notiz durchgedrückt hat, awwer do war nix zu sehe. Alle Tricksereie mit Graphit un Gegelicht un so weider hawwe nix gebrocht. Un jetzt war ich beim Pathologe und mir hawwes mit verschiedene Geräte durchleuchtet, un jetzt, halt euch fest, liewe Leit, do is was sichtbar worde, ich hab a Bild gemacht, ich zeig's euch, es is a Vergrößerung!"
Dickgießer legte das Bild auf den Tisch, alle Anwesenden beugten sich darüber.
Fein wie Wasserzeichen, fast unsichtbar, waren drei Buchstaben zu erkennen. Zwischen dem ersten und zweiten war eine Lücke, der dritte folgte unmittelbar auf den zweiten. Der erste war ein **G**, der zweite ein **b**, der dritte ein e: **G be**
„Da hat der Schreiber fest draufgedrückt, die annere Buchstabe sind nicht zu sehen, nix zu mache. Es ist übrigens die Handschrift vom Mordopfer, des hab' ich schun überprüft." Dickgießer schaute beifallheischend in die Runde.
„Bingo!", rief Müller. „Du kriegst einen Orden, spätestens an Fastnacht. Erinner mich dran, falls ich's vergess'!"
Grabosch, Mazurka und Michaelsen fehlten die Worte. Mazurka blieb gar der Mund offen stehen. Grabosch brach als Erster das Schweigen.

„Gröben steht da, Gröben! Weidemann hat den Namen notiert, er war hinter was her, er wusste etwas und wollt's zu Geld machen. Das ist sie, die Verbindung, von der Du eben gesprochen hast, Hedwig! Der Staatssekretär hängt mit drin, aber wie!"
„Das e is arg undeutlich", wandte Dickgießer ein, „könnt auch ein o sein, und dann hätt er Dein Name uffgschriwwe, Franz."
„Ach was, Filsbacher", mauzte Grabosch. „Nix da, Weidemann hat Gröben notiert!"
Jetzt war es an Müller, die Sprache wiederzufinden.
„Also haben wir was und können weiter ermitteln gegen den Herrn Staatssekretär, über den sie in Stuttgart schützend die Hand halten. Das ist die Wende, Franz! Wir nehmen van Gröben ins Kreuzverhör, dass ihm Hören und Sehen vergeht. Den kochen wir weich, bis er einknickt!"
Grabosch nickte.
„Ich beantrage einen Haussuchungsbefehl für das Haus in Neckarau und das in Altrip, gleich für morgen. Wir brauchen weiteres Material. Ein Video oder ein Erpresserbrief oder Telefonverbindungsnachweise wären ideal. Und ein Zeuge, der van Gröben vor der Wohnung der Obermeier gesehen hat. Vielleicht findest Du gleich einen, Mazurka. Am besten, Du gehst mit, Mathias. Klappert sämtliche Wohnungen ab, auch die in den Nachbarhäusern. Wir brauchen Material gegen den Herrn Staatssekretär! Machen wir Schluss und treffen uns heute Nachmittag wieder, so gegen 4. Ich geh' jetzt zum Chef und klär' alles ab."

Bei ihrer zweiten Zusammenkunft am Nachmittag machte sich Ernüchterung breit. Mazurka und Müller hatten in der Waldhofstraße noch keinen Zeugen auftreiben können. Die sie nicht angetroffen hatten, wollten sie am folgenden Tag befragen. Die zwei Haussuchungsbefehle waren noch nicht abgesegnet worden. Staatsanwältin Monika Lessner hatte sich quergestellt. Müller und Michaelsen arbeiteten an van Gröbens Telefonverbindungen. Aus der Mannheimer Rotlichtszene waren noch keine brauchbaren Hinweise über den Verbleib von Hannelore Obermeier eingegangen.

Mitten in die zwischen Euphorie und Niedergeschlagenheit schwankende Stimmung hinein sagte Müller: „Um ½ 6 treffen wir uns alle auf dem Weihnachtsmarkt auf den Kapuzinerplanken. Ich schmeiß' eine Runde Glühwein."

Der kleine, aber feine Weihnachtsmarkt mit den weißen Zelten und Markisen, unter denen allerlei Leckereien verkauft wurden und Kunsthandwerker tätig waren, denen die Leute bei der Arbeit zuschauen konnten, war gut besucht. Am vollsten war es wie stets bei den Glühweinständen, vor denen fröhlich plaudernde Passanten um kleine, hohe Tische standen.

Grabosch und seine Mitarbeiter steuerten den größten Ausschank an und stellten zwei Tische nebeneinander, Müller besorgte seine Spendierrunde und los ging es mit Händewärmen und Schlürfen.

Grabosch ließ sich nicht lumpen und sorgte für die

zweite Lage, und später, als sie schon laut lachten und sich zuprosteten, kam die dritte, die Mazurka besorgte.

Grabosch war in Stimmung wie lange nicht mehr. Er hatte seinen Dufflecoat geöffnet, der Schal hing einseitig auf den Boden. Versonnen schaute er zu dem nur einige Meter entfernt stehenden, in Bronze gegossenen Blumepeter, dem Mannheimer Original, dem jemand ein Sträußchen Alpenveilchen in die Hand gesteckt hatte, und für einen Augenblick dachte er an Klemm von der Friesenheimer Insel, den er am Abend zuvor hatte aufsuchen wollen. Heute würde daraus, nach drei Glühweinen, auch wieder nichts werden, da war nichts zu machen. Er musste froh sein, wenn sie ihn auf der Heimfahrt nicht erwischten.

Morgen war auch noch ein Tag.

## Kammerschleuse

Der Anruf ging um 8.47 Uhr im Präsidium ein. Es war Freitag, der 20. Dezember. Hedwig Mazurka hob ab.
„Merkle, Leiter der Kammerschleuse Friesenheimer Insel. Im Schleusenbecken treibt ein menschlicher Körper!“
„Lassen Sie alles so wie es ist! Wir kommen!“
Müller und Michaelsen stürzten herein, Grabosch kam gerade den Flur herunter.
„Großeinsatz!“, rief Mazurka, „auch die Wasserschutzpolizei und Taucher, in der Kammerschleuse treibt eine Leiche!“
Jeder wusste, was er zu tun hatte. Bereits fünf Minuten später hatten sie ihre beiden Dienstwagen bestiegen und fuhren los. Dichter Nebel lag über der Stadt. Von der Jungbuschbrücke aus war der Neckar kaum auszumachen.
Vor der Schleuse stand ein Mann und winkte mit beiden Armen.
„Ich hab' den Schleusenvorgang sofort abgebrochen“, begrüßte sie dieser, „und Sie verständigt.“
Der Schleusenwärter war ganz außer Atem. „Kommen Sie, ich bring' Sie hin!“
Während die vier Beamten das Gelände der Kammerschleuse betraten, trafen mit viel Tatü Tata die uniformierten Kollegen und die Leute von der Spurensicherung ein. Es begann das übliche Sichern und Absperren. Achim Dickgießer dirigierte sein Team zu den beiden Kais des Schleusenbeckens und schloss

sich Grabosch an. Drei Hundeführer erschienen und konnten die Suchleidenschaft ihrer Vierbeiner kaum bändigen.
Grabosch schaute sich um. Die Kammerschleuse war ihm bekannt, oft war er hier vorbeigekommen, aber zu Fuß war er noch nie dagewesen.
Hinter dem Schleusengelände lag die Drehbrücke und der Bonadieshafen, der in den Insel-, Kaiser Wilhelm- und den bis zur Diffenébrücke reichenden Industriehafen überging. Am südlichen Ende des Bonadieshafens, wo jetzt ganz in der Nähe die „Bratröhre" stand, hatte es vor vielen Jahrzehnten ein städtisches Freibad gegeben, von dem ihm sein Vater erzählt hatte.
An beiden Kais waren Absperrketten mit jeweils zwei Durchgängen gespannt. Hier standen vier Gestelle, in denen ein Rettungsring hing.
Am anderen Ende des Schleusenbeckens ging es zum Neckar hinunter, der nur ein paar hundert Meter weiter sein Ende fand. Die Neckarspitze war im Nebel nur zu erahnen.
Dickgießers Leute hatten schon einen ersten Fund gemacht. Am gegenüberliegenden Kai standen sie um schwarzrote Flecken auf dem Betonboden – Blut, dachte Grabosch – und packten ihre Gerätschaften aus.
„Kommst Du mal, Achim, wir haben schon was!", rief einer. Dickgießer machte sich eilig auf den Weg.
Das Becken war tiefer, als es Grabosch erwartet hatte. Unten lag ein holländisches Schiff. Der Kapitän stand breitbeinig neben seinem Steuerhaus. Zwei

Matrosen waren dabei, das Schiff an den eingelassenen Haken der Schleusenkammer zu vertäuen.
„Er geht wieder unter", rief der Schiffer, „was soll ich machen?"
„Nichts, gar nichts!", schrie Grabosch hinunter. Er hatte sich über die Stahlkante der Kaimauer gebeugt. Hinter dem Schleusentor zum Neckar tutete es. Das Boot der Wasserschutzpolizei machte fest, vier Beamte gingen von Bord und stiegen nach oben. Nun standen sie zu neunt da und blickten nach unten auf den leblosen Körper in dem schmalen Zwischenraum zwischen Schleusenwand und Schiffsheck und beratschlagten ihr Vorgehen.
„Ich hab' den Schleusenvorgang sofort abgebrochen, nachdem der Kapitän mich verständigt hat. Der Tote muss die ganze Zeit auf dem Grund gelegen haben und ist durch die Bewegung der Schiffsschraube hochgetrieben worden", sagte der Schleusenwärter.
„Sie haben gut kombiniert", lobte Grabosch.
„Steigen wir hinunter und bergen die Leiche", sagte Kollege Münter von der Wasserschutzpolizei.
„Genau", meinte Grabosch, „wir machen da unten unsere erste Bestandsaufnahme, bringen den Toten an Deck, lassen den Grund absuchen, die Taucher sind ja schon da, und dann kann Herr Merkle", er deutete auf den Schleusenwärter, „wieder das Wasser laufen lassen und uns mitsamt dem Schiff nach oben hieven."
Graboschs Vorschlag fand allgemeine Zustimmung.
„Es ist Blut, Franz, wir haben schon Proben genommen!", rief Dickgießer.

„Komm rüber, Achim, wir brauchen Dich gleich unten auf dem Schiff!"
Münter verständigte über sein Funkgerät die noch an Bord gebliebene Besatzung. „Wir brauchen Sicherungsseile, die langen, bring sie alle nach oben, wir müssen hinuntersteigen!"
Münter bestieg als Erster die mit Teer bestrichenen, in die Wand eingelassenen Leitersprossen. Es folgten Grabosch, Müller, Dickgießer, der Polizeifotograf, Dr. Bär und vier Taucher.
Der Kapitän begrüßte sie mit holländischem Akzent: „Tag, die Heeren, ich fahr' schon so lang auf Rhein und Neckar, aber so etwas hab' ich noch nicht erlebt!"
Sie beugten sich über die Reling. Der allem Anschein nach männliche Körper lag kopfüber gut 30 cm unter der Wasserfläche, das blonde Kopfhaar waberte wie Wasserpflanzen im immer noch nicht zur Ruhe gekommenen nassen Element. Ein dunkelbrauner Mantel war zu erkennen, der am Rücken aufgebauscht war. Hier hatte sich vermutlich eine Luftblase gebildet. Der Tote hatte die Beine leicht gespreizt, die Füße steckten in Halbstiefeln mit erhöhtem Absatz.
Der Fotograf machte erste Bilder. Die mit Lampen ausgestatteten vier Froschmänner glitten ins Wasser, zwei von ihnen tauchten gleich ab auf den Grund, die beiden anderen drehten den Körper um und hielten ihn fest.
Grabosch erstarrte, als er das Gesicht des Toten sah. Er öffnete seinen Mund und bekam ihn für eine Weile nicht mehr zu. Er blickte abwechselnd auf den To-

ten und hinauf zu seinen Kollegen, die bäuchlings am Rand der Kaimauer lagen und herunterschauten.
„Es ist Schermuly“, rief er schließlich, „Frank Schermuly!“
Die beiden Taucher stemmten den leblosen Körper aufs Schiff, Münter und Müller nahmen ihn entgegen und legten ihn ab. Wieder trat der Fotograf in Aktion. Dr. Bär streifte seine mit Teer beschmierten Gummihandschuhe ab, ersetzte sie durch neue und machte sich an die Arbeit.
Schermuly lag mit aufgerissenen Augen und weit geöffnetem Mund vor ihnen. Seine Augen waren noch immer blau, aber es waren tote, gebrochene Augen, in denen nichts als Entsetzen stand.
Seltsamerweise dachte Grabosch in diesem Moment nicht an den schon so lange gesuchten Zuhälter, nicht an den toten Portier vom Röhrenlager, nicht an Hannelore Obermeier oder den Staatssekretär van Gröben, er dachte an die beiden Frauen, mit denen er zwei Tage zuvor in Saarbrücken gesprochen hatte, sah die Mutter des soeben aus dem Wasser Gezogenen in der Kirche knien und beten, sah, wie ihr Tränen die Backen herunterliefen, sah ihren Schmerz, den Frank, der verlorene Sohn, ihr zugefügt hatte. Er musste Dubon anrufen, der musste hin und es ihr sagen.
Der Polizeiarzt strich dem Toten die Haare aus der Stirn, auf der sich eine lange, klaffende Wunde in Richtung zur Nasenwurzel zeigte.
„Sieht schlimm aus, aber die Todesursache ist es nicht“, kommentierte Dr. Bär seine erste Entdeckung.

„Könnte vom Sturz auf die Kante dort oben stammen, oder es hat ihm einer was übergezogen, eine Eisenstange oder so was."
Er holte eine Lupe aus seiner Jacke und beugte sich über die Wunde.
„Nein", sagte er dann, „hab' mich getäuscht, in der Wunde sitzen Spreißel, könnte Holz sein, bin mir aber nicht sicher."
Er öffnete Schermulys Mantel und tastete dessen Körper ab. „Wohl keine weiteren äußeren Verletzungen, vieles deutet auf Tod durch Ertrinken hin, Kollegen. Alles Weitere erst nach der Obduktion."
Dr. Bär packte seine Sachen zusammen und rieb sich die Hände.
„Eklig kalt ist es hier unten", jammerte er und wandte sich an den Schiffsführer. „Kann ich mich bei Ihnen aufwärmen?"
Der Holländer, der die ganze Zeit über dagestanden hatte, sagte: „Aber ja, Minheer!" Die beiden gingen hoch ins Steuerhaus.
Grabosch spähte hinein und sah, wie der Kapitän zwei Gläser mit einer glasklaren Flüssigkeit füllte. Sicher Genever, dachte Grabosch, so einen könnt' ich jetzt auch vertragen.
Inzwischen waren die beiden Froschmänner ihren zwei Kollegen gefolgt. Luftblasen stiegen auf, mal vorn am Bug, dann backbord, dann direkt neben den um den Toten herumstehenden Beamten.
„Wenn se was finde dede, des wär net verkehrt", meinte Dickgießer. „Des mit de Holzspreißel ist schunn amol was."

„Schermuly wurde vielleicht von jemandem eine Holzstange oder was Ähnliches übergezogen“, schrie Grabosch nach oben. „Macht eine Suchaktion, Mazurka, auf dem gesamten Gelände!“
Grabosch und Müller durchsuchten die Taschen des Toten. Eine schwarze Geldbörse, eine aufgeweichte Packung Gauloises ohne Filter, ein silbernes Feuerzeug und eine feuchte Packung Tempotaschentücher kamen zum Vorschein. Im Geldbeutel steckten Papiere, einige 50- und 10-Markscheine, ein paar Münzen und zwei mit Kugelschreiber beschriebene Zettel.
„Ein Raubmord war's nicht“, sagte Dickgießer.
Müller zog behutsam die beiden Zettel heraus und betrachtete sie.
„Na also, wer sagt's denn, Franz“, flüsterte er. „Schau her! Telefonnummern und zwei Namen!“
Die hingekritzelten Zahlen und Buchstaben waren schlecht lesbar, aber zu entziffern.
„Volltreffer, Mathias“, sagte Grabosch, lauter als es seine Absicht gewesen war.
Der erste Name war Lore, es war aber der zweite, der Grabosch geradezu elektrisierte: Gröben.
Einer der Froschmänner tauchte auf und reichte Dickgießer einen Schlüsselbund.
„Das ist die ganze Ausbeute. Wir sind gleich fertig. Der Grund ist völlig blank, ist ja auch kein Wunder, beim Ablassen und Rausfahren wird die Kammer jedes Mal wieder von Neuem gespült.“
Der Taucher verschwand noch einmal, tauchte aber bald mit seinen Kollegen auf. Man reichte ihnen Seile, an denen sie sich an Deck zogen.

Münter hielt eine Hand an die Stirn und schaute hinauf zum Schleusenhaus, hinter dessen Fenster der Schleusenwärter stand.
„Lass laufen, Merkle, wir sind fertig!“ Um sicher zu gehen, dass der andere verstanden hatte, machte er mit den Händen mehrmals eine Aufwärtsbewegung.
Die zwei Matrosen lösten die Taue. Der Kapitän startete den Motor und fuhr ein paar Meter nach vorn.
Aus dem vorderen Schleusentor rauschte das Wasser so laut, dass für die an Deck Stehenden keine Verständigung mehr möglich war. Fast unmerklich, aber stetig, stieg das Schiff nach oben.
Grabosch tippte Müller an und deutete zum Steuerhaus, wo der Kapitän zum zweiten oder dritten Mal zwei Gläser füllte, mit denen sich die beiden Warmduscher, wie sie Grabosch nannte, zuprosteten.
Müller grinste in sich hinein.
Grabosch nahm eine hinter ihm liegende Plane und deckte sie über den toten Schermuly.
„Des hättest net gebraucht, Franz, der friert net, mir dafor um so mehr“, rief Dickgießer, kreuzte die Arme und klopfte sich auf die Schultern.
„Kennt ihr den? Gehe zwee Arweider vun de Zellstoff Waldhof, Zewa wisch un weg, die kennt ihr jo, uffs Klo, wissder, so a langes mit viele Kabine, die unne un owwe offe sin. Do sitze se neweranànner und verzähle. Wie se a mol grad still sin, läßt der eene än fahre un de annere frogt: ‚Was hoscht g'sacht?'“
Münter und seine Leute lachten schallend, Grabosch und Müller sahen sich betreten an.
„Guckt doch net so, ihr zwee!“ meinte Dickgießer.

„Es Lewe geht weider, is doch so, odder?"
Franz Grabosch war hin- und hergerissen. Es war fast schon Alltagsgeschäft, zu einem Toten gerufen zu werden. Manche Kollegen stumpften dabei ab. Aber, so dachte er, die Schnoddrigkeit konnte auch eine Strategie sein, eine Art von Psychohygiene, die Dinge nicht zu dicht an sich herankommen zu lassen. Vielleicht war es genau dies, was Kollege Dickgießer tat, und was noch hinzukam, war dessen kurpfälzisches Naturell. Dickgießer war einer seiner besten Leute, ohne jeden Zweifel. War er, Grabosch, ein Spielverderber, der seinen Mitarbeitern die Freude am Beruf nahm? Nein, alles hatte seine Grenzen, es reichte jetzt. Er sollte den Leiter der Spurensicherung in den nächsten Tagen zu einem Kritikgespräch einbestellen.
Der Schleusvorgang war beendet. Hinter dem Kai stand der Leichenwagen, dessen Besatzung sie schon mit dem üblichen grauen Blechsarg erwartete. Der Tote wurde geborgen und weggetragen. Dr. Bär verließ als Erster das Schiff, zu frieren schien er nicht mehr, im Gegenteil, er hatte rote Backen.
„Dann mal ab in die Pathologie mit ihm, ich fahr' hinterher! Man sieht sich, Franz."
Die Leute, die mit dem Absuchen des Geländes beschäftigt waren, meldeten erste Ergebnisse. Ein paar Dachlatten, zwei Kanthölzer und eine verrostete Frankfurter Schaufel lagen eingetütet und gekennzeichnet auf der Ladefläche des grünen VW-Busses. Drei Feuerzeuge, eine leere, zerschlissene Brieftasche und einen Lederhandschuh hatte man aufgegabelt und deren Fundstelle notiert.

Eine erste Untersuchung der Holzlatten hatte keine Blutspuren ergeben.
„Sucht weiter", sagte Grabosch, „alles kann wichtig sein!"
Die Blutflecken neben der Stahlkante, die das Schleusenbecken einrahmte, waren erfolgsversprechend. Die Analyse werde er als Allererstes machen, meinte Dickgießer. „Zu neunundneunzig Prozent stammt es vom Opfer, Du wirst sehen, Franz. Den Rest erfahren wir vom Doc."
Ein Mitarbeiter des Schleusenpersonals näherte sich und trat zu Grabosch.
„Der Merkle will wissen, ob er den Kahn ausfahren lassen kann."
Grabosch zögerte, suchte Blickkontakt zu Müller und Mazurka, und als diese nickten, gab er sein Einverständnis.
„Der Holländer soll Dir seine Telefonnummer geben, übernimm Du das mal, Mathias, für eventuelle Rückfragen!"
Als Müller das Steuerhaus verließ, setzte sich das Schiff in Bewegung. Müller schaffte gerade noch so den Sprung an Land. Die Umstehenden lachten. Der Kapitän drehte das Steuerrad und winkte ihnen zu. Da fährt er hin, der alte Seebär, dachte Grabosch, mitsamt seinem Genever. Ob die Wasserschutzpolizei auch Alkoholkontrollen durchführte? Bei Gelegenheit würde er den Kollegen von der Werfthallenstraße danach fragen.
Er winkte Michaelsen, Mazurka und Müller zu sich und zog den von den Tauchern geborgenen Schlüs-

selbund aus dem Plastiktütchen. An einem Ring hingen eine kreisrunde, schwarze Plakette mit der Anschrift „Cooper“, ein silberfarbener Zylinder, offensichtlich ein Suchlämpchen mit der Gravur: „Auto-Marek“, ein Autoschlüssel, sowie drei BKS-Schlüssel.
„Vielleicht das Wichtigste, was wir hier gefunden haben“, sagte Grabosch, „ein Glückstreffer ist das, der reinste Sechser im Lotto!“
„Sag’ ich doch, Franz“, ereiferte sich Mazurka, „der Autohändler von der Mühlaustraße hängt mit drin. Spielsüchtig hat ihn die Obermeier genannt und seine Frau sagt, er soll sich von seinem Spezi Frankie-Boy fernhalten, der sei der falsche Umgang für ihn. Der Marek hängt da mit drin!“
„Keine Schnellschüsse! Wir besprechen exakt unser Vorgehen, gleich heute Nachmittag, die Lessner nehmen wir mit dazu.“
In diesem Augenblick betrat Staatsanwältin Monika Lessner das Terrain und gesellte sich zu ihnen.
„Ich bin über fast alles schon informiert. Der mutmaßliche Täter vom Röhrenlager ist nun selbst zum Opfer geworden. Das ist eine dramatische Entwicklung. Hast Du schon was Konkretes, Franz?“
Der Hauptkommissar hielt den Schlüsselbund hoch und fasste ihre bisherigen Überlegungen zusammen.
„Wenn es Schermulys Schlüssel ist, dann muss sein Auto hier irgendwo stehen“, meinte Müller. „Cooper steht auf der Plakette, was sagt uns das? Ich steh’ im Moment auf dem Schlauch.“
„Mini-Cooper sagt uns das, ich fahr’ doch selbst ei-

nen, ist ein schnuckeliges Auto mit großer Tradition, fast schon Kult!"
Müller sah Monika Lessner erstaunt an.
„Dann mal los, Mathias! Macht euch auf die Suche nach dem Mini!"
Müller nahm den Schlüsselbund und ging mit Michaelsen los. Nördlich der Drehbrücke war ihre Suche erfolgreich. Kurz vor der Bushaltestelle Dürstelschlag stand ein schwarzes, kompaktes Auto des von der Staatsanwältin genannten Fabrikats, tiefer gelegt, mit Sportfelgen, Breitreifen und am Heck stark getönten Scheiben, die keinen Einblick gewährten.
Der Schlüssel passte. Die beiden Beamten durchsuchten das Wageninnere. Im Handschuhfach lag die Zulassung.
„Marek Till Hans Rainer, Autohandel", las Michaelsen vor und pfiff durch die Zähne.
Müller drückte Tasten an seinem Funktelefon. „Franz, wir haben ihn, er steht nördlich der Kammerschleuse, kurz vor der nächsten Bushaltestelle, ist auf Marek zugelassen."
„Bleibt noch dort, ich lass' ihn abholen! Da gibt's Arbeit für unseren Berufshumoristen. Marek sagst Du? Der Autofritze muss die ganze Zeit über gewusst haben, wo Schermuly gesteckt hat. Dem wird noch Hören und Sehen vergehen, wenn wir ihn uns vornehmen!"
Die Hundeführer waren gerade dabei, die Spürnasen in den vergitterten Fonds ihrer Einsatzfahrzeuge unterzubringen. Die Suche hatte wenig zu Tage gebracht. Von der Stelle mit den Blutflecken hatten

sie eine Spur über den Fußgängersteg zu den Schrebergärten hinunter verfolgt, wo sie sich auf einem mit Pfützen übersäten Weg verlor. Grabosch hatte sich von der Aktion mehr versprochen, aber es war immerhin etwas.

Dickgießer war mit den geborgenen Blutresten weggefahren und sicher schon bei der Arbeit. Hoffentlich machte Dr. Bär, der Genevertrinker, Tempo, seine Ergebnisse waren entscheidend für ihr weiteres Vorgehen. Jetzt bloß keine spontanen Aktionen mehr, dachte der Hauptkommissar, zwei Morde auf der Friesenheimer Insel waren aufzuklären, und sie standen miteinander in Zusammenhang, Mazurka hatte Recht mit ihrem Bauchgefühl. Der Hauptverdächtige beim ersten war das Opfer von heute, doch auch van Gröben war noch nicht aus dem Spiel, Weidemann hatte dessen Namen notiert. Heute hatten sie ihm eine Vorladung zukommen lassen wollen. Das musste nun warten und zuvor gut durchdacht werden. Ihr Hauptverdächtigter im vorliegenden Fall war van Gröben, der Staatssekretär, und Grabosch glaubte inzwischen, dessen Schauspielerei im Haus an der Blauen Adria durchschaut zu haben. Auf ihn hatte er sich eingeschossen, umso mehr, seit sich das Stuttgarter Innenministerium massiv einmischte.

Aber auch der Autohändler von der Mühlaustraße musste ins Kalkül gezogen werden. Schermuly war wohl der Fahrer des Minis, davon ging er schon jetzt aus, und der Wagen war auf dessen Pokerbruder zugelassen. Der zweitliebste Zeitvertreib solcher Zeitgenossen wie Schermuly und Co. war das Pokern. Da wurden ganze Geldpakete über den Tisch geschoben, und wer verlor, hatte Schulden, die seine Existenz bedrohten. Hatte sich der nach Frau Obermeiers Aussage dem Glücksspiel verfallene Marek nach einer Pechsträhne in die Hand von Schermuly oder anderer, wenig zimperlicher Zeitgenossen begeben? Durchaus möglich. Und war einer, der sich in die Enge getrieben sah, nicht zu jeder Schandtat bereit? Mit der Obermeier würden sie noch heute Kontakt aufnehmen, wenn sie sie unter der Nummer auf Schermulys Notizzettel erreichten. Die ebenfalls notierte Nummer von van Gröben war nicht die, die sie kannten, und nicht mehr vollständig zu entziffern.

Mit diesen Gedanken stand der Hauptkommissar auf dem Fußgängersteg und nahm kaum wahr, was um ihn herum geschah. Die Neckarspitze war jetzt gut zu sehen. Das Hochwasser war zurückgegangen und hatte ein morastiges Neckarvorland hinterlassen. Feiner Regen hatte eingesetzt. Von Osten her blies ein kalter Wind.

Auf dem Gelände der Kammerschleuse war es ruhiger geworden. Immer mehr Beamte stiegen in ihre Wagen und fuhren ab. Münter, der Kollege von der Wasserschutzpolizei, klopfte ihm auf die Schulter. „Wir fahren dann zurück, Franz. Grübel nicht so viel, das wird schon!“

Michaelsen und Müller kamen zurück. Sie hatten außer der Kfz-Zulassung nichts weiter Brauchbares gefunden. Die Fingerabdrücke waren genommen und zum Abgleich im Präsidium. Die Spusi kam bestimmt noch zu weiteren Erkenntnissen, was den Mini betraf, meinten die beiden.

„Wir beide fahren dann mal zurück, Franz."

„Macht das, und wie gesagt, keine Eigenmächtigkeiten, wir machen nachher eine Lagebesprechung. Denken ja, aber von allem anderen die Finger lassen, dass das klar ist! Wo ist eigentlich Mazurka?"

Schon im Weggehen rief Müller: „Sie kommt g'rad aus dem Schleusenhaus! Bis später, Franz!"

Es war hier nichts mehr zu tun für die Kommissare. Die Nachhut würde noch bis zum Einbruch der Dämmerung beschäftigt sein.

Grabosch und Mazurka fuhren zurück ins Präsidium. Unterwegs ließ der Hauptkommissar die Kollegin an seinen Gedanken teilhaben. Trotz der aufgedrehten Heizung und des auf Hochtouren laufenden Gebläses war ihnen kalt.

„Ich mach' uns gleich einen heißen Tee, Franz. Der wird uns wieder aufmöbeln." Hedwig Mazurka rieb ihre Wangen und räkelte sich im Beifahrersitz.

Gleich bei ihrer Rückkehr ins Präsidium hatte Kriminaldirektor Mucke Grabosch antreten und Bericht erstatten lassen. Trotz aller neuen Verdachtsmomente gegen van Gröben blieb der Vorgesetzte zögerlich. Er stand offenbar unter noch größerem Druck von ganz oben, als es der Hauptkommissar bisher angenommen hatte.

Gegen 16 Uhr saßen sie dann in Graboschs Amtszimmer und sprachen über die neu entstandene Lage. Plötzlich ging die Tür auf, Dr. Mucke stand da und

begrüßte die Anwesenden mit dem Standardsatz, den er in den letzten Tagen so gern bemühte: „Stuttgart sitzt mir im Nacken, Vorsicht also, Herr Grabosch, mit unüberlegten Aktionen, die Sache ist eine heikle!"
„Aber wir haben was, schauen Sie!"
Die von Dickgießer sichtbar gemachten Buchstaben schienen den Kriminaldirektor wenig zu beeindrucken.
„Die paar Buchstaben sind eine dünne Beweislage, das kann reiner Zufall sein und muss nicht zwangsläufig auf den Staatssekretär hindeuten. Ob dies für Ermittlungen ausreicht, ich weiß nicht. Der Schuss kann nach hinten losgehen, Franz, und für Sie einen schmerzlichen Karriereknick bedeuten. Haben Sie schon mal darüber nachgedacht, was passieren wird, wenn sich bei Befragung, Verhör, Hausdurchsuchung und Untersuchungshaft die Unschuld des Herrn van Gröben herausstellt? Die in Stuttgart werden Ihren Kopf fordern, Grabosch, und ich will nicht, dass es so weit kommt!"
In das betretene Schweigen, das nun folgte, fügte Dr. Mucke mit seinem üblichen dozierenden Unterton hinzu: „Und ob der eh als zögerlich bekannte Wenz einen Haussuchungsbefehl oder gar einen Haftbefehl ausstellt auf diese auf wackligen Beinen stehenden Indizien hin, das, meine Damen und Herren, weiß der liebe Gott allein."
„Aber van Gröben steckt mit drin!" Müller sprach lauter, als es seine Absicht war. Er wollte Grabosch beistehen, dies war er ihm schuldig. „Weidemann war vor seinem Tod auf der Spur des Staatssekretärs

und des Zuhälters Schermuly, der ohne Zweifel am Tatort Röhrenlager war. Wir gehen davon aus, dass Weidemann Recherchen angestellt hat und sein Wissen zu Geld machen wollte, alles, was wir von der Persönlichkeit des Toten vom Röhrenlager wissen, passt ins Bild. Der oder die Täter haben alle Spuren beseitigt, bis auf den Fingerabdruck am Klingelknopf und eben diesen Buchstabenabdruck auf dem Notizblock, von dem sie sämtliche Notizen des Opfers herausgerissen haben. Womöglich haben die beiden, Schermuly und van Gröben gemeinsame Sache gemacht, und der Zuhälter hat van Gröben erpresst mit Aufnahmen, die ihn mit der Obermeier zeigen, und der Staatssekretär hat jetzt die Nerven verloren und, vielleicht im Affekt, seinen Erpresser getötet."

Mucke sah den jungen Kommissar bewundernd an. „Großartig, Ihre Rede, Herr Müller, ich bin beeindruckt. Sie haben analytischen Verstand. Vielleicht sitzen Sie bald auf Graboschs Stuhl, wenn sich nämlich all Ihre Überlegungen in Luft auflösen und eure Ermittlungen in einem riesigen Mannheimer Polizeiskandal enden, bei dem ein gut beleumundeter Spitzenbeamter und Parteimann in den Dreck gezogen wurde. Wenn es wenigstens zu der Gegenüberstellung zwischen der Prostituierten und dem Staatssekretär gekommen wäre. Aber die Dame hat sich abgesetzt, was für mich bedeutet, dass sie kalte Füße gekriegt hat und ihre Behauptung Teil einer Intrige ist, so sehen es jedenfalls die vom Innenministerium. Es bleibt dabei, Sie spielen mit Ihrer beruflichen Zukunft, ich habe Sie gewarnt, Franz!"

Erneutes Schweigen. Grabosch fühlte die Blicke seiner Mitarbeiter auf sich gerichtet. Er wollte mit seinen Fingerübungen auf der Schreibtischplatte anfangen, ließ es aber sein.

Nun sprang ihm Mazurka zur Seite.

„Da ist noch ein Dritter im Spiel. Der Autohändler Marek, ein guter Bekannter und Pokerbruder Schermulys. Das sichergestellte Auto, mit dem Schermuly zur Kammerschleuse gefahren ist, ist auf Marek zugelassen. Hinzu kommt, dass wir inzwischen wissen, dass dieser Marek vor Jahrzehnten im Röhrenlager gearbeitet hat und damals mit Weidemann befreundet war. Hier ist die entscheidende Verbindung."

„Dann verhören Sie diesen Marek, verhaftet ihn von mir aus, machen Sie eine Hausdurchsuchung, alles was Sie wollen, dagegen hab' ich nichts einzuwenden, ganz im Gegenteil."

Mucke stand immer noch mitten im Raum und schaute von einem zum anderen.

„Was ist mit den Ergebnissen des Pathologen", fragte er.

„Ich erwarte noch heute seinen vorläufigen Bericht", sagte Grabosch. „Warten Sie, ich ruf' ihn an."

Der Hauptkommissar, der bei den Vorhaltungen – eigentlich waren es Drohungen, die sein Vorgesetzter ausgestoßen hatte, dachte er – völlig ruhig geblieben war, hörte aufmerksam zu, legte schließlich den Hörer auf die Gabel und räusperte sich.

„Schermulys Stirnwunde stammt von einem Schlag mit einem Fichte-Tannen-Kantholz, die Spreißel in der Wunde sind eindeutig. Der Schlag hat nicht zum

Tode geführt, auch nicht die von Dr. Bär entdeckte Rückgratverletzung, die er sich beim Sturz auf die Stahlkante des Schleusenbeckens zugezogen haben muss. Tod durch Ertrinken, das Ergebnis ist eindeutig. Die Tatzeit ist vage, zwischen 18 und 23 Uhr, genauer will sich Bär nicht festlegen."

Jetzt preschte auch Michaelsen vor. „Die Telefonnummern auf den beiden Zetteln im Geldbeutel des Opfers habe ich ausgewertet", sagte der junge Kriminalassistent. „Der Name Gröben beweist: Die beiden standen miteinander in Verbindung, auch wenn die Nummer nicht vollständig zu entziffern ist. Die andere hinter Lore ist nicht registriert, also nicht zu verorten. Da meldet sich keiner, ich versuch's aber gleich wieder."

Dr. Mucke trat von einem Bein auf das andere. Er schien mit sich zu kämpfen.

Dann kamen die erlösenden Worte.

„Ist gut, Franz. Dann tun Sie, was Sie für notwendig halten. Aber vergessen Sie nicht, ich habe Sie gewarnt. Wenn's schief geht, werden Sie es auf Ihre Kappe nehmen müssen, mit allen Konsequenzen. Die da oben werden Sie durch den Fleischwolf drehen, denken Sie daran!"

Ohne ein weiteres Wort verließ Mucke den Raum.

Grabosch löste die Fingerkuppen seiner rechten Hand von der Tischplatte, machte eine Faust und schlug auf den Tisch, dass es krachte.

„Kinners, auf geht's!", stieß er hervor. „Alles hört auf mein Kommando! Ich nehm's auf meine Kappe, kneifen gilt nicht! Lagebesprechung jetzt sofort! Die greifen wir uns morgen früh, auch den Herrn Staatssekretär!"

Ein entscheidender Tag stand bevor, an dem sie vielleicht die zwei Morde auf der Friesenheimer Insel mit einem Schlag lösen würden. Die Chancen standen nicht schlecht.

# Der Spieler

Till Marek war Jahrgang 1949 und hatte es, wenn man seine Herkunft und geistigen Gaben, über die er verfügte, berücksichtigte, im Leben weit gebracht. Er war der uneheliche Sohn des Hilfsarbeiters Manfred Schlundt und der Kellnerin Anita Marek. Mit vier jüngeren Geschwistern wuchs er unter der Obhut von Mutter und Großmutter unter miserablen Wohnverhältnissen auf, nämlich in den damals noch existierenden Benzbaracken auf dem Waldhof. Das negativ geprägte soziale Umfeld und die völlige Überforderung der beiden Frauen bei der Erziehung ihres Ältesten waren die Ursachen, dass der kleine Till zum Schulversager wurde und bald in der Waldhofer Sonderschule landete.
Doch faul war er nicht, arbeitete nach seiner Entlassung bei diversen Autoverwertern, wo er wissbegierig seine Kenntnisse über das Innenleben von Kraftfahrzeugen der verschiedensten Marken erweiterte. 1970 fand er schließlich eine feste Anstellung im Röhrenlager auf der Friesenheimer Insel, wo er schnell zu einem von der Geschäftsleitung geschätzten Mitarbeiter aufstieg, dem die Wartung und Reparatur der Kräne und Fahrzeuge oblag.
Schon damals trat seine Spielleidenschaft zu Tage. Als Knirps hatte er in den Hofpausen seinen Mitschülern das Geld aus der Tasche gezogen, wenn sie im hintersten Winkel Münzen gegen die Wand warfen und derjenige, dessen Zehner am dichtesten lag, hatte alles eingesackt, und dies war meistens er und kein anderer gewesen.

Während der Frühstücks- oder Mittagspause spielte er nun Karten mit den Arbeitskollegen und knöpfte ihnen das Geld ab. Es war nicht nur Glück, dass er so häufig gewann, es war Kalkül, Strategie, Wagemut, vor allem aber seine Fähigkeit zum Pokerface, dem seine Mitspieler immer wieder auf den Leim gingen. Ruiniert wurde dabei keiner, es ging um überschaubare Beträge, aber so bescheiden wie Jahre zuvor im Hof der Waldhofschule waren sie nicht mehr.

Mareks liebster Kollege aus dem Röhrenlager war der Arbeiter Hans-Werner Weidemann, bald zehn Jahre älter als er und in festen Händen einer Erika Leitmeier. Beide wohnten in der Neckarstadt, allerdings im östlichen Teil, in der Lenaustraße, wie Hans-Werner betonte. Ein Foto seiner Flamme zeigte Weidemann gern herum, war sie doch eine hübsche Erscheinung, blond, gut gebaut und mit einem fröhlichen Lachen. Die beiden wollten bald heiraten, ein Kind war schon unterwegs, eine Wohnung in der Cannabichstraße in Aussicht.

Was die beiden Arbeitskollegen verband, war nicht die Liebe zum Glücksspiel, denn Weidemann rührte keine Spielkarten an und versuchte sogar, ohne großen Erfolg, den Jüngeren davon abzubringen. Es war ihr beruflicher Ehrgeiz, es auch ohne qualifizierte Ausbildung zu etwas zu bringen, vom Ungelernten zum Angestellten aufzusteigen, der sich nicht mehr nach Feierabend die Hände mit Handwaschpaste sauber machen musste. Weidemann spekulierte mittelfristig darauf, den in die Jahre gekommenen Pförtner zu beerben mitsamt dessen Werkswohnung.

Marek aber war aus einem anderen Holz geschnitzt, wollte höher hinaus, teilte die Menschheit ein in zwei Gruppen, die eine, die befahl, die andere, die gehorchte, und er wollte einmal zu der ersteren gehören. Diese Weisheit hatte er zu seiner Lebensmaxime entwickelt, und wenn die beiden Arbeitskollegen am wöchentlichen Zahltag oft bis spät in die Nacht die Kneipen des Jungbusch unsicher machten, dann malten sie sich bierselig ihre bevorstehenden Lebensjahre in rosaroten Farben aus.

Und ihre Träume waren keine Schäume. Weidemann bekam den Posten als Hausmeister und bezog die geräumige Wohnung über der Pförtnerloge, wo er mit seiner Frau Erika und einer wachsenden Kinderschar seine Rolle als Ehemann und Vater ausfüllte.

Marek allerdings hatte das Geheißenwerden und Ducken nach oben irgendwann über, besann sich auf seine Jugendjahre, die er bei Schrottlern in Hinterhöfen und auf Industriebrachen verbracht hatte, und pachtete nahe der Bahnlinie nördlich der Boveristraße ein Grundstück, auf dem er angekaufte, defekte Autos in Schuss brachte und sie wieder verkaufte. Endlich war er zum Herrn aufgestiegen, wenn er auch zunächst nur einem geistig minderbemittelten, aber gutmütigen Helfer Befehle erteilen konnte. Aber ein Anfang war gemacht.

Marek hatte Fortune in seinem Gewerbe, ließ die marode Bruchbude und die Schlaglöcher davor hinter sich und eröffnete in der Mühlaustraße einen Gebrauchtwagenhandel. Er stellte einen Kfz-Meister, zwei Gesellen und einen Lehrling ein und speziali-

sierte sich auf ausgefallene, teure und teils exotische Automobile aus amerikanischen, britischen und italienischen Autoschmieden, für die er sich in und um Mannheim einen solventen Kundenkreis erschloss: Erfolgreiche, aufstrebende Unternehmer aus Wirtschaft, Handwerk und Industrie, aber auch zwielichtige Typen aus dem Rotlichtmilieu. Seine Kunden glaubten, ihre Kinderträume realisieren und sich mit Statussymbolen wie etwa einem Ford Mustang, Chevrolet, Camaro, Bentley, Maserati oder Ferrari schmücken zu müssen.
Dabei kam Marek zwangsläufig mit Mannheimer Bordellbetreibern und Zuhältern in Kontakt, deren Umgang er pflegte, waren diese doch bald seine besten Kunden, die für Umsatz und beträchtliche Gewinnspannen sorgten.
Einer seiner besten Kunden, mit dem ihn bald eine innige Freundschaft verband, war ein skrupelloser Saarländer namens Frank Schermuly, der die Mannheimer Puffszene mit Cleverness, knallhartem Geschäftssinn, Gespür für das Mögliche am Rande der Legalität und mit latenter Brutalität aufmischte, Konkurrenten beiseite drängte und auf dem besten Wege war, mit dem ältesten Gewerbe der Welt den großen Reibach zu machen.
Frankie-Boy, wie man ihn in der Szene nannte, frönte der gleichen Leidenschaft wie der Autohändler Till Marek, nämlich dem Kartenspiel, insbesondere dem Pokern.
Marek hatte sich in der Stadt etabliert, galt als seriöser Geschäftsmann, dem allerdings der Ruch des aus

der Gosse aufgestiegenen Emporkömmlings anhaftete, der ihm den sozialen Aufstieg in die höheren Kreise verwehrte. Er bewohnte mit seiner Frau Christa, sie war vor der Eheschließung seine Buchhalterin gewesen, ein Penthouse mit Dachterrasse und Pool hoch über dem Rheinufer, wo er Schermuly und andere Szenegrößen zu Pokerabenden empfing, bei denen es um große Summen ging und es nicht selten für den einen oder anderen Spitz auf Knopf stand. In solchen Situationen hörte die Freundschaft auf. An einem jener Abende hatte z. B. ein Mitspieler, der im Milieu als Austria-Jonny bekannt war, sein gesamtes Hab und Gut verspielt und war fortan in Mannheim und Umgebung nie wieder gesichtet worden.

Frau Marek verbat sich seit jenem Ereignis die Pokerrunden mit den zwielichtigen Kumpanen ihres Mannes, so dass die Spielabende in versteckten, nur mit einem Codewort zu betretenden Hinterzimmern von Nachtbars mit Ausgang zum Hof in der Filsbach oder der westlichen Neckarstadt stattfanden. Zweimal hatte es eine Polizeirazzia gegeben, bei der Marek und Schermuly hatten entkommen können, einmal durch den Umweg über das Dach und einen todesmutigen Sprung. Die Mitspieler waren gefasst worden, hatten aber die Namen ihrer zwei Pokerbrüder für sich behalten.

Das Verhältnis Mareks zu dem jüngeren und einer allgemein als unanständig und kriminell geltenden Tätigkeit nachgehenden Frank Schermuly konnte man auf den ersten Blick als eine Männerfreundschaft bezeichnen. Was die beiden verband, war

ihr Aufstieg von ganz unten, wenn auch auf unterschiedliche Art.
Auf den zweiten Blick war die Sache subtiler. Marek bewunderte den vor Kraft strotzenden, aus Saarbrücken nach Mannheim gekommenen Schermuly, der vor nichts Angst zu haben schien und sich durch nichts auf der Welt von dem, was er sich vorgenommen hatte, abhalten ließ. Frankie-Boy galt als unnahbar, hatte keinen Freund außer ihm, was Marek mit Stolz erfüllte. Doch musste er sich eingestehen, dass ihm Schermuly ein Unbekannter geblieben war. Er wechselte ständig seinen Wohnsitz, keiner wusste seine aktuelle Adresse, von sich erzählte er nichts, niemandem, ohne Ausnahme.
In letzter Zeit hatte Marek eine Pechsträhne gehabt und viel Geld verloren. Vor allem an seinen Freund Frank. Als er nicht mehr zahlen konnte, schrieb er ihm einen Schuldschein und dann noch zwei weitere, weil er glaubte, die Summen wieder zurückzugewinnen. Doch die Pechsträhne hielt an, es war wie verhext.
Natürlich konnte Schermuly nicht vor Gericht gehen und die Schulden eintreiben lassen. Aber da gab es andere Mittel, und wenn Marek daran dachte, hatte er eine schlaflose Nacht. Es ging an's Eingemachte, er hatte sich in die Hand des Zuhälters begeben und konnte nur noch auf dessen Gnade und Barmherzigkeit hoffen.
Als an jenem späten Nachmittag Ende April sein ehemaliger Arbeitskollege aus den 70er Jahren auftauchte und seinem untergetauchten Pokerbruder

Frank etwas ausrichten ließ, kam ihm ein Gedanke, wie er sich aus den Klauen seines Spezis befreien konnte. Wenn dieser Weidemann etwas gegen Schermuly in der Hand hatte – wer wusste, was der alte Louis für Gemeinheiten gerade laufen hatte – wenn also Weidemann sein eigenes Süppchen kochte und Schermuly erpresste, dann konnte er diesem zu Hilfe eilen, ihm seine Dienste anbieten und Frank würde womöglich aus Dankbarkeit auf seine Spielschulden verzichten. Eine Hand wäscht die andere, der in seiner Branche so oft gehörte Leitspruch musste auch hier greifen.
Sofort wählte er Schermulys Telefonnummer.
„Was gibt's denn so Dringendes, alter Schwede?" Franks Stimme klang ungeduldig, als hätte ihn Marek bei einer wichtigen Tätigkeit gestört.
„Ich will Dir was sagen, Frank, es könnte sehr wichtig für Dich sein und Dir eine Menge Ärger ersparen. Eben war ein gewisser Hans-Werner Weidemann bei mir, den ich von ganz früher her kenne, der sucht nach Dir und hat seltsame Andeutungen gemacht, was er über Dich weiß."
„Was hat er denn genau gesagt, Till? Red nicht um den heißen Brei!"
„Er hat gemeint, er will Dir was über die Obermeier erzählen, das Dich sehr interessieren wird und über einen feinen Herrn, so hat er sich ausgedrückt, den sie bedient hat und der auf Dich nicht gut zu sprechen ist."
Schermuly zeigte Wirkung, denn für eine Weile sagte er gar nichts.

„Wo wohnt denn dieser Mensch und was ist das für einer?"
„Er ist Hausmeister und Portier im Röhrenlager auf der Friesenheimer Insel."
„Wohnt er dort allein?"
„Nein, aber zur Zeit ja. Seine Frau kümmert sich irgendwo um die Enkel."
„Gut, Till, ich hab' noch was zu erledigen, komm' aber dann zu Dir. Bist Du in Deinem Betrieb?"
„Ja, ich warte hier auf Dich, kannst Dich drauf verlassen."
„Hast Du seine Telefonnummer?"
„Kein Problem, ich such' sie raus."
Schermuly schwieg und schien nachzudenken.
„Ich hab's mir anders überlegt, Till, geh nach Haus, heute Abend wird's nichts mehr. Ich komm' morgen. Ist Dir 17 Uhr recht, in Deinem Büro?"
„Morgen ist Feiertag, Frank!"
„Na und? Tag der Arbeit! Es gibt Arbeit, auch für Dich! Such noch die Nummer von dem Kerl raus und gib sie mir durch!"
Marek tat, wie ihm befohlen.
„Danke, das war's, dann bis morgen. Ich verlass' mich auf Dich, 17 Uhr, denk dran!"

Man hätte die Uhr danach stellen können, denn punktgenau zum vereinbarten Zeitpunkt fuhr Schermuly mit einem grauen Golf auf den Betriebshof.
Sie begrüßten sich mit angedeuteten Boxhieben auf die Oberarme. Frank machte einen gehetzten Eindruck.

„Wo treibst Du Dich nur rum in letzter Zeit?", fragte Marek. „Man hört und sieht nichts von Dir. Weißt Du, was ich gedacht hab? Dass Du Dich nach Lothringen oder sonst wohin abgesetzt hast."

„Das könnte Dir so passen, aber ich bin hier."

„So hab' ich das nicht gemeint, Frank. Leg mal nicht jedes Wort auf die Goldwaage!"

Schermuly nickte und schaute auf den Hof und zur Einfahrt hinunter.

„Wenn heut kein Feiertag wär', wär' ich nicht gekommen. Die Kripo macht auch mal Pause, und wenn Du mich nicht verpfiffen hast, wird's gut gehen."

„Aber Frankie, was Du von mir denkst!", protestierte Marek. „Einen Freund denunzieren, ausgeschlossen!"

Schermuly tat, als habe er gar nicht zugehört.

„Meine Lage ist ernst, aber nicht hoffnungslos, lieber Till. Ich bin da an was Großem dran, an einem Freier, den ich gefilmt hab', eine öffentliche Person mit finanziellem Background, der zappelt im Netz und wird zahlen, viel bezahlen. Wenn Du mir hilfst, soll's Dein Schaden nicht sein. Wir machen halbe-halbe und Du bist alle Sorgen los."

Marek hatte gebannt zugehört, und in seinem Kopf fing es an zu arbeiten. Wenn er seinen Freund, und als solcher fühlte er sich nach wie vor, ans Messer lieferte, so dachte er, hatte dieser zwar jede Menge Scherereien, würde für einige Zeit in den Knast wandern, doch nach der Entlassung ging die Chose wieder von vorne los. Auf sein Geld, das er ihm schuldig war, würde Frankie-Boy niemals verzichten, das war illusorisch.

„Ich bin dabei, Frank, Du kannst auf mich zählen."
Schermuly blickte wieder zum Fenster hinaus, wandte ihm den Rücken zu und räusperte sich.
„Dieser verdammte Portier vom Röhrenlager kann mir gefährlich werden. Ich hab' ihn angerufen. Der Kerl weiß Sachen, die er eigentlich gar nicht wissen kann. Der Mann ist eine lebende Zeitbombe, und wenn er auspackt, bin ich geliefert. Ich möchte, dass wir ihm noch heut' auf die Pelle rücken und ihm das Maul stopfen, dass er froh sein wird, mit dem Leben davongekommen zu sein. Den versetzen wir so in Angst und Schrecken, dass er bis zum St. Nimmerleinstag die Schnauze halten wird."
Marek war aufgewühlter als jemals zuvor in seinem Leben. Er stand auf, holte die Büroflasche aus dem Schrank, stellte zwei Gläser auf den Tisch und begann einzuschenken. Seine Hand zitterte.
„Für mich nicht, ich brauch' meinen Verstand!"
„Aber ich kann einen vertragen."
Marek stürzte den Hochprozenter hinunter und goss erneut ein.
Als die beiden über die Kammerschleuse fuhren, war es kurz nach 23 Uhr. Die Friesenheimer Insel-Straße wirkte wie ausgestorben.

# Der Wüstling

Das Geldabheben auf der Bank im Baselbiet ging problemlos vonstatten. An der Grenze wurde van Gröben durchgewunken, mit dem Versteck unter der hinteren Sitzbank hätte er sich nicht so viel Mühe geben müssen.
Auch auf der Rückfahrt kam er schnell voran. Er erwartete Schermulys Anruf. Am frühen Abend wollte ihm der Erpresser mitteilen, wie, wann und wo die Übergabe stattfinden sollte.
Erneut kamen dem Staatssekretär Zweifel, ob er sich auf dessen Zusagen verlassen konnte. Wenn dieser Lude außer dem einen Video noch weiteres Material gegen ihn besaß, war der nächste Erpressungsversuch nur eine Frage der Zeit. Aber, so dachte er weiter, es gab keine Alternative. Er musste dem zwielichtigen Menschen vertrauen, wenn er aus der Sache herauskommen wollte, doch ob man dieser Ausgeburt von Verschlagenheit und krimineller Energie tatsächlich vertrauen konnte, war eine offene Frage.
Während van Gröben auf der Überholspur über die Autobahn raste, dachte er an Katja, an deren derzeitigem Aufenthaltsort Freiburg er gerade vorbeigefahren war. Seine Ehe war kaputt, da biss die Maus keinen Faden ab. Das Video, das seine Frau zu Gesicht bekommen hatte, war der Todesstoß, unumkehrbar und endgültig. Dies schmerzte, vor allem, wenn er an Nicole und Lena, seine beiden Töchter dachte. Doch für seine politische Karriere war es unerheblich. Er war nicht der Einzige, des-

sen Ehe in die Brüche ging, im Gegenteil. Trennungen und Scheidungen bei Politikern waren an der Tagesordnung und hatten noch keinem geschadet. Diese Zeiten, in denen eheliche Fehltritte einem in der Öffentlichkeit stehenden Mann zum Vorwurf gemacht wurden, waren Gott sei Dank vorbei. Die Gesellschaft war liberaler und toleranter geworden, der alte Mief war weg.

Ganz anders sah es allerdings aus, wenn einer wie er in Machenschaften im Rotlichtmilieu mit anrüchigen Sexualpraktiken und Erpressung verwickelt war. Die Medien stürzten sich begierig auf derartige Gerüchte. Die Toleranz der Gesellschaft war schnell überschritten, und Parteien, Behörden und Regierungen ließen den Kompromittierten fallen wie eine heiße Kartoffel, um weiteren Schaden abzuwenden. Der Einzelne galt dann gar nichts, das Ganze um so mehr.

Noch heute Vormittag hatte ihn der Minister ein zweites Mal angerufen und ihn seiner Loyalität zu einem Spitzenbeamten, wie er sich ausdrückte, versichert. „Bleiben Sie ganz ruhig, lieber van Gröben, so seine Worte, „wir schützen Sie und Ihre Familie, es sieht alles nach einer böswilligen Intrige aus, die jemand gegen Sie betreibt, machen Sie sich keine Gedanken, die Sache bleibt unter dem Deckel."

Diese Auskunft hatte van Gröben beruhigt. Er war nicht allein, der Minister selbst legte schützend seine Hand über ihn, hatte das Notwendige veranlasst, und dieser frierende Hauptkommissar Grabosch, der am frühen Morgen ans Fenster geklopft hatte, würde es sich dreimal überlegen, ob er gegen ihn vorging.

Nein, seine Lage war nicht so aussichtslos, wie es den Anschein hatte.
Auf der Höhe von Rastatt war sein Anwalt Dr. Meier-Grauwickel am Apparat.
„Alles ist halb so schlimm, Herr van Gröben, die Gegenüberstellung morgen im Mannheimer Präsidium ist endgültig geplatzt, die obskure Lady ist tatsächlich unauffindbar, hat's sicher mit der Angst gekriegt, das bestätigt meine Vermutung, dass sie jemand gekauft hat, um Ihren guten Ruf zu beschädigen. Haben Sie mal darüber nachgedacht, wer dahinterstecken könnte? Haben Sie Feinde, Herr van Gröben? Ganz bestimmt, wenn Sie mich fragen, in Ihrer Branche wird mit Haken und Ösen gekämpft, das ist meine Erfahrung, und schmutzige Tricks sind da nicht ausgenommen. Denken Sie nach! Wer spinnt da eine so hundsgemeine Intrige gegen Sie?"
Wenn Du wüsstest, Grauwickel, dachte der Staatssekretär. Aber es waren gute Nachrichten. Nicht nur der Minister, auch sein Anwalt legte sich ordentlich für ihn ins Zeug.
„Ich werd' darüber nachdenken", sagte er, nachdem der Anwalt seine hastig vorgetragenen Überlegungen beendet hatte.
Van Gröben war sich nun sicher. Er würde die Angelegenheit hinter sich bringen. Die 400 000 Mark waren eine Menge Kies, auch für ihn, oder war's doch zu viel, was er Schermuly in den Rachen werfen würde? Kam er nicht anders aus der Sache raus? Aber wie? Man würde sehen. Noch heute sollte die Übergabe stattfinden, Schermuly würde sich melden.

Um 20 Uhr hatte er den Termin in Heidelberg. Bis dahin war die Sache längst überstanden.
In Bruchteilen von Sekunden jagten die Gedanken durch seinen Kopf. Ein Wagen vor ihm wechselte die Spur, van Gröben stieg in die Eisen und konnte im letzten Augenblick ein Auffahren verhindern.
Beim nächsten Rastplatz fuhr er ab, um sich zu sammeln. Die 400 000 taten weh. Spätestens wenn Katja die Scheidung betrieb, würden sie fehlen. Ach, es würde ihm schon etwas einfallen. Außerdem war da noch das Haus beim Stollenwörthweiher, das Wochenendhaus bei Altrip, Aktien und andere Geldanlagen.
Er hielt vor einem am Straßenrand stehenden Lkw an und öffnete das Seitenfenster. Draußen war es kalt. Der Wind trieb Blätter vor sich her und wirbelte sie im Kreis. Ein paar Meter weiter stand ein Auto. Die Fahrertür wurde geöffnet, eine Frau im Pelzmantel stieg aus und setzte sich in Bewegung. Als sie an ihm vorbeikam, erkannte er an ihrer Art zu gehen und ihrem Gesichtsausdruck – van Gröben hatte da seine Erfahrungen – den Beruf, dem die Dame nachging. Vermutlich war sie unter ihrem Mantel nackt. Sie kletterte am Führerhaus des Lastkraftwagens hinauf, stieg ein und schlug die Tür zu. Der Trucker lag sicher schon in der Koje hinter dem Fahrersitz und würde gleich zur Sache kommen.
Das gab es, davon hatte van Gröben schon gehört, so mancher Fahrer bestellte sich eine Professionelle zu einem Parkplatz. So konnte er das Notwendige, nämlich die vorgeschriebene Standzeit, mit dem Angenehmen verbinden.

Die beiden rammelten jetzt bestimmt, was das Zeug hielt. War er neidisch auf den Trucker? Ein bisschen schon, wenn er ehrlich war.
Eine Urlaubsszene fiel ihm ein, als sie vor über zwei Jahren am Gardasee gewesen waren und bei einer Ausflugsfahrt nach Verona den Autobahnzubringer südlich des Sees, vorbei an hässlichen Fabriken, befahren hatten, die so gar nicht zu der Idylle rings um den Lago passten. Am Straßenrand standen Damen lasziv in Miniröcken und knappen Tops und warteten auf Freier. Ganz so weit war es nördlich der Alpen noch nicht gekommen. Und er erinnerte sich, wie die kleine Lena gefragt hatte, was die machten und warum sie dort herumstanden. Er und seine Frau waren in Blickkontakt getreten, hatten überlegt, was sie sagen sollten, und er hatte schließlich das Problem gelöst und geantwortet: „Die schnappen frische Luft." Mit dieser Antwort hatte sich Lena zufrieden gegeben.
Wieder sah er Katja vor sich. Mit einem Pelzmantel ohne etwas darunter, unvorstellbar. Seine Frau war eine Schönheit. Daran lag es nicht, sie war attraktiv und hatte durchaus das, was man landläufig als Sexappeal bezeichnete. Aber es war eine einseitige Beziehung, die sie verband. Liebe war es bei ihm nicht. Liebe? Das war auch nur so ein Wort, eine Erfindung von Romantikern, Schwärmern und Idealisten. Gefühlsduselei war das! Liebe war Verlangen, Begierde, ein Sichverlierenwollen, Eros, Sexus oder wie man es sonst noch nennen wollte. Es gab zu viele Tabus in ihrer Beziehung. Die Missionarsstellung war

das Übliche, viel anderes gab's nicht, höchstens mal in Ansätzen. Van Gröben liebte das Verruchte, die Ekstase, den Rausch der Sinne, die Verbindung von Lust und Schmerz, das war mit seiner Frau nicht zu machen. Nicht dass sie sich seinen Wünschen widersetzte, so weit hatte er es nie kommen lassen, denn er hatte gespürt, dass dies alles nicht ihr Ding war und nie gewagt, seine sexuellen Phantasien bei ihr auszuleben.

Im Rückspiegel sah er das noch immer erleuchtete Führerhaus. Er meinte, Stöhnen und Gekicher zu vernehmen, aber es war wohl nur Einbildung und dem Verlangen geschuldet, das ihn überkam. Sein Trieb schrie nach Befriedigung, und nach dem Termin in Heidelberg würde er ihn stillen. Er wusste auch schon wo, in Rohrbach kannte er eine Adresse. Ein Ersatz für seine Domina von der Waldhofstraße war's nicht, da war nun nichts mehr zu machen, aber das Geld, das er zahlen würde, war es ihm wert.

Hatte er allzu voreilig den Hausschlüssel liegen gelassen?, dachte er, als er wieder auf die Autobahn in Richtung Mannheim eingeschert war. Möglich, dass die Kripo eine Hausdurchsuchung machte. Er dachte angestrengt nach. Nein, sie würden nichts finden. Den Erpresserbrief und das Videoband hatte er verbrannt. Konnte man an einem Videorekorder nachträglich feststellen, was geguckt worden war? Nein, dies war völlig abwegig.

Wieder gingen seine Gedanken zu dem bevorstehenden Treffen mit dem Erpresser. Er musste versuchen, ihn im Preis zu drücken. Noch besser war es,

nicht allein zu kommen, sondern mit einem kräftigen, furchteinflößenden Leibwächter, der Schermuly das Beweisstück entreißen und dem Verbrecher eine Lektion erteilen konnte. Aber einen Bekannten, der dafür in Frage kam, hatte er nicht. Allein war er Schermuly nicht gewachsen. Der würde ihn in die Schranken weisen, ihn niederschlagen, einfach so, und seinen öffentlichen Auftritt in Heidelberg konnte er dann vergessen und damit auch sein Alibi, falls er es doch einmal brauchen sollte. Die unmittelbar bevorstehende Aktion war verzwickt, aber er würde sie hinter sich bringen, so oder so.
Bald wandten sich seine Gedankenspiele dem Auftritt in Heidelberg zu, bei dem es um eine Reformierung des deutschen Steuersystems ging, dem angeblich kompliziertesten der Welt, wovon van Gröben nicht überzeugt war, aber egal, jedenfalls sollte es dringend vereinfacht werden, und er war im Lager derer, die für einen radikalen Schnitt waren. Es sollte so sein, wie es vor kurzem ein norddeutscher Politiker ausgedrückt hatte, dass nämlich jeder Bürger seine Steuererklärung auf einen Bierdeckel schreiben konnte. Er würde sich heute noch einen besorgen und ihn als Demonstrationsobjekt benutzen. Van Gröben liebte große Gesten, und so etwas kam immer gut an.
Aus keinem besonderen Grund, vielleicht weil er seinen Gedanken nachhing, fuhr er am Hockenheimer Dreieck nicht Richtung Speyer, sondern Richtung Mannheim. Als er es bemerkt hatte, beließ er es dabei. Sein Hausschlüssel lag ja auf dem Tisch, aber

die Zugehfrau hatte auch einen. Sie wohnte ein paar Straßen weiter, er konnte sich deren Schlüssel besorgen und sich vielleicht doch noch im Haus umsehen und nach Dingen suchen, die ihn irgendwann belasten könnten.

Vor dem Haus stand ein silberfarbenes Cabriolet, in dem zwei Männer saßen, die er erst bemerkte, als er hinter ihnen parkte. Die beiden Insassen stiegen aus und kamen auf ihn zu. Der eine, ein junger Mann Anfang 20, trug eine Kamera, den anderen kannte er, es war Redakteur Klein vom „Mannheimer Morgen". Der Fotograf stellte sich mit „Schmid, Arndt Schmid" vor.

Van Gröben fuhr ein Schreck in die Glieder. Hatten die Medien also doch von den Ermittlungen der Kripo erfahren? Gab es dort eine undichte Stelle, und die Anwesenheit der beiden war der Anfang einer Medienkampagne gegen ihn? Seine Befürchtungen waren unbegründet.

„Guten Abend, Herr van Gröben", begrüßte ihn der Redakteur, „gestatten Sie mir ein kurzes Interview über Ihren Auftritt heut' Abend in Heidelberg? Die Steuererklärung auf dem Bierdeckel, so was interessiert die Leute, und ein Foto mit dem Deckel in der Hand wär' super!"

Klein zog einen Bierdeckel, auf dem ein grüner Eichbaum zu sehen war, aus der Innentasche seiner Jacke und hielt ihn in die Höhe.

„Ich bin etwas in Zeitdruck, will mich aber nicht verweigern. Hab' drin den Hausschlüssel liegen lassen. Warten Sie, ich bin gleich wieder da, ich besorg' mir einen Ersatzschlüssel."

Die Zugehfrau war zu Hause. „Wir brauchen Sie die nächsten Tage nicht, Frau Manzke, zwischen den Jahren sind wir in Freiburg, hat sich so ergeben. Ich brauch' Ihren Hausschlüssel, meinen hab' ich verlegt."

Das Interview mit dem Redakteur ging schnell über die Bühne, Klein war ein Profi. Am Ende hielt van Gröben den Bierdeckel in die Höhe, und Schmid, der Fotograf, drückte ab.

„Auf Wiedersehen, die Herren", sagte van Gröben, „und frohe Weihnachten!"

„Auch für Sie und Ihre Familie, Herr Staatssekretär", erwiderte der Redakteur, „und danke, dass Sie sich für uns Zeit genommen haben."

Van Gröben verzichtete auf eine Durchsuchung des Hauses. Es gab nichts, davon war er überzeugt, was ihn in irgendeiner Weise belasten könnte, die einzigen möglichen Beweismittel lagen im Kamin, zu Asche verbrannt, und diese war selbst für den ausgebufftesten Ermittler zu nichts mehr zu gebrauchen.

Am Faxgerät waren die Unterlagen des erkrankten Ministers eingegangen. Die Sekretärin hatte sie sicherheitshalber an beide Adressen geschickt.

Van Gröben überflog den Ausdruck und machte sich ein paar Notizen, über seinen Part bei der bevorstehenden Podiumsdiskussion machte er sich die geringsten Sorgen.

Dann klingelte sein Handy. Er sah auf die Uhr. Es war 17.56 Uhr, der Datumsanzeiger stand auf dem 19. Dezember.

„Haben Sie das Geld?“

Schermulys Stimme klang hart wie geschmiedeter Stahl.

„Dann hören Sie jetzt genau zu wie die Übergabe ablaufen wird. Und machen Sie keine Mätzchen, Herr Staatssekretär, hören Sie! Könnt' böse für Sie ausgehen, sehr böse! Bringen wir's hinter uns!“

# Zugriff

Weniger als 22 Stunden nachdem Frankie-Boy Schermuly, der Mannheimer Oberlude, tot aus dem Becken der Kammerschleuse geborgen worden war, kam es zur größten Aktion, die Grabosch und sein Team sowohl hinsichtlich des Umfangs als auch der Zahl der beteiligten Beamten jemals zuvor in Gang gesetzt hatte.

Die Staatsanwaltschaft, konfrontiert mit den von Grabosch vorgelegten Indizien gegen den Autohändler Marek und Staatssekretär van Gröben, hatte trotz der massiven Einflussnahme des Innenministeriums ihr Einverständnis erteilt. Die Haussuchungs- und Haftbefehle lagen vor.

Grabosch hatte den Zugriff bis ins Detail vorbereitet. Schon am Vorabend hatte er Ermittler auf die beiden Tatverdächtigen angesetzt und ließ sich ständig über deren Aufenthaltsort informieren. Der Autohändler war bis zum späten Nachmittag in seinem Betrieb, hielt sich dann bis 22.48 Uhr in seinem Penthouse am Rheinufer auf, fuhr zu einem Nachtlokal im Jungbusch und kehrte gegen 3.00 Uhr nach Hause zurück. Auch mit den vor dem Haus in Neckarau und dem Wochenendhaus bei Altrip postierten Observierern stand der Hauptkommissar in Verbindung. Der Strohwitwer, wie er den Staatssekretär seit ihrer ersten Begegnung am Schwanenweiher gerne nannte, hatte nach seiner Rückkehr von der Heidelberger Stadthalle und dem Aufenthalt in einer Rohrbacher Absteige in der vergangenen Nacht von Donnerstag auf

Freitag sein Domizil an der Blauen Adria nicht mehr verlassen. In der Freitagsausgabe des „Mannheimer Morgen“ war ein Artikel über den Staatssekretär zu lesen, der am Abend zuvor in Heidelberg sein revolutionäres Steuerkonzept vorgestellt hatte. „Neckarauer Urgestein sorgt für Diskussionsstoff“ lautete die Überschrift, die für den Zeitungsleser Grabosch nicht einer gewissen Ironie entbehrte. Das nebenstehende Bild zeigte van Gröben in seinem Haus in Neckarau. Lachend hob er einen Bierdeckel in die Höhe. „Bild: Schmid“ stand darunter.
Es war reiner Zufall gewesen, dass der Hauptkommissar von van Gröbens Aktivität erfahren hatte. Auf Druck von Kriminaldirektor Dr. Mucke hatte er nicht gewagt, nach seinem ersten Kontakt mit van Gröben einen Mann zur Observation des Staatssekretärs abzustellen. Ganz nebenbei hatte er im Radio mitbekommen, dass dieser am Donnerstagabend bei einer Podiumsdiskussion in Heidelberg den verhinderten baden-württembergischen Finanzminister vertreten werde. Grabosch hatte daraufhin einen befreundeten Kollegen vor Ort dazu überredet, inoffiziell einen Beamten in der Heidelberger Stadthalle einzusetzen. Dessen Beobachtungen waren brisant. Van Gröbens Stuhl auf dem Podium war die erste halbe Stunde leer geblieben. Der Staatssekretär war erst um 20.28 Uhr eingetroffen, hatte aber durch temperamentvoll vorgetragene Diskussionsbeiträge und den hochgehaltenen, beschriebenen Bierdeckel für Furore gesorgt. Nachdem er mit zwei Diskussionsteilnehmern bis kurz nach 1 Uhr in einem Heidelberger Altstadt-

lokal gesessen hatte, war er zu einem Bordell nach Rohrbach gefahren. Gegen 3 Uhr war er dann über Speyer nach Altrip zurückgekehrt.
Diese auf eigene Faust erworbenen Kenntnisse hatte Grabosch für sich behalten aus Angst vor seinem Vorgesetzten, der ihm im Genick saß und sogar die Antike bemüht hatte mit der Feststellung: „Franz, über Ihnen hängt das Damoklesschwert!“

Es war Samstag, der 21. Dezember, 7.00 Uhr, als Grabosch mit Michaelsen in die Straße zur Blauen Adria abbog, gefolgt von zwei Ludwigshafener Kripo-Kollegen und mehreren Mannheimer Einsatzfahrzeugen. Die Gegend war wie ausgestorben, Nebelschwaden lagen über dem Altrheinarm. Vor dem Restaurant „Zum Zander“ bog der schmale Fahrweg nach links ab, wo die ersten Wochenendgrundstücke entlang des Schwanenweihers begannen.
Grabosch hielt vor der Ligusterhecke, stieg aus und hebelte mit einer mitgebrachten Stange das doppelflüglige Einfahrtstor auf. Van Gröbens Auto stand rechts auf einem mit Splitt belegten Areal. Sie gingen durch den lang gestreckten Vorgarten nach oben, betraten die Seeseite des Hauses, stiegen zur Terrasse hoch und standen vor der Eingangstür. Angel und Kescher hingen an ihrem angestammten Platz. Unten am Steg war das Ruderboot vertäut, die Ruderblätter hingen allerdings im Gegensatz zu Graboschs erstem Besuch im Wasser. Alle Läden der Fenster im Erdgeschoss waren geschlossen. Wieder schaute Grabosch hinunter auf das Ruderboot.

„Er hat das Boot benutzt, bei diesem Wetter", murmelte er. Michaelsen nickte und drückte auf die Klingel, einmal, zweimal. Nichts tat sich.
Grabosch klopfte kräftig an die Tür und rief: „Herr van Gröben, Kripo Mannheim, machen Sie auf!"
Von drinnen waren Schritte zu hören. Michaelsen wollte seine Waffe ziehen. „Lassen Sie das, Dirk", sagte Grabosch, „das ist nicht nötig."
Die Tür ging auf. Vor ihnen stand van Gröben in Hausschuhen und Bademantel. Offenbar hatten sie ihn aus dem Tiefschlaf gerissen, denn der Staatssekretär taumelte und rieb sich die Augen. Wirklich überrascht wirkt er nicht, dachte Grabosch.
„Ah, wieder der Herr Hauptkommissar, Sie sind aber früh unterwegs, was kann ich diesmal für Sie tun?"
Nachdem er die Begleiter ins Auge gefasst hatte, fügte er hinzu: „Wozu all diese Leute, die hätt's nicht gebraucht, ich bin allein und als friedlicher Bürger bekannt."
Mit Panik reagiert er nicht, keine Spur, dachte Grabosch. Der Mann ist die Ruhe selbst. Entweder hat er ein gutes Gewissen und weiß, dass alles nur ein Irrtum ist, oder er ist ein Meister im Verstellen.
Grabosch zückte den Haftbefehl. „Herr van Gröben, ich nehme Sie fest wegen Mordes an Frank Schermuly."
Das sitzt, dachte der Hauptkommissar, aber er täuschte sich, denn auch jetzt zeigte der Staatssekretär keine Reaktion.
„Und jetzt, lieber Hauptkommissar, belehren Sie mich gleich meiner Rechte." Seine Stimme klang voller

Spott. „Wissen Sie, wie mir das vorkommt, was Sie hier in aller Frühe veranstalten? Wie ein Kriminalfilm kommt mir's vor, aber ein ganz schlechter. Bei mir sind Sie an den Falschen geraten, lieber Herr Grabosch, an den Falschen, und Sie können mir keine Angst einjagen mit Ihrem Gehabe."

Michaelsen griff in die Tasche seines Mantels.

„Handschellen?" Van Gröben schüttelte den Kopf und lachte. „Ich bitte Sie, Grabosch, machen Sie sich nicht lächerlich!"

Michaelsen waltete seines Amtes. Er tat es nicht ohne Stolz, denn heute war er die rechte Hand seines Chefs und bei einem so hochstehenden Herrn hatte er nie zuvor die Handschellen klicken lassen.

„Gehen wir rein, Herr van Gröben, denn Sie müssen sich anziehen, Sie kommen mit zum Verhör und dann in Untersuchungshaft!"

Van Gröben sah ihn belustigt an. „Mit Handschellen anziehen, das könnte schwierig werden, Herr Grabosch."

„Nimm sie ihm ab, Dirk! Der läuft uns nicht weg."

Als sie das Haus betraten, klingelte Graboschs Handy.

„Ach, Sie sind es, Amelie, was gibt's? ... Sie haben Frau Obermeier endlich erreicht, das ist eine gute Nachricht ... In Frankfurt, bei ihrer Tante ... Und ... Sie macht sich auf den Weg, prima ... Sie ist also bereit zur Gegenüberstellung? ... Wann? ... Um 10 Uhr im Präsidium? Sehr gut, danke, Amelie, das haben Sie gut gemacht! ... Bis dann."

Während des Gesprächs hatte er van Gröben beob-

achtet. Auch jetzt schien er völlig unberührt. Man musste den Herrn Staatssekretär endlich aus der Reserve locken.
„Dass Sie ein guter Kunde des ermordeten Zuhälters Frank Schermuly waren, wird sich gleich herausstellen, Herr Staatssekretär."
„Seien Sie doch nicht so förmlich, Grabosch. Immer die Titel!" Van Gröben blickte ihm fest in die Augen und schwieg.
„Einen komischen Beruf haben Sie, Herr Grabosch", sagte er dann. „Klingeln Leute morgens um 7 Uhr aus dem Bett. Wissen Sie, was ich mit Ihnen mache? Ich werde dafür sorgen, dass Sie das nie wieder tun werden. Ihren Job sind Sie los, dafür sorgt das Innenministerium, eigentlich schade für Sie, werter Herr Hauptkommissar, ich hab' gar nichts gegen Sie, im Gegenteil."
„Machen Sie sich mal keinen Kopf über meine beruflichen Perspektiven, Herr van Gröben!" Jetzt hatte Graboschs Stimme einen höhnischen Unterton.
„Ist es erlaubt, gnädiger Herr, dass ich telefoniere?"
„Aber ja doch, Herr Staatssekretär, rufen Sie ihn an, Ihren Anwalt!"
Van Gröben musste eine ganze Weile warten, bis er eine Verbindung bekam.
„Herr Dr. Meier-Grauwickel, entschuldigen Sie die frühe Störung, aber mir passiert gerade ein Missgeschick. Dieser Kommissar ist wieder da, diesmal mit einem Haftbefehl, und seine Leute machen eine Haussuchung."
„Nicht nur hier, Herr van Gröben, in Ihrem Haus in

Mannheim-Neckarau auch", warf Grabosch ein.
„Haben Sie's gehört, ja?"
Van Gröben sagte jetzt nichts mehr und hörte zu.
Von Nervosität noch immer keine Spur, wunderte sich Grabosch.
„Ja, habe verstanden", sagte der Anrufer. „Kein Wort mehr, bis Sie mit mir gesprochen haben. Dann sehen wir uns gleich im Präsidium."
Van Gröben setzte sich auf die Couch und wählte eine weitere Nummer. „Der Minister", sagte er zu Grabosch.
„Ja, van Gröben hier. Hab' ich Sie aus dem Schlaf geholt? Das tut mir leid! Ich werde gerade von der Mannheimer Kripo verhaftet. ... Wo? ... In meinem Wochenendhaus bei Altrip, Sie kennen es ja. Jetzt ist es passiert, die Intrige hat gegriffen und wie! ... Ich weiß, der tut auch nur seine Pflicht, der Hauptkommissar. Aber mit welchen Folgen! Tut was und holt mich da raus! ... Mordverdacht, sagt der Hauptkommissar, verrückt! ... Wie's mir geht? Gut geht's, ich bin ganz ruhig und hab' keine Bange. Alles wird sich in Luft auflösen, Sie werden sehen."
Van Gröben hörte nun angestrengt zu. „Macht das, ich zähl' auf Sie. ... Eben, eben. So seh' ich das auch."
Das Gespräch war beendet. Grabosch tat, als habe er gar nicht zugehört.
„Wenn Sie so freundlich sind und mir Ihren Neckarauer Hausschlüssel geben, dann müssen wir die Tür nicht aufbrechen, wär' doch schade!"
Grabosch nahm den Schlüssel in Empfang und hän-

digte diesen einem Beamten aus. „Fahr mit der Altriper Fähre rüber, das geht schneller! Die Kollegen werden gleich da sein.“
Van Gröben hatte sich inzwischen angekleidet, stand in der Küche und aß mit Behagen eine mit Wurst und Käse belegte Brotscheibe. Auf einen Kaffee musste er verzichten.
„Gehen wir zum Wagen, Herr van Gröben. Und seien Sie vernünftig! Weit würden Sie nicht kommen!“
Auch draußen waren Leute mit Suchen beschäftigt. Zwei Polizisten geleiteten van Gröben zu einem Einsatzfahrzeug.
Grabosch winkte zwei Beamte zu sich. „Er hat das Ruderboot benutzt, vielleicht hat er im See etwas versenkt. Nur so eine Idee von mir.“
Zwei Schwäne schwammen dicht am Ufer und schauten herauf. Der Wind zauberte zitternde Wellen auf die Wasserfläche. Auf dem Rasen erhoben sich drei frische Maulwurfshügel. Am Himmel kreiste ein Raubvogel. Hinter den Pappeln am gegenüberliegenden Ufer war es hell. Gleich würde die Sonne aufgehen.
„Er kann hier etwas vergraben haben, setzt die Hunde ein!“
Inzwischen war Achim Dickgießer eingetroffen. „Wenn Du hier fertig bist“, begrüßte ihn Grabosch, „fährst Du zu Gröbens Wohnhaus in Neckarau. Die fangen dort gleich an. Alles läuft bisher super. Nachher kommt die Obermeier ins Präsidium, die Gegenüberstellung kann stattfinden.“
Sein Handy meldete sich. „Mazurka, ihr habt ihn, den

Marek? Gut! Fahrt dann zum Penthouse, sprich mit Frau Marek, so von Frau zu Frau. Die Dame könnte noch wichtig sein. Vielleicht plaudert sie was aus, wär' ja möglich. Ich fahr' jetzt mit Michaelsen rüber nach Neckarau. Van Gröben ist schon auf dem Weg ins Präsidium. Grüß Mathias von mir! Bis dann."

Am selben Tag, drei Minuten vor 8 Uhr, Mühlaustraße. Mit großem Gefolge fuhren Mazurka und Müller auf Mareks Betriebshof, hielten vor dem Bürogebäude und betraten es mit gezückter Pistole. Till Marek saß am Schreibtisch und sah sie mit offenem Mund und aufgerissenen Augen an. Blitzschnell öffnete er die Schublade vor sich und griff hinein.

„Schön die Hände hoch, Herr Marek!", rief Mazurka.

Müller ging um Marek herum, nahm eine Pistole und ein Springmesser aus der Lade und versenkte die beiden Waffen in einer Plastiktüte.

Der Autohändler wirkte müde. Dunkle Ringe umgaben die tiefliegenden Augenhöhlen. In der linken Hand hielt er eine brennende Zigarette. Die Hand zitterte.

Müller nahm ihm die Zigarette weg, drückte sie im Aschenbecher aus, bog seine Hände nach hinten und legte ihm Handschellen an.

Mazurka, die noch immer ihre Pistole auf Marek richtete, sagte: „Till Marek, ich verhafte Sie wegen zweifachen Mordverdachts." Es folgte die übliche Belehrung.

Marek erhob sich und redete wie aufgedreht.

„Seid ihr verrückt geworden? Mordverdacht? Da

lachen ja die Hühner! Ich bring' doch keinen um! Auch noch gleich zwei? Das können Sie mit einem angesehenen Geschäftsmann nicht machen! Ich will meinen Anwalt sprechen, jetzt sofort!"
„Bitte sehr, Herr Marek", erwiderte Mazurka, „dagegen ist nichts einzuwenden, wir leben in einem Rechtsstaat."
Marek hatte die Nummer im Kopf und nannte sie seiner Sekretärin, die noch immer wie gelähmt an ihrem Arbeitsplatz saß. Sie ging zu ihrem Chef, wählte und hielt den Hörer an sein Ohr.
Unwillig zerrte er an den Handschellen. „Verdammt aber auch mit diesen Dingern", schnaubte er, sprach dann aber akzentuiert: „Du musst mir helfen, Hannes! Die Kripo ist hier und hat mich festgenommen. ... Wieso? Lachhaft, Du wirst es nicht glauben, Mordverdacht und auch noch doppelt!"
Er wandte sich zu Mazurka. „Wen soll ich, bitteschön, abgemurkst haben?"
„Wie kommen Sie auf abgemurkst, Herr Marek? Ihren früheren Arbeitskollegen Weidemann vom Röhrenlager im Mai und vorgestern Abend Ihren Pokerbruder Frank Schermuly."
„So, den auch noch", brauste Marek auf, „dass ich nicht lache, den habt ihr doch gesucht deswegen und jetzt soll ich's gewesen sein. Ihr seid auf dem Holzweg! Verrückt seid ihr, verrückt!"
Marek legte eine Pause ein und hörte zu. „Ist gut, Hannes, ich hab' verstanden", sagte er dann. „Nichts aussagen in der Sache. Mach' ich. Wir sehen uns im Präsidium. Danke, bis später."

„Dann wollen wir mal, Herr Marek“, sagte Mazurka. Als sie die Treppe zum Hof hinunterstiegen, standen die Angestellten Spalier. Ernste Gesichter, keiner sprach ein Wort. Müller drückte Marek beim Einsteigen den Kopf nach unten. Sie fuhren ab.

Zur gleichen Zeit klingelte eine weitere Einsatzgruppe Frau Marek aus dem Bett. Der Gruppenleiter zeigte ihr den Hausdurchsuchungsbeschluss. Frau Marek erbleichte. „Steuerfahndung?“ Ihre Stimme zitterte.
„Schlimmer, Frau Marek, Ihr Mann steht unter Mordverdacht und wird gerade festgenommen.“
Frau Marek fehlten die Worte. Sie schien mit sich zu ringen.
„So weit ist es also gekommen“, stieß sie hervor. „mir passt sein Umgang schon lange nicht mehr!“
„Überlegen Sie, was Sie sagen! Er ist Ihr Ehemann, Sie können die Aussage verweigern, wenn Sie ihn damit belasten.“
„Belasten, belasten“, jammerte sie, „die Last ist auf meiner Seite, ich leide unter meinem Mann, ich hab’s kommen sehen. Mordverdacht! Er macht alles kaputt, was wir uns aufgebaut haben!“
Sie sank in sich zusammen und weinte. „Wo ist er jetzt“, fragte sie zwischen zwei Weinkrämpfen.
„Im Präsidium“, war die Antwort. „Er wird verhört und kommt dann in Untersuchungshaft. ... Die Hausdurchsuchung kann ich Ihnen leider nicht ersparen, Frau Marek.“
„Tun Sie Ihre Pflicht, mir ist alles egal!“ Wieder wurde sie von einem Weinkrampf geschüttelt.

Der Gruppenleiter rief Mazurka an. „Die Frau ist völlig aufgelöst. Sie sollten mal vorbeikommen und mit ihr reden!“

Grabosch und Michaelsen setzten derweil mit der Altriper Fähre über den Rhein. Ein ganzer Trupp wartete schon vor van Gröbens Haus. Die Presse war auch da. Blitzlichtgewitter.

„Kein Kommentar, kein Kommentar!“ Grabosch schloss auf. Die Beamten machten sich an die Arbeit.

Grabosch, Michaelsen und Dickgießer begaben sich in die Wohnhalle. Die Einrichtung war in Nussbaum und Stil gehalten. Die Möbelbeine erinnerten Grabosch an Krähenfüße, und er kramte in seinem Gedächtnis. Frei nach Louis XV., dachte er. Auf dem Boden gediegenes Holzparkett, in Fischgrätmuster verlegt. Da und dort ein Teppich, taubenblau und edel. Die Couchgarnitur schwarz und aus Leder, der Tisch mit Glasplatte. Eine Comptoise hing an der Kaminwand. Das Lyrapendel stand still, die Gewichte lagen auf dem Mauervorsprung. An den Wänden hingen Bilder, Druckgrafiken mit abstrakten Motiven. Die Messingschale auf dem Esstisch war schwarz wie ein Aschenbecher. Dickgießer strich mit einem Finger darin herum.

„Ich glaub, do is was drin verbrannt worde, Franz“, lautete sein Kommentar. Er ging zum offenen Kamin.

„Sieht so aus, als hätt äner die Äsch do neigekippt. Das berge mer vorsichtig, ich weeß än, der konn do drin lese wie in em Buch.“

„Liest der Kollege auch im Kaffeesatz?“, spottete Michaelsen.
„Nä, Azubi, des grad net“, erwiderte Dickgießer. „Ich geh dann amol zu de annere.“
Grabosch schaute sich im Haus um. Hier lebte also der Staatssekretär, wenn er mal zu Hause war. Die Küche war aufgeräumt. Keinerlei Abfälle, alles blitzblank. Im Arbeitszimmer machte sich gerade ein Kollege an einem Computer zu schaffen. Ein anderer blätterte in Aktenordnern und legte den ein oder anderen in eine Kiste. Neben dem Telefon lag ein blaues Adressbuch. Grabosch nahm es an sich. Auf den ersten Blick stellte er fest, dass weder Schermuly noch Frau Obermeier eingetragen waren. Aber das wollte nichts heißen. Er steckte das Büchlein in eine Tasche seines Dufflecoats.
Er ging zurück in die Wohnhalle. Der Videorekorder war im Gegensatz zum Fernsehapparat eingeschaltet. Das Kassettendeck war leer.
Michaelsen trat ein. „Such mal nach Videokassetten, Dirk, die nehmen wir alle mit. Sag den Kollegen Bescheid, vielleicht sind einige gut versteckt!“
Grabosch begab sich nach oben. Das Schlafzimmer ging nach hinten zum Garten. Als zwei Beamte hereinkamen, trat Grabosch ans Fenster. Der Garten wirkte trotz der kalten Jahreszeit einladend. Hinter der Terrasse, die mit Eisenmöbeln bestückt war, lag ein abgedeckter Pool. Zwei Amseln pickten im gepflegten Rasen nach Kleingetier. Hohe Eiben verbargen den Blick auf die benachbarten Grundstücke. Grabosch war beeindruckt. Ein paar Besoldungs-

stufen höher war er, der Herr Staatssekretär. So lebt sich's angenehm, ging es ihm durch den Kopf. Er sollte ehrgeiziger sein und mehr aus sich machen. Aber wollte er das wirklich? Er dachte an seinen Schach spielenden Vorgesetzten.

Was wohl Anette gerade machte? Nach den Festtagen musste sie ins Krankenhaus. Er hatte ihr versprochen, sich Zeit zu nehmen. Und was tat er? Er verbrachte den Samstag mit Festnahmen, Hausdurchsuchungen und Verhören. Und dies war erst der Anfang. Am Montag ging's weiter, und am Dienstag war Heiligabend, an dem sie stets die Christmette in der Christuskirche am Werderplatz besuchten. Verdammt noch mal! Aber man konnte es sich nicht aussuchen, wann man zugreifen musste.

In den beiden Kinderzimmern sah es wüst aus, gerade so, als seien sie von jetzt auf nachher verlassen worden. War Frau van Gröben überstürzt abgereist? Die Freiburger Kollegen mussten sie befragen. Er würde sie gleich anrufen. Er hatte keine Zeit, um selbst hinzufahren.

Das Klingeln des Handys riss ihn aus seinen Gedanken. Mazurka war dran. „Der Anwalt ist gerade eingetroffen. Sollen wir ohne Dich anfangen?"

„Nein, ich komm' gleich. Wartet noch!"

Grabosch beließ Michaelsen im Haus und fuhr allein nach L6 zurück.

Dort angekommen, riss er die Initiative an sich. „Lass jetzt den van Gröben vorführen, Hedwig. Du konfrontierst ihn mit den Indizien, die wir gegen ihn als Erpressungsopfer und Mörder von Schermuly in der Hinterhand haben. Das machen wir ganz kurz und lassen ihn dann in der U-Haft schmoren. Er wird schon noch seine Arroganz ablegen, da bin ich mir sicher. In einer Zelle sitzen und die Wände anstarren, das wird eine ganz bittere Pille für den Herrn Staatssekretär, und sie wird ihre Wirkung entfalten."

Im Beisein von Dr. Meier-Grauwinkel eröffnete Hedwig Mazurka das Verhör van Gröbens, der noch immer äußerst gefasst wirkte.

„Zum Ersten, Herr van Gröben, beschuldigen wir Sie, Herrn Frank Schermuly am Abend des 19. Dezember, also vorgestern, an der Kammerschleuse ermordet zu haben. Sie wurden von Schermuly beim sexuellen Kontakt in einem Etablissement in der Waldhofstraße gefilmt. Schermuly hat Ihnen gedroht, das Filmmaterial Ihrem Ministerium und der Presse zuzuspielen.

Zum Zweiten: Sie werden beschuldigt, am Abend des 1. Mai dieses Jahres, Herrn Hans-Werner Weidemann in dessen Werkswohnung auf der Friesenheimer Insel getötet zu haben, weil dieser ebenfalls von Ihren Besuchen im Rotlichtmilieu Kenntnis hatte und Sie mit seinem Wissen auch erpresst hat. Wir gehen davon aus, dass bei einem Bekanntwerden Ihrer Verstrickungen in der Bordellszene Ihre politische Karriere zu Ende ist. Es steht Ihnen frei, sich zu den Anschuldigungen zu äußern. Ihr Anwalt, Herr Dr. Meier-Grauwickel, hat schon Akteneinsicht genommen."

Van Gröben saß ungerührt auf seinem Stuhl. Mazurkas Ausführungen schienen ihn nicht aus der Ruhe gebracht zu haben. Er setzte zu einer Rede an, wurde aber von Meier-Grauwickel unterbrochen.

„Ich möchte mit meinem Mandanten allein sprechen."

Der Anwalt ging mit van Gröben in den angrenzenden Raum und nach 15 Minuten kehrten beide zurück.

„Herr van Gröben", verkündete der Anwalt, „wird zu den gegen ihn erhobenen Anschuldigungen keine Angaben machen. Auf einen Antrag auf Haftverschonung meines Mandanten will ich momentan verzichten. Trotz der Indizien, die ich in den Akten eingesehen habe, werde ich Ihnen schon bald zwei lückenlose Alibis für die genannten Tatzeiten vorlegen, die den Herrn Staatssekretär völlig entlasten werden."

„Wenn Sie das meinen, Herr Rechtsanwalt, dann nur zu, aber die Gegenüberstellung Ihres Mandanten mit der ehemaligen Prostituierten Hannelore Obermeier können wir Ihnen nicht ersparen. Gehen wir, es ist alles vorbereitet. Wir werden gleich sehen, ob die Behauptung Ihres Mandanten, Frau Obermeier nicht zu kennen, der Wahrheit entspricht."

Mazurka meinte, bei van Gröben ein Zucken der Mundwinkel wahrzunehmen. Es war die erste Reaktion des noch immer selbstsicher auftretenden Verhafteten.

Grabosch hatte währenddessen Hannelore Obermeier begrüßt. Gemeinsam mit Staatsanwältin Monika Lessner und Kriminaldirektor Dr. Mucke stand die Wirtin der Fernfahrerkneipe vor der noch zugezoge-

nen Scheibe, hinter der sich zehn Männer, mit Nummern versehen, in einer Reihe aufgestellt hatten, unter ihnen als Nummer 6 van Gröben.
Frau Obermeier machte auf Grabosch alles andere als einen entschlossenen Eindruck. Sie würde womöglich im letzten Augenblick zurückzucken und ihren ehemaligen Kunden verleugnen, dachte Grabosch, und es fiel ihm das Sprichwort ein, dass eine Krähe der anderen kein Auge aushackt. Würde sich diese Erfahrung bestätigen? Das wäre katastrophal für ihre Ermittlungen, denn damit würde ein entscheidendes Indiz wegbrechen.
Als die Jalousie vor der Scheibe hochgezogen wurde, brauchte Frau Obermeier nur wenige Sekunden, um ihren ehemaligen Stammkunden zu identifizieren. „Nummer 6, Herr Kommissar, Nummer 6", flüsterte sie.
Grabosch war es, als würde er von einer Zentnerlast befreit.
„Nicht so schnell", sagte er, „schauen Sie genau hin!"
„Da brauch' ich nicht lang hinzuschauen, er ist es, der Herr Staatssekretär, Franks Mörder!"
Der Anwalt wollte protestieren.
„Beruhigen Sie sich", meinte Grabosch, „ich weiß, was Sie sagen wollen. Beruhigen Sie sich!"
„Ende der Aktion!", rief er dann. „Ab in die Untersuchungshaft mit Herrn van Gröben! Im Moment haben wir keine weiteren Fragen."
„Geben Sie mir bis Montag Zeit, Herr Hauptkommissar", bat der Anwalt. „Der doppelte Mordverdacht

wird sich nicht aufrechterhalten lassen, Sie werden es erleben, meine Damen und Herren!“ Und zu Grabosch gewandt: „Aber dass Sie einen Unschuldigen den Geiern zum Fraß vorwerfen, eine politische Karriere und eine Familie zerstören, das ist Ihnen schon klar, Herr Hauptkommissar? Aber das wird dann Ihr Problem sein, mit dem Sie allein fertig werden müssen!“

„Soll das eine Drohung sein, Herr Doktor?“ Grabosch fiel es schwer, Ruhe zu bewahren.

„Das können Sie sehen, wie Sie wollen“, tönte Meier-Grauwickel und inszenierte seinen Abgang.

Grabosch nahm Frau Obermeier zur Seite. Sie sah ordentlich aus, das horizontale Gewerbe, das sie so lange betrieben hatte, war ihr nicht anzusehen.

„Danke, dass Sie gekommen sind“, meinte Grabosch.

„Wo haben Sie denn die ganze Zeit gesteckt?“

„In Frankfurt, bei meiner Tante.“

„Was ist mit Herrn Klemm, ihm scheint es gar nicht gut zu gehen?“

„Wir machen Betriebsferien.“ Sie machte ein betroffenes Gesicht. „Er ist krank, der Benno, ich mach’ mir Sorgen um ihn, und ich weiß nicht, was werden soll.“

„Und warum kümmern Sie sich nicht um ihn? Er ist schließlich Ihr Lebensgefährte.“

„Das schon, Herr Kommissar. Es gab Meinungsverschiedenheiten, und meiner Tante geht’s auch schlecht. Sie hat mich gebraucht.“

Gar keine so üble Person, die Obermeier, dachte Grabosch. Vielleicht schaffte sie doch noch den Absprung aus dem Milieu.

„Kümmern Sie sich um ihn, er braucht sie jetzt!“, sagte Grabosch zum Abschied.
„Mach’ ich, Herr Kommissar, ich versprech’s Ihnen.“
Nun war Marek an der Reihe. Kommissar Müller hatte nach der Ankunft im Präsidium den Autohändler in Anwesenheit seines Anwalts Hans Matern vorführen lassen, der ebenfalls auf ein Vieraugengespräch mit seinem Mandanten bestanden hatte.
Matern war dann sogleich tätig geworden, um die ihm von Marek genannten Zeugen aufzutreiben. Der Anwalt sprach sogar von der Möglichkeit, noch heute Haftverschonung für den festgenommenen Autohändler zu erreichen.
Das jetzt bevorstehende zweite und eigentliche Verhör Mareks hatte sich Franz Grabosch vorbehalten. Zuvor waren noch die drei Zeugen, die Mareks Anwalt herangeschafft hatte, zu vernehmen.
Die drei Zeugen waren eingetroffen und warteten auf einer Bank im Flur. Grabosch und Müller nahmen in einem Nebenraum Platz und ließen zunächst Nicole Bode, die Sekretärin des Autohändlers vorführen. Die Frau war 34 Jahre alt und machte einen zerfahrenen Eindruck. Sie gab zu Protokoll, sie sei mit Marek, ihrem Chef, vorgestern, Donnerstag, von 17 bis 21 Uhr ununterbrochen im Büro gewesen, wo sie gemeinsam Rechnungen und Kostenvoranschläge bearbeitet hätten. Dies könne sie vor Gericht beeiden.
Grabosch entließ die Sekretärin, die versicherte, dass sie noch nie mit der Polizei zu tun hatte und bat die beiden übrigen Zeugen herein.
Die zwei Männer machten auf den Hauptkommissar

nicht den günstigsten Eindruck. Mit dieser Art von Zeitgenossen, Betreibern einer Nachtbar im Jungbusch, hatte er seine Erfahrungen gemacht. Aber Staatsbürger, wie er selbst, waren sie, und für ein Gericht waren sie nicht weniger glaubwürdig als andere, die einem seriöseren Beruf nachgingen. Die beiden „Dunkelmänner", wie sie Grabosch für sich bezeichnete, sagten aus, dass sie am Donnerstagabend um 21.05 Uhr ihren Freund Marek in dessen Büro abgeholt und mit ihm in ihre Bar gefahren seien, wo sie bis 4 Uhr morgens im Hinterzimmer Karten gespielt hätten. Marek habe zu keinem Zeitpunkt die Bar verlassen, was sie jederzeit vor Gericht beeiden könnten.

Grabosch zeigte sich unbeeindruckt. „Wenn Ihre Aussagen schriftlich vorliegen, können Sie nach Haus gehen", sagte er, „aber Ihr Freund Marek bleibt hier. Ob er jemals wieder mit Ihnen pokert, das steht in den Sternen."

Ehe der Hauptkommissar in das Verhör Mareks einstieg, rief er Mazurka zu sich und ließ sich über das Gespräch mit der Ehefrau des Autohändlers informieren. Mazurka, so stellte sich heraus, hatte eine verbitterte Frau vorgefunden, die offensichtlich weniger über die Situation ihres Mannes als viel mehr um ihre eigene Existenz besorgt war. Sie hatte von Schulden gesprochen und einer ungewissen Zukunft der Firma. Ihre Verbitterung hatte in dem Satz gegipfelt: „Mit seiner Spielsucht hat mein Mann alles in den Sand gesetzt, was wir uns mühsam aufgebaut haben, ich seh' mich schon bei Aldi an der Kasse

sitzen, wenn die mich bei all der Scheiße, die Till angerichtet hat, überhaupt noch nehmen!"
„Erinnern Sie sich an den 1. Mai dieses Jahres?", hatte Mazurka gefragt.
„Ja", war die Antwort gewesen, „weil es ein Feiertag war und wir am Abend groß zum Essen ausgehen wollten. Wir hatten einen Tisch bestellt bei ‚da Gianni' am Ring, den hab' ich dann abgesagt, denn mein Mann ist am Nachmittag in die Firma gefahren, hat sich dort mit jemandem getroffen, weiß der Teufel mit wem, er hat's mir nicht sagen wollen. Erst spät in der Nacht ist er heimgekommen, ich weiß nicht wann, ich hab' schon geschlafen."
„Würden Sie mir das schriftlich geben?", hatte Mazurka gefragt. „Warum nicht, wenn's doch so war. Warum ist das überhaupt wichtig?", hatte sie geantwortet.
Grabosch legte die Stirn in Falten. „Entweder ist diese Frau Marek einfach nur naiv oder aber sie hat von ihrem Mann die Nase voll und will ihn aus dem Weg haben. Wenn es sich so verhält, Mazurka, könnte sie noch eine wichtige Zeugin sein."
Grabosch setzte mit der linken Hand zu Fingerübungen auf dem Schreibtisch an, besann sich aber anders und stand auf.
„Wir nehmen uns jetzt den Autofritzen vor. Das machen wir beide zusammen, Mazurka. ... Warte noch, ich ruf' zuvor Gräter vom Wirtschaftsdezernat an. Er hat mir versprochen, sich über die Finanzsituation von Mareks Firma zu informieren."
Grabosch hielt den Hörer ans Ohr, hörte aufmerksam zu und machte Notizen.

„Danke, Kollege“, sagte er schließlich. „Das ist alles sehr aufschlussreich. Sie haben mir sehr geholfen.“
„Gibt's was Neues, Franz? Spann mich nicht auf die Folter!“
„Und ob! Die Firma ist völlig überschuldet und steht vor dem Konkurs. Es besteht der dringende Tatverdacht der Insolvenzverschleppung. In Mareks Haut will ich nicht stecken. Dem schwimmen sämtliche Felle davon!“
Grabosch fuhr mit dem Daumen über seine Unterlippe, hin und her, her und hin. Mazurka schwieg. Der Kollege schien nachzudenken.
„Wir haben genug Munition, um Marek in die Enge zu treiben“, fuhr er schließlich fort. „Notfalls wird ein bisschen geblufft, wart ab, Mazurka! Vielleicht kriegen wir noch heute sein Geständnis.“

Marek saß mit kalkweißem Gesicht im Verhörraum, als Grabosch und Mazurka eintraten.
Mazurka schaltete das Aufnahmegerät an. Es folgten die üblichen Eingangsworte mit Datum, Uhrzeit, Sachverhalt und Namen. Dann war zunächst einmal Schweigen angesagt. Warum fängt er nicht an?, dachte Hedwig Mazurka.
Grabosch sah auf Marek, der dem Blick des Hauptkommissars für eine Weile standhielt, dann aber auf die Tischplatte schaute und seine Hände darauf stützte.
Dr. Mucke, Staatsanwältin Lessner, Müller und Michaelsen standen hinter der Glaswand und wurden ungeduldig.

„Dieser Grabosch ist ein Fuchs“, flüsterte Dr. Mucke. „Das ist reinste Psychologie, was er da treibt. Franz ist mein bester Mann.“

„Mann sagen Sie“, scherzte die Staatsanwältin, „eben! Gut, dass Sie Ihre weiblichen Mitarbeiter außen vor lassen.“ Dr. Mucke schmunzelte.

In diesem Augenblick begann Grabosch mit dem Verhör.

„Können Sie schwimmen, Herr Marek?“

„Wie meinen Sie das?“ Der Autohändler konnte sein Erstaunen nicht verbergen.

„Weil Ihnen das Wasser bis zum Hals steht, Herr Marek.“

„Ich versteh’ Sie nicht.“

„Sie werden mich schon noch verstehen.“

Grabosch sprach mit verhaltener Stimme, ohne jede Ungeduld. Er saß da und ruhte in sich selbst.

„In der Ruhe liegt die Kraft, sag’ ich immer“, meinte Dr. Mucke hinter der Scheibe.

Grabosch ergriff wieder das Wort. „Ich habe soeben erfahren, dass die Staatsanwaltschaft wegen Insolvenzverschleppung gegen Sie ermittelt. Das ist kein Pappenstiel, wie Sie sicher wissen ... Und jetzt das hier.“

Er legte ein blaues Ringbuch auf den Tisch.

„Woher haben Sie das?“, fragte Marek.

„Das sind Ihre Kontoauszüge, ordentlich abgeheftet, wie sich das für einen Geschäftsmann gehört. Sichergestellt, Herr Marek, wie vieles andere in Ihrer Firma und Ihrer Wohnung.“

Grabosch blätterte und brummte mal ein „Da“, ein „Aha“ oder ein „Oho“.

„In den letzten Monaten gibt es ein ständiges Abheben größerer Beträge, was sag' ich, beträchtlicher Beträge. Peanuts sind das nicht, auch für Sie nicht, den erfolgreichen Geschäftsmann. Lauter Barabhebungen, mal 10 000 Mark, dann 6 000, hier, am 15. April sogar 20 000 und so weiter und so weiter. Da kommen im Laufe des Jahres ein paar 100 000 zusammen. Wo ist das Geld hingegangen, Herr Marek? Rechnungsbelege über diese Größenordnung haben wir bisher nicht bei Ihnen gefunden. Also?"

„Schön, dass Sie sich über meine finanzielle Situation Gedanken machen, Herr Kommissar."

Der Autohändler schien Oberwasser zu kriegen.

„Haben Sie mich deswegen verhaften lassen?"

Grabosch blieb ruhig. „Nein, Sie sind hier auf dem Morddezernat, da haben Sie völlig Recht. Soll ich Ihnen sagen, wofür Sie diese horrenden Barabhebungen gebraucht haben, Herr Marek?"

„Da bin ich aber gespannt."

„Begleichung Ihrer Spielschulden. Sie sind spielsüchtig, Herr Marek, und hatten in letzter Zeit eine Pechsträhne nach der anderen. Fortuna ist Ihnen nicht mehr hold, Pokerface!"

Das saß. Marek bewegte seinen Oberkörper in Richtung Stuhllehne und blickte zur Decke. Er schien nachzudenken.

„Was Sie alles zu wissen glauben, Herr Kommissar."

„Glauben ist gut." Graboschs Stimme war eine Spur lauter geworden. „Wir wissen das von Ihrer Frau, und aus der Mannheimer Spielerszene haben wir so unsere Informationen."

„Und was hat das damit zu tun, weswegen ich hier sitze?“ Marek machte ein trotziges Gesicht. „Mit den zwei Morden hab’ ich nichts zu tun. Ich bring’ doch nicht meinen Freund Frank Schermuly um, warum sollte ich das tun, Herr Kommissar? Sagen Sie’s mir!“

„Weil er Sie in der Hand hatte wegen Ihrer Spielschulden“, preschte Grabosch vor, obwohl er genau wusste, auf welch wackliges Terrain er sich damit begab.

„Aber deswegen bring’ ich doch nicht meinen Freund Frank um, jetzt gehen Sie zu weit!“

„Aber die Spielschulden stellen Sie nicht in Abrede, das ist interessant, Herr Marek.“

„Doch!“ Mareks Augen schleuderten Blitze. Energisch streckte er sein Kinn nach vorn. „Doch!“

„Nachträglich“, höhnte Grabosch, „soeben aber nicht!“

„Und meine Frau hat das nicht gesagt!“

„Und ob sie das gesagt hat, und sie hat noch viel mehr gesagt. Wollen Sie’s schriftlich haben, kein Problem. Wo waren Sie am Abend des 1. Mai dieses Jahres?“

„Das ist lachhaft, so was zu fragen. Das liegt Monate zurück, ist denn mein Kopf ein Computer? Fragen Sie mich, was ich vorgestern Abend, als Schermuly getötet worden ist, gemacht hab’, das kann ich Ihnen haarklein erzählen, wenn Sie wollen. Aber das haben ja die Zeugen längst bestätigt.“

Erstaunlich, dieser Autohändler, dachte Grabosch, ein erstaunlicher Mensch, alles was recht ist. Marek stammte aus jämmerlichen Verhältnissen, hatte die Sonderschule besucht und sich dann mit Zielstrebigkeit, Fleiß und Ausdauer vom Hilfsarbeiter zum erfolgreichen Geschäftsmann emporgearbeitet. Erstaunlich!

„Darum geht es jetzt auch gar nicht, Herr Marek", sagte Grabosch in die entstandene Stille hinein. „Gehen wir die acht Monate zurück zu jenem Abend des 1. Mai im Röhrenlager an der Friesenheimer Insel-Straße, als einer Ihrem Kollegen aus früheren Zeiten, dem Hans-Werner Weidemann, die Kehle durchgeschnitten hat. Wo waren Sie an jenem Abend?"

Marek schüttelte sich vor Lachen. „Wissen Sie noch, was Sie an jenem Abend gemacht haben, Herr Kommissar?", prustete er. „Das ist lächerlich, so eine Frage! Wenn ich meinen Terminkalender hätte, könnt' ich's Ihnen vielleicht sagen."

„Den haben wir, Herr Marek, aber es ist nichts vermerkt für diesen Tag. Aber wissen Sie was, Ihre Frau erinnert sich im Gegensatz zu Ihnen ganz genau. Sie wollten mit ihr essen gehen an jenem Abend, aber Sie sind zu dringenden Geschäften in Ihren Betrieb gefahren und erst spät in der Nacht zurückgekommen. Haben Sie Zeugen für diese Zeit, dann nennen Sie mir welche!"

Marek dachte angestrengt nach und blieb stumm wie ein Fisch. Er schien beeindruckt, fast konnte man denken, er sei geschockt.

„Und Sie meinen, Herr Kommissar, ich bin damals seelenruhig zum Röhrenlager gefahren und habe den Weidemann abgemurkst?", stieß er hervor. „Warum sollte ich das tun? Weidemann war vor langer Zeit mein bester Kollege, so etwas wie mein Freund, und ich hab' ihn auch später nie hängen lassen, da können Sie jeden fragen. Kann es sein, dass die Phantasie mit Ihnen durchgeht, Herr Kommissar? Den Weidemann um die Ecke bringen, also wissen Sie!"

„Ich weiß so allerlei." Grabosch machte ein Gesicht wie eine Sphinx. Und je länger er Marek musterte, desto zappeliger wurde der Autohändler. Der Kommissar schwieg sich aus. Der redet sich selber um Kopf und Kragen, dachte er.

„Und überhaupt, Kommissar, haben Sie nicht meinen Freund Frank Schermuly, der ja jetzt tot ist, der arme Kerl, haben Sie nicht ihn dieses Mordes an Weidemann verdächtigt und nach ihm gesucht? Und jetzt, wo er tot ist, schießen Sie sich auf mich ein!"

„Wir haben Zeugen, die bestätigen, dass Weidemann Sie vor dessen Tod in Ihrer Firma aufgesucht hat. Was wollte er von Ihnen?"

„Ein Auto kaufen."

„Das ist ausgeschlossen. Frau Erika Weidemann stellt das klar in Abrede, völlig ausgeschlossen, Herr Marek."

„Was weiß ich denn, was er wollte. Vorbeigeschaut wird er haben, um über alte Zeiten zu sprechen."

„Ging es nicht vielmehr um etwas ganz anderes, lieber Herr Marek, nämlich um die Herren Schermuly und van Gröben und um Erpressung und viel Geld und um einen Anteil, den Weidemann für sein Wissen dabei herausschlagen wollte?"

„Wer ist denn das schon wieder", polterte Marek. Er

drohte, die Fassung zu verlieren. „Gröben, nie von ihm gehört! Wer soll das sein?“
„Einer, den Schermuly erpresst hat, Herr Marek.“
Jetzt holte Grabosch weit aus.
„Ich sag’ Ihnen mal, wie das abgelaufen ist. Sie, Marek, sind mit Ihrem Kumpel Schermuly am späten Abend zum Röhrenlager gefahren und haben Weidemann einen unangekündigten Besuch abgestattet, um herauszukriegen, was er über Schermulys Erpressung wusste. Dabei sind Sie nicht zimperlich mit dem Portier umgegangen. Der Pathologe hat Würgemale am Hals und schwere Brandwunden an den Innenflächen seiner Arme festgestellt. Weidemann muss gejault haben wie ein Hund. Aber Schermuly hat sich die Finger nicht schmutzig machen wollen, so war er schon immer, der Frankie-Boy, ich hab’ mich in Saarbrücken, wo er aufgewachsen ist, umgehört. Sie, Marek, haben an jenem 1. Mai die Drecksarbeit für ihn erledigt, vielleicht hat er Ihnen Ihre Spielschulden erlassen und Sie an der lukrativen Erpressung des Herrn van Gröben beteiligt, und Sie wären dann raus gewesen aus Ihrem finanziellen Desaster. War es nicht so, Marek?“
„Vielleicht, vielleicht sagen Sie, Sie neunmalkluger Kommissar. Vielleicht!“
Marek schien die Tiefschläge, die ihm Grabosch versetzt hatte, gut weggesteckt zu haben.
„Vielleicht“, tönte er von neuem. „Das sind reine Spekulationen, Herr Kommissar! Haben Sie irgendwelche Beweise, die meine Anwesenheit in Weidemanns Wohnung belegen. Nein? Na also!“

„Sie werden sich noch wundern, Marek! Und ob Sie schwimmen können, haben Sie mir immer noch nicht verraten."
Grabosch griff unvermittelt zum Telefonhörer und wählte.
„Achim, bist Du's? Hast Du Dir schon das Springmesser von dem Marek vorgenommen, das Müller in Mareks Büro sichergestellt hat? Ja? ... Du bist g'rad dran? ... Blitzblank ist es, wie gewienert? ... Keine Spuren? ... Verkrustungen, sagst Du, ... am Scharnier? ... Das ist interessant ... Blut? ... Eindeutig? ... Vielleicht stammt's von Weidemann ... Wird länger dauern, meinst Du ... Verstehe ... Bis morgen Abend hast Du das Ergebnis ... Gute Arbeit Achim, bis später."
Grabosch legte den Hörer auf die Gabel. Marek war bei jedem Wort, das Grabosch gesagt hatte, ein Stück mehr in sich zusammengesunken.
„Ich will meinen Anwalt sprechen, jetzt sofort! Ich sag' kein Wort mehr!", schrie er und sprang von seinem Stuhl auf.
Grabosch drückte einen Knopf am Tischende. Zwei Uniformierte betraten den Raum.
„Abführen!", sagte Grabosch.
Die Polizisten packten Marek, der sich wie ein Tollwütiger gebärdete, und brachten ihn nach draußen.
Mazurka stellte das Aufnahmegerät ab. „Bist Du nicht zu weit gegangen, Franz?"
„Zu weit, zu weit, bei solchen Typen kann man gar nicht weit genug gehen."
Der Hauptkommissar stand auf und reckte die Arme.

„Den lassen wir jetzt im eigenen Saft schmoren, genauso wie den Herrn Staatssekretär. Und am Montag kriegen wir ihre Geständnisse, Du wirst es erleben, Mazurka. Die beiden waren noch nie in einer Zelle. Das ist eine schreckliche neue Erfahrung und wird ihre Wirkung nicht verfehlen. Es ist jetzt gleich 3 Uhr. Wochenende! Am Montag machen wir weiter. Ich geh' jetzt nach Haus zu meiner Frau. Sie ist krank und braucht mich. Das solltest Du auch tun, Mazurka! Geh heim und kümmer Dich um Deinen Mann und Deine Enkelkinder!"
„Ihr sollt alle nach Haus gehen!", rief er dann in Richtung der verspiegelten Wand. „Es reicht für heute, hört ihr! Montagmorgen geht's weiter!"
Grabosch verließ den Raum, zog Schal und Dufflecoat über, stapfte den Flur entlang in Richtung Treppenhaus und ließ seine ratlos dreinschauenden Kolleginnen und Kollegen zurück.
„So geht's eigentlich nicht", stammelte Dr. Mucke, „man kann den Bogen auch überspannen."
„Da geht er hin. Ihr bester Mann", höhnte Staatsanwältin Lessner.
„Lassen wir ihn", sagte der Kriminaldirektor. „Aber am Montag wird er mir Rede und Antwort stehen müssen, weiß Gott!"

# Blues

Früher Sonntagmorgen. Das Wetter war über Nacht umgeschlagen. Ein Tief aus Südwesten zog über die Rheinebene mit Regenschauern und frühlingshaften Temperaturen.

Grabosch hatte den gestrigen Nachmittag und Abend mit seiner Frau Anette zu Hause verbracht mit Kuchenessen, einem Spaziergang um den Vogelstangsee, Abendessen und Scrabblespiel. Über die Aktionen und Verhöre hatten sie wenig gesprochen. Sein oberster Grundsatz war, Berufliches nicht mit Privatem zu vermischen. Damit, so glaubte er, war er bisher gut gefahren.

Nachdem Anette gegen Mitternacht eingeschlafen war, hatte er sich nach unten geschlichen, um sich eine Zigarette anzustecken und es sich in einem Sessel bequem zu machen. Draußen prasselte Regen gegen den Rollladen.

Marek und van Gröben lagen jetzt in ihrer Zelle, dachte er. Lachhaft, lächerlich hatten sie seine Anschuldigungen genannt. Unschuldslämmer waren sie, das kannte er, so war es oft. „Die lassen wir schmoren im eigenen Saft!" So hatte er sich ausgedrückt, es war seine Art, Verhöre zu beenden und neu anzusetzen. Und da gab es noch etwas, was er nach Mazurkas Meinung angeblich bis zur Perfektion beherrschte: das Angsteinjagen, das Mithörenlassen der Beschuldigten bei scheinbar belanglosen Telefongesprächen, die scheinbare oder tatsächliche Ermittlungsergebnisse zu Tage förderten. Es war das, was Kriminaldirektor Dr. Mucke reinste Psychologie nannte.

Hatte er alles richtig gemacht? Das Alibi des Autohändlers für die Tatzeit beim Mord an der Kammerschleuse war wohl kaum zu erschüttern. Für den Tod Schermulys war Marek nicht zu belangen. Dafür kam nur noch van Gröben in Betracht. Er oder ein anderer musste sich mit dem Erpresser an der Kammerschleuse getroffen haben. Geld gegen Videokassette. Vielleicht hatte Schermuly die Summe erhöht, und van Gröben war ausgerastet und hatte dem völlig überraschten Erpresser ein herumliegendes Kantholz gegen die Stirn geschlagen. Schermuly war dann mit dem Rücken auf die Stahlkante des Schleusenbeckens geknallt, in die Tiefe gestürzt und ertrunken. So konnte es gewesen sein.

Beim Mord am Portier vom Röhrenlager vor fast acht Monaten war die Sachlage anders. Vieles, was sie gegen den überschuldeten Autohändler zusammengetragen hatten und noch auswerten würden, stützte Graboschs Verdacht, dass nicht Schermuly, sondern Marek der Täter war. Wenn sich morgen bestätigen sollte, dass die von Dickgießer am Scharnier von Mareks Stilett entdeckten Blutreste dem Opfer Weidemann zuzuordnen waren, war der Fall gelöst. Und wenn nicht? Dann wurde es schwierig.

Am besten war es, wenn er die beiden Verdächtigen zum jeweiligen Ort ihres Verbrechens führte. Morgen würde er zwei Lokaltermine ansetzen.

Es blieb abzuwarten, ob Meier-Grauwickel die vollmundig angekündigten Entlastungen seines Mandan-

ten van Gröben morgen präsentieren würde. Wenn es für die von Dr. Bär festgesetzte Tatzeit ein hieb- und stichfestes Alibi war, dann sieht's schlecht für Dich aus, Franz, ganz schlecht, dachte Grabosch.
Dem Hauptkommissar schwirrten die Gedanken durch den Schädel. Längst hatte er sich aus dem Sessel erhoben und ging auf und ab. Der Aschenbecher auf dem Beistelltisch quoll über. Er trank die Neige aus, ging nach oben, legte sich neben seine Frau, lauschte auf deren Atemzüge und schlief von jetzt auf nachher ein.

Um 6.47 Uhr klingelte das Telefon. Es klingelte lange, doch Grabosch hörte es nicht, bis schließlich seine Frau nach unten ging und abhob.
Es war das Landesgefängnis, ein Mann namens Kaschewski wollte den Hauptkommissar sprechen. Anette ging nach oben. Minuten vergingen, bis sie ihren Mann dazu brachte, aufzustehen und ans Telefon zu gehen. Was er erfuhr, war schockierend. Marek hatte versucht, sich in seiner Zelle zu erhängen. Zufällig hatte ein Aufseher den am Fensterkreuz Hängenden durch den Türspion entdeckt und Alarm geschlagen. Ein Notarzt hatte sich Mareks angenommen und den Häftling in lebensbedrohlichem Zustand ins Mannheimer Klinikum verbracht.
Nach der aktuellen Aussage der behandelnden Ärzte war der Autohändler inzwischen außer Lebensgefahr. Über die Folgen des misslungenen Suizids für Mareks Gesundheit wollten sich die Mediziner noch nicht äußern. Der verhinderte Selbstmörder lag jetzt

auf der Intensivstation, ein Polizist war zu seiner Bewachung eingesetzt.
Grabosch hatte nur atemlos zugehört und stammelte schließlich: „Hat er etwas hinterlassen, ein Schreiben oder so was?“
„Das hat er, Herr Hauptkommissar“, antwortete Kaschewski. „Ein liniertes Blatt, es lag zerknüllt in der Ecke, hektisch beschrieben, aber zu entziffern. Es ist an seine Ehefrau gerichtet, enthält aber äußerst brisante Details.“
„Lassen Sie’s mir unverzüglich vorbeibringen, bitte!“ Grabosch nannte seine Adresse.
„Wird gemacht, Herr Grabosch, wir schicken einen Boten, er wird gleich vor Ihrer Tür stehen.“
Grabosch war bedient. Er hörte sein Herz klopfen. Die Zigarette, die er sich schon beim ersten Satz des Gefängnisbeamten angesteckt hatte, machte ihn nicht ruhiger. Er sah die Schlagzeile vom nächsten Morgen vor sich: „Hauptkommissar treibt Tatverdächtigen fast in den Tod!“
Und war es nicht so? „Notfalls wird ein bisschen geblufft“, hörte er sich sagen. Die Todesstrafe war doch abgeschafft. So stand es im Grundgesetz, obwohl, und dies hatte Grabosch schon des Öfteren gedacht, sie bei einer Volksbefragung wieder eingeführt worden wäre. Und was machte er, Grabosch, wenn er solche Verhörmethoden anwandte? Man musste einen des Mordes Beschuldigten nur ordentlich ’rannehmen, ihn in Angst und Schrecken versetzen, dann würde er sich selbst richten und man konnte zur Tagesordnung übergehen, der Täter hatte sich selbst bestraft, Punktum.

Wie verzweifelt musste ein Mensch sein, wenn er selbst Hand an sich legt! Den Gürtel nahm man einem Untersuchungshäftling in weiser Voraussicht ab. Irgendetwas musste Marek in seiner Zelle gefunden haben. Vielleicht hatte er die Bettwäsche in Streifen gerissen oder eines seiner eigenen Kleidungsstücke benutzt? Grabosch hatte das Bild vor Augen, wie der ruinierte Autohändler auf den Hocker stieg und sich die Schlinge um den Hals legte. Was hatte er als Letztes gedacht, als er mit den Füßen den Hocker umstieß? An seinen Freund Schermuly? An sein Opfer, den ehemaligen Arbeitskollegen Weidemann? Oder vielleicht an seine Mutter, bei der er aufgewachsen war in Mannheims verrufenster Gegend, in den Benzbaracken auf dem Waldhof? Jedenfalls hatte er an seine Frau Christa gedacht, denn sein Abschiedsbrief war an sie gerichtet. Liebe und Zuneigung waren es, die zwei Menschen verbanden, wenn sie auch immer wieder errungen werden mussten, und bei Marek war dies nicht anders gewesen, warum auch?
War van Gröben in der gleichen Gefahr? Der Gedanke erschreckte ihn. Er sah ihn vor sich, den selbstsicheren und sich cool gebenden Staatssekretär. Aber in einen Menschen konnte man nicht hineinschauen.
Er wählte die Nummer der Gefängnisleitung und ließ sich mit dem Diensthabenden verbinden. „Grabosch, Morddezernat“, meldete er sich. „Ist sichergestellt, dass der Untersuchungshäftling Lars van Gröben lückenlos überwacht wird?“

Der Vollzugsbeamte sicherte ihm jegliches Bemühen zu. „Ist schon angeordnet, Herr Grabosch, Sie können sich darauf verlassen."

Grabosch deckte den Frühstückstisch, setzte zwei Eier auf, stellte die Kaffeemaschine an, legte zwei Brotscheiben in den Toaster und zündete den Adventskranz an, alle vier Kerzen, denn heute war der vierte Advent.

Weihnachtsvorfreude wollte allerdings nicht aufkommen. Er sah die Schlagzeilen der Montagsausgaben vor sich: „Staatssekretär unter Mordverdacht! War er dem Rotlichtmilieu verfallen? Prostituierte packt aus! Ende einer steilen Karriere!"

Was war, wenn er sich geirrt hatte und sämtliche Indizien von van Gröbens Anwalt zerpflückt werden würden? Er, Grabosch, hätte dann einen politischen Skandal ausgelöst. Das Damoklesschwert, von dem sein Vorgesetzter gesprochen hatte, hing über ihm, gehalten von einem Rosshaar, aber würde es halten?

Als Anette ihn aus dem Bett geholt hatte, war sie alles andere als freundlich gewesen. Sie hatte den Kopf geschüttelt und gejammert: „Franz, Dein Beruf frisst Dich noch auf!"

Dann läutete es an der Haustür. Grabosch nahm vom Boten des „Café Landes" einen Umschlag entgegen und quittierte den Empfang. Er riss ihn auf und las:

*Meine geliebte Christa, verzeih! Ich weiß keinen anderen Ausweg und mach Schluss. Es war Frank Schermuly, der mich dazu gebracht hat, Hans-Wer-*

*ner abzustechen. Ich kann es mir nicht erklären, aber ich war es. Ich hab es für uns getan, Christa und es tut mir leid. Die Firma ist am Ende. Hol noch raus, was geht und mach Dir ein schönes Leben! Verzeih mir, bitte! Das ist das Ende. Ich liebe Dich!*
*Dein Till*

Grabosch sah sich selbst als hartgesottenen Burschen, doch als er das von Marek in großer Hast verfasste Schreiben ein zweites und ein drittes Mal las, war er betroffen. Als Anette herunterkam und sah, wie verstört ihr Mann war, sagte sie nichts und setzte sich an den Tisch. Grabosch strich Butter auf seine Toastscheibe und köpfte das Frühstücksei. Dann informierte er sie mit stockender Stimme über die dramatischen Neuigkeiten.
„Nimm es Dir nicht so zu Herzen, Franz“, sagte Anette. „Du kannst nichts dafür, Du hast nur Deine Arbeit gemacht.“
„Danke, es ist gut, dass Du so denkst, Anette.“
Ihre Augen trafen sich. Grabosch griff zur Kaffeetasse. Seine Hand zitterte so, dass ein Teil des Inhalts überschwappte.
Kurz nach 9 Uhr rief er Mazurka an. Sie fiel aus allen Wolken, als sie die Nachricht vernahm.
„Um 10.30 Uhr im Präsidium?“, fragte er. „Es dauert auch nicht lang, ich versprech’s. Ich fahr’ vorher noch im Klinikum vorbei. Bis dann.“

Vor der Tür der Intensivstation saß ein Polizist, grüßte den Hauptkommissar und meldete: „Keine beson-

deren Vorkommnisse. Die Ablösung kommt gleich."
Der diensthabende Oberarzt wurde gerufen und gab Auskunft. Die Prognosen, dass der verhinderte Selbstmörder ohne gravierende Schäden davonkommen würde, waren nicht schlecht.
Als Grabosch das Krankenhaus verließ, entdeckte er zwei Fotografen und einen Journalisten, den er in den letzten Jahren schon mehrfach mit seinem üblichen „Kein Kommentar" abgespeist hatte. Er eilte zu seinem Wagen und fuhr nach L6.

Montag, 23. Dezember. Die Temperaturen waren noch gestiegen. Auf den Planken hätten die Cafébetreiber Tische und Stühle ins Freie stellen können, allerdings in merkwürdigem Gegensatz zur weihnachtlich-winterlichen Dekoration von Mannheims Renommiermeile.
Das Morddezernat lief mit voller Personalstärke. Der Laden brummt, dachte Grabosch, als er, bekleidet mit brauner Cordsamthose, offenem Hemdkragen und beiger Sommerjacke sein Dienstzimmer betrat.
Mazurka war bei Amelie im Vorzimmer. Müller und Michaelsen kamen über den Flur. Sie machten eine kleine Lagebesprechung. Die Nachrichten aus dem Klinikum waren gut und entsprachen dem, was Grabosch gerade erfahren hatte.
Mazurka hatte Mareks Handschrift geprüft und diese als echt bestätigt. Ein graphologisches Gutachten würde folgen.
Die Analyse der von Dickgießer entdeckten Blutreste am Scharnier von Mareks Springmesser war abge-

schlossen. Das Blut war eindeutig dem Mordopfer Weidemann zuzuordnen.
Die Arbeit am heutigen Vormittag stand für Graboschs Team fest, denn van Gröbens Anwalt Dr. Meier-Grauwickel hatte sich für 11.00 Uhr angekündigt, um ihnen Ermittlungsergebnisse mitzuteilen, die seinen Mandanten entlasten sollten.
„Wenn nötig, lassen wir van Gröben holen und fahren mitsamt dem Anwalt zu den Zeugen, die er uns nennt. Auf schriftliche Aussagen lassen wir uns nicht ein. Ich hab' auch vor, mit van Gröben eine Tatortbegehung zu machen", kündigte Grabosch an.
Mit gewichtiger Miene stand um Punkt 11.00 Uhr Dr. Meier-Grauwickel in Amelies Schreibzimmer und verlangte, zu Hauptkommissar Grabosch vorgelassen zu werden.
Nach der Begrüßung kam man schnell zur Sache. Der Anwalt verzichtete heute auf jene Häme, die er zwei Tage zuvor an den Tag gelegt hatte, und trug die Ergebnisse seiner Erkundungen in geschäftsmäßigem Ton vor.
Er brachte zu Protokoll, dass sein Mandant am fraglichen Donnerstagabend um 18.55 Uhr von seinem Wochenendhaus an der Blauen Adria in Richtung Heidelberg aufgebrochen und am Mannheimer Planetarium gegen 19.20 Uhr auf die Autobahn Mannheim-Heidelberg abgebogen sei. Auf der Höhe von Heidelberg-Wieblingen sei ihm das Benzin ausgegangen. Er sei auf die Standspur gerollt, habe sein Auto gesichert und sei mit dem Reservekanister in Richtung Heidelberg zu einer Tankstelle gegangen.

Dort habe er fünf Liter Benzin getankt, sei zum Wagen zurückgegangen und mit 30-minütiger Verspätung in der Heidelberger Stadthalle eingetroffen, wo er sich sogleich auf die Bühne begeben und an der bis 23.00 Uhr dauernden Podiumsdiskussion beteiligt habe. Danach habe er bis 1.10 Uhr mit zwei Diskussionsteilnehmern in einem Heidelberger Altstadtlokal gesessen und sei dann zurück nach Altrip gefahren. Die Zeugenlage sei eindeutig. Erstens sei die gesamte Diskussion von einem Lokalfernsehsender aufgezeichnet worden und würde van Gröbens Präsenz in der Zeit von 20.30 bis 23.00 Uhr bestätigen. Zweitens lägen ihm die Aussagen der beiden promovierten Volkswirtschaftler vor, mit denen sein Mandant bis 1.10 Uhr in der Gaststätte „Schnitzelbank" gesessen sei. Drittens habe der Tankwart, bei dem van Gröben den gefüllten Reservekanister bezahlt habe, van Gröben auf einer ihm vorgelegten Fotografie eindeutig wiedererkannt. Er könne sogar den Zahlungsvorgang aktivieren, der bei 8,32 DM liege und als Zeitpunkt 20.01 Uhr anzeige. Den Rechnungsbeleg habe sein Mandant verständlicherweise weggeworfen.
„Meine Damen und Herren", schloss Meier-Grauwickel sein Statement, „ich werde umgehend der Staatsanwaltschaft und dem Haftrichter meine Erkenntnisse vorlegen, die die völlige Unschuld von Herrn Lars van Gröben am Tode des Frank Schermuly dokumentieren und werde den sofortigen Vollzug einer Haftverschonung beantragen. Ich gehe davon aus, dass mein Mandant noch heute auf freien Fuß gesetzt wird."

Grabosch hatte mit versteinertem Gesicht zugehört. „Moment, Herr Doktor", schnellte er jetzt vor, „so schnell schießen die Preußen nicht! Ihre Einlassungen weisen mehrere Schwachstellen und Lücken auf! Dass Herr van Gröben beispielsweise in jener Nacht nicht gleich nach Hause gefahren ist, sondern erst noch ein Bordell in Heidelberg-Rohrbach aufgesucht hat, das wissen Sie offenbar nicht."
„Spielt das denn noch eine Rolle, Herr Hauptkommissar?", höhnte der Anwalt. „Liegt das nicht außerhalb der von Ihrem Pathologen ermittelten Tatzeit? Den Leumund meines Mandanten haben Sie eh schon ruiniert, da kommt es auf einen weiteren Bordellbesuch auch nicht mehr an! Ich bin nicht hier, um meinen Mandanten als Mustergatten zu verteidigen, ich bin hier, um ihn vom Mordverdacht zu entlasten und ihn aus der Untersuchungshaft zu holen. Darum geht es, Herr Grabosch, und um nichts anderes! Aber Sie sprechen von Schwachstellen, Herr Kommissar, was darf ich darunter verstehen?
Der Hieb saß, doch Grabosch konterte.
„Sie nennen exakte Uhrzeiten und Pfennigbeträge, aber wie lang Ihr Mandant von seinem stehengebliebenen Wagen zur Tankstelle und wieder zurück unterwegs war und wie weit diese Strecke ist, darüber haben Sie keine Angaben gemacht."
„Da kommen gut und gern drei Kilometer zusammen, Herr Kommissar."
Grabosch kniff die Augen zusammen.
„Haben Sie schon daran gedacht, Herr Meier-Grauwickel, dass van Gröben gar nicht zu Fuß gegangen

ist, sondern ihn, zumindest auf dem Weg zur Tankstelle, ein hilfsbereiter Autofahrer mitgenommen hat? Aber es kann auch ganz anders gewesen sein, Herr Rechtsanwalt."
Graboschs Stimme klang jetzt messerscharf.
„Ich will damit sagen, vielleicht ist die Sache mit dem leeren Benzintank von Ihrem Mandanten fingiert. Was halten Sie von der Idee, dass uns van Gröben dies nur glauben machen will? Könnte es nicht sein, dass er in der Nähe der Tankstelle geparkt, dem Tankwart sein angebliches Missgeschick erzählt, den Reservekanister gefüllt hat und dann zur Stadthalle gefahren ist? Der ganze Vorgang ist in nur fünf Minuten zu bewerkstelligen. Aus dieser Sicht der Sachlage stimmt Ihr gesamter, minutiös aufgestellter Zeitplan nicht mehr und die Anwesenheit van Gröbens am Tatort Kammerschleuse in dem von Dr. Bär festgesetzten Zeitfenster ist sehr wohl wieder möglich."
Meier-Grauwickel schwieg und kramte in seinen Papieren.
„Wir machen jetzt eine Besichtigung vor Ort und eine Gegenüberstellung mit diesem Tankwart. Ich lass' Herrn van Gröben holen. In 30, 40 Minuten können wir schon unterwegs sein, sind Sie damit einverstanden, Herr Rechtsanwalt? Gut. Ich werd' alles veranlassen. Dann bis später."
Grabosch erhob sich und verließ den Raum. Auf dem Flur begegnete er Dr. Mucke. Er trug einen Stoß Zeitungen unter dem Arm.
„Schön, dass ich Sie mal sehe, Franz! Der Mord auf der Friesenheimer Insel vom 1. Mai ist ja nun ge-

klärt, spektakulär allerdings, aber er scheint gelöst. Doch wie sieht es im Fall Schermuly aus?"

Grabosch fasste das Gespräch mit Müller-Grauwickel zusammen.

Der Kriminaldirektor reagierte entsetzt. „Das Kind ist in den Brunnen gefallen und Sie, Franz, sind das Kind und werden es ausbaden müssen! Wenn der Staatssekretär für den Mord an der Kammerschleuse nicht in Betracht kommt, kann ich nichts mehr für Sie tun. Schauen Sie sich die Schlagzeilen von heute an! Hier, lesen Sie! „Staatssekretär versinkt im eigenen Dreck! Kein feiner Herr, der Herr Staatssekretär!" oder hier: „Gehurt und auch gemordet? Staatssekretär im Sumpf von Prostitution und Erpressung!" oder da: „Ende einer steilen Karriere! Staatssekretär van Gröben unter schwerem Verdacht!" und so weiter und so weiter! Machen Sie Ihre Arbeit, Franz, die Karriere des Herrn van Gröben scheint mir in der Tat zu Ende zu sein. Denken Sie jetzt an die Ihre, Franz! Ich muss weiter!"

Den Kriminaldirektor hatte der Zorn gepackt, sein Gesicht war rot angelaufen, an den Schläfen traten dicke, blaue Adern hervor. Seine Worte waren wie ein Trommelfeuer über Grabosch niedergeprasselt. Ohne ihn auch nur eines Blickes zu würdigen, ließ er seinen Hauptkommissar stehen und stürzte den Gang hinunter. Den Zeitungsstapel hatte er wieder unter den Arm geklemmt.

Die Fahrt nach Heidelberg brachte wenig neue Erkenntnisse. Ein Polizeiwagen mit van Gröben und

Dr. Meier-Grauwickel auf der Rückbank fuhr voraus, Grabosch und Kriminalassistent Michaelsen folgten. Auf der Höhe von Heidelberg-Wieblingen schalteten die Polizisten das Blaulicht ein und hielten auf dem Standstreifen. Alle stiegen aus. Van Gröben, in Handschellen, deutete mit beiden Armen zu einer zehn Meter entfernten Stelle.
„Hier bin ich gestanden, genau hier."
„Wieso wissen Sie das so genau?", fragte Grabosch. „Es war doch dunkel!"
„Da, die ramponierte Leitplanke ist mir im Scheinwerferlicht aufgefallen. Ich hab' noch gedacht, nicht ungefährlich, die Stelle, aber was hätte ich machen sollen, der Tank war ja leer."
Van Gröben wirkte müde, aber verzweifelt sah er nicht aus.
„Das ist eine Schutzbehauptung, Herr van Gröben, die niemand bestätigen kann. Warum haben Sie keine Notrufsäule benutzt, sehen Sie hier, den schwarzen Pfeil auf der Bake, höchstens 400 Meter hätten Sie gehen müssen, das lernt man in jeder Fahrschule und vergisst es sein Leben lang nicht mehr. Sie aber haben sich angeblich auf den weiten, gefährlichen Weg zum Autobahnende gemacht, mit einem Reservekanister in der Hand, den heutzutage kaum noch einer im Kofferraum liegen hat. Ganz schön abenteuerlich ist das, was Sie uns da auf die Nase binden wollen!"
Van Gröben zuckte mit den Achseln und lächelte.
„Aber so war es, das müssen Sie mir schon glauben. Beweisen Sie mir doch das Gegenteil!"

Sie fuhren zur Tankstelle. Der Tankwart bestätigte, dass es genau dieser Herr gewesen sei, der am Donnerstag, dem 19. Dezember, um 20.01 Uhr die fünf Liter Benzin bezahlt habe.
„Kommt ja nur noch selten vor, so was“, meinte er, „und da schaut man sich einen schon etwas näher an, Herr Kommissar.“
„Wirkte der Kunde auf Sie, als sei er eine längere Strecke schnell gegangen oder gar gerannt?“, hakte Grabosch nach.
„Lassen Sie mich nachdenken, nein, eigentlich nicht, wenn Sie mich so fragen. Er war ganz ruhig, höflich war er und sehr freundlich. Er hat noch Witze gemacht über sein Missgeschick.“
Sie fuhren nach Mannheim zurück. Vor dem Präsidium stieg der Anwalt aus dem Einsatzfahrzeug.
„Kopf hoch, Herr van Gröben! Ich stelle jetzt den Antrag auf Haftverschonung. Versprechen kann ich es nicht, aber vielleicht sind Sie noch heute ein freier Mann.“
Er schloss die Tür. Der Wagen fuhr ab.
Gemeinsam gingen sie nach oben. „Das werd’ ich zu verhindern wissen“, sagte Grabosch im Treppenhaus. „Stellen Sie Ihren Antrag, der meine folgt auf dem Fuß. Wir werden ja sehen, was dabei herauskommt.“
Als Grabosch sein Dienstzimmer betrat, traute er seinen Augen nicht. Kriminaldirektor Dr. Mucke saß an seinem Schreibtisch. Er thronte geradezu und schien hier die Geschäfte zu führen. Vor ihm stand Achim Dickgießer.

„Unser Leiter der Spusi hat noch was für Sie, Franz. Es ist nicht uninteressant, aber ob es was nutzt, um van Gröbens Haftverschonung zu verhindern, steht in den Sternen."

In Anwesenheit des Dienststellenleiters befleißigte sich Dickgießer einer gepflegteren Ausdrucksweise als sonst üblich.

„Im Haus in Neckarau ist doch in der Messingschale was verbrannt und in den Kamin geschütt worde. Die Asche ist jetzt analysiert. Sie stammt einerseits von Papier, andererseits von einem Videoband."

„Da haben wir doch den Beweis", legte Grabosch los, lauter, als er es beabsichtigt hatte. „Schermuly hat van Gröben eine Videokassette geschickt und ihn damit erpresst. Van Gröben hat sie mit dem Erpresserbrief verbrannt und die leere Kassette entsorgt. An diesem Indiz wird der Haftrichter nicht vorbeikommen."

„Ihr Wort in Gottes Ohr, Franz!", rief Dr. Mucke. „Ich genieße es übrigens, auf Ihrem Stuhl zu sitzen, es erinnert mich an früher, als ich wie Sie Hauptkommissar war. Es waren schöne Jahre, die ich nicht missen möchte. Immer war was los, nicht der öde Verwaltungskram und andere trockene Verrichtungen. Na, ja, man kann halt nicht alles haben."

Kurz nach der Mittagspause kam Nachricht aus dem Landesgefängnis beim Herzogenried. Mareks Gesundheitszustand habe sich so weit stabilisiert, dass man ihn am Nachmittag in die Krankenstation der Strafanstalt überführen werde.

Im Schreibzimmer hatte Amelie Verstärkung bekommen, um die anfallenden Ermittlungsergebnisse zu Papier zu bringen.
Um 16.12 Uhr stand die Entscheidung im Haftprüfungstermin in der Sache van Gröben fest. Der Haftbefehl war aufgehoben.
Die Nachricht schlug in Graboschs Team wie eine Bombe ein. Alle waren fassungslos.
Gegen 16.30 Uhr wurde Grabosch zu Dr. Mucke gebeten.
„Franz, spannen Sie aus die nächsten Tage, das wird Ihnen gut tun", begrüßte ihn der Kriminaldirektor.
Grabosch blieb im Türrahmen stehen.
„Sie müssen Abstand gewinnen, mein Lieber! Nehmen Sie Urlaub bis Dreikönig, wir machen das hier schon. Seien Sie vernünftig, Franz, seien Sie kein Sturkopf! Es ist das Beste für Sie, glauben Sie mir! Ich habe eine Fürsorgepflicht für meine Leute, und die nehme ich sehr ernst in Ihrem Fall."
Dr. Mucke zwängte sich aus seinem Stuhl. Sesselfurzer, Bürohengst!, ging es Grabosch durch den Kopf, aber er brachte kein Wort heraus.
Der Direktor kam auf ihn zu und reichte ihm die rechte Hand, mit der linken klopfte er ihm auf die Schulter. Grabosch meinte, vor Wut und Scham in den Boden versinken zu müssen.
„Frohes Fest, Franz, und grüßen Sie Ihre liebe Frau von mir, frohe Weihnachten!"
Damit geleitete er Grabosch hinaus, ging zurück und schloss die Tür.
Als Franz Grabosch zu Hause ankam, war Anette mit

dem Schmücken des Weihnachtsbaums beschäftigt. „Alle Jahre wieder kommt das Christuskind auf die Erde nieder, wo wir Menschen sind“, klang es aus den Boxen der Stereoanlage.

„Schön, dass Du schon da bist, Franz! Hilfst Du mir?“

Sie trat einen Schritt zurück. „Wie siehst Du denn aus? Du bist ja käseweiß! Ist was passiert?“

„Es ist nichts, Anette, gar nichts. Ein wenig abgespannt bin ich. Mach Dir keine Sorgen, es ist alles in Ordnung!“

Er setzte sich auf die Couch, streckte die Beine aus und schloss die Augen.

„Ich hab' Urlaub genommen, bis zum 6. Januar.“

„Das ist eine gute Nachricht. Ich kann's kaum fassen, wunderbar ist das, wunderbar.“

„Kehrt mit seinem Segen ein in jedes Haus ...“, tönten die Kinderstimmen aus den Boxen.

„Ja“, flüsterte Grabosch, „das ist es. Wunderbar.“

# Der Knoten platzt

Hauptkommissar Franz Grabosch verstand die Welt nicht mehr. Das Damoklesschwert, mit dem ihn sein eloquenter Vorgesetzter Dr. Mucke belegt hatte, war herabgestürzt. Der Kriminaldirektor hatte ihn vom Mordfall Schermuly abgezogen, ihn in Zwangsurlaub geschickt, aus Fürsorgepflicht. Aus der Schusslinie wollte er seinen Hauptkommissar nehmen, vor Journalisten, die sich ihre Moral zurechtbogen, wie es in der Öffentlichkeit gerade ankam.

Nein, er hatte sich nichts vorzuwerfen. Seine Berufserfahrung hatte ihn auf die Spur des Autohändlers gebracht, und er hatte den acht Monate zurückliegenden Mord an Hans-Werner Weidemann aufgeklärt. Dies sollte ihm erst mal einer nachmachen!

Kriminalarbeit war kein Kinderspiel, sondern ein knallhartes Geschäft. Mit Schmusekurs war da nichts auszurichten, Tatverdächtige musste man in die Enge treiben, unter Druck setzen. Sie mit Samthandschuhen anzufassen, war die falsche Methode. Und zu verhindern, dass ein vom Verhör beeindruckter Untersuchungshäftling einen Selbstmordversuch beging, war nicht seine Aufgabe, sondern die der Gefängnisleitung. Da gab es exakte Vorschriften.

Man hatte ihn also aus dem Verkehr gezogen. Grabosch waren derlei Maßnahmen bekannt, aber wenn man ihm gesagt hätte, dass es ihm einmal so ergehen würde, hätte er gelacht. Ihm doch nicht!

Grabosch war außer sich. Dr. Muckes Entscheidung, vor allem aber die Art, wie er ihm diese mitgeteilt hatte, hatte Grabosch zunächst in Apathie versetzt. Der erste Schock war jedoch über Nacht in unbändigen Zorn umgeschlagen. Dieser Schach spielende Kriminaldirektor hatte ihn matt gesetzt und saß nun auf seinem Stuhl. Gegen van Gröben hatte er, Grabosch, alle Trümpfe in der Hand, würde dessen raffiniert eingefädeltes Alibi in der Luft zerreißen und ihn als Mörder seines Erpressers Schermuly entlarven. In den nächsten Tagen, da war sich Grabosch sicher, hätte er so viele Indizien vorgelegt, dass die Staatsanwaltschaft in L4 gezwungen wäre, den Staatssekretär wieder in Haft zu nehmen und des Mordes anzuklagen. Und was machte sein Vorgesetzter? Er zog ihn von dem Fall ab, erteilte ihm quasi Hausverbot, hockte an seinem Schreibtisch und leitete womöglich noch die Ermittlungen. Es war zum Haareraufen.

Im Bademantel drehte Grabosch inzwischen die zwanzigste Runde um den Frühstückstisch. Es war Dienstag, der 24. Dezember. Die Standuhr ließ zehn Schläge erschallen. Anette war nach dem Frühstück zum Einkaufen gefahren. Wenn sie zurückkam, würde sie ihn wieder ins Gebet nehmen und mit Ratschlägen nerven, wie er mit der entstandenen Situation umgehen müsse oder gar die Gefahren, vor denen er stehe, drastisch an die Wand malen und ihre Theorien vom „Bademantel-Blues“ erörtern. Das musste er sich nicht antun. Er räumte den Frühstückstisch ab und ging nach oben.

Als Anette zurückkam, schwang er gerade den Staubsauger.

„Großartig, Franz, so kenn’ ich Dich“, sagte sie und

drückte ihn an sich. „Lass Dich nicht unterkriegen! Schau nur, was ich alles eingekauft hab! Wie die Götter werden wir speisen!“
Kurz vor 11 rief Mazurka an. Sie sei gerade in Heidelberg. Das Sprechen fiel ihr schwer. „Es tut mir so leid, Franz.“
„Das muss Dir nicht leid tun, Hedwig, das ist eine Sache zwischen Mucke und mir. Was machen eure Ermittlungen, schieß los!“
„Deshalb ruf' ich ja an. Mucke hat mir den Fall ‚Kammerschleuse' übertragen, jedenfalls für die Zeit, die Du zu Hause bist. Ich will aber alles mit Dir absprechen, hörst Du?“
„Und was hält Mucke von dieser Idee?“
„Spielt das eine Rolle, wir machen das einfach. Wo ist das Problem?“
„Was läuft in der Sache Marek?“
„Ist alles auf den Weg gebracht, endgültiger Haftbefehl, die ganze Indizienkette. L4 wird Mordanklage erheben.“
„Und im Fall Gröben wirft uns die Staatsanwaltschaft Knüppel zwischen die Beine, Mazurka!“
„Den Eindruck konnte man haben, ist aber im Kern falsch, Franz. Hier ist Eile geboten, so sieht es auch unser Mucke. Ich soll, so hat er mich instruiert, bis zum Ende Deines Urlaubs, so viele Indizien wie möglich zusammentragen, so dass die Staatsanwaltschaft eine erneute Vorführung zum Verhör und U-Haft anordnet. Die Lessner arbeitet eng mit mir zusammen, wir sind ein super Team.“
„So, so, die Lessner, guck an.“

„Sei doch nicht so empfindlich, Franz. Du weißt, wie ich das mein'. Das allerbeste Team sind natürlich wir. Übrigens hat sie einen neuen Briefkopf drucken lassen, steht jetzt ein Dr. vor ihrem Namen."
„Na, bravo, Mazurka, aber zurück zu euren Ermittlungen! Was steht für heute an?"
„Müller und ich sind gerade aus Heidelberg zurück. Wir haben uns noch einmal die beiden Professoren vorgenommen, mit denen van Gröben nach der Podiumsdiskussion in der ‚Schnitzelbank' gewesen ist. Den beiden Volkswirtschaftlern ist die Angelegenheit inzwischen peinlich. Sie befürchten wohl, dass bei den unappetitlichen Nachforschungen in van Gröbens Privatleben auch ihr eigener Ruf beschädigt werden könnte. Auf ihren Kollegen sind sie jedenfalls nicht mehr gut zu sprechen."
„Ist das alles? Das bringt uns keinen Schritt weiter, Mazurka!"
„Nein, Franz, es gibt noch was. Auf Müllers Rückfragen haben beide ausgesagt, dass van Gröben an jenem Abend einen zerfahrenen Eindruck gemacht habe. Mehrmals hat er sich aus dem Gespräch ausgeklinkt und vor sich hingestarrt. Das sei ungewöhnlich gewesen, denn sie schätzten van Gröben schon lange als originellen, stets heiteren Gesprächspartner."
„Ein Puzzlestein, mehr ist das nicht", brummte Grabosch. „Nehmt euch ein weiteres Mal die Rohrbacher Liebesdienerin vor, vielleicht ist der noch was eingefallen. Was mir nicht aus dem Sinn geht, ist sein angebliches Alibi. Ich hab' g'rad noch mal mit dem Pathologen gesprochen. Inzwischen setzt er den

Todeszeitpunkt Schermulys eher früher an. Das passt genau in mein Zeitraster. Van Gröben hat sich mit Schermuly zur Geldübergabe getroffen, da bin ich ganz sicher. Den leeren Benzintank hat er erfunden und sich mit dem angeblichen Marsch zur Tankstelle und zurück ein Alibi konstruiert. Einen ruhigen Eindruck hat er auf den Tankwart gemacht, nicht wie einer, der die Autobahn entlang gehetzt ist. So steht's im Protokoll."

„Das wird der Staatsanwaltschaft nicht genügen, das sind subjektive Eindrücke, genau wie die der beiden von der ‚Schnitzelbank'."

„Eben, Mazurka. Deshalb müsst ihr noch was finden!"

„Wir tun unser Bestes, Franz. Kopf hoch! Ich meld' mich wieder."

Gegen 12:00 Uhr standen Mazurka und Müller vor dem Freudenhaus in Heidelberg-Rohrbach. Sämtliche Rollläden waren heruntergelassen. Nach dreimaligem Läuten öffnete eine verschlafen wirkende Dame.

„Kripo Mannheim, entschuldigen Sie die frühe Störung! Wir müssen noch mal mit Ihrer Kollegin Gina sprechen."

„Dann kommen Sie mal rein, die schläft noch, aber ich hol' sie."

„Unmenschlich seid ihr, holt einen aus dem Bett, aber Hallo!", jammerte Gina. „Hab' doch schon alles gesagt, was ich von dem feinen Herrn weiß."

„Vielleicht nicht", meinte Mazurka.

Bei der erneuten Zeugenbefragung bestätigte sie,

dass sie in der Nacht vom 19. auf den 20. Dezember zwischen etwa 2 bis kurz vor 3 Uhr van Gröben zu Diensten gewesen sei. Eine besondere Anspannung außer seiner nach Befriedigung drängenden Geilheit sei ihr nicht aufgefallen. Dass sie mit einem, der möglicherweise kurz zuvor einen Menschen umgebracht hat, Sex gemacht habe, das hätte sie ganz schön erschreckt. Etwas irre Augen habe er gehabt, das sei aber nichts besonderes, solche Kunden habe sie öfters.

„Hat van Gröben etwas aus seinem Privatleben erzählt?“, fragte Mazurka.

„Ja, Stress hatte er mit seiner Frau. Und das vor Weihnachten, aber auch das ist nichts Weltbewegendes. So Sachen erzählen mir viele meiner Kunden.“

„Ist Ihnen sonst noch was aufgefallen? Denken Sie nach! Jedes Detail könnte wichtig sein.“

„Ja, da gibt's noch was. Eben fällt's mir wieder ein. Als er bezahlt hat, ist ihm eine Tankquittung aus dem Geldbeutel gefallen, hab' sie später auf dem Fußboden entdeckt.“

Müller merkte auf. „Und wo ist sie?“

„Die müsst' noch im Papierkorb liegen. Warten Sie, ich guck' nach.“

Schon auf der Treppe schwenkte sie den Zettel.

„Sehen Sie, Gina, ich darf doch Gina zu Ihnen sagen.“ Mazurkas Stimme klang wie die einer Lehrerin, die eine Schülerin lobt. „Das haben Sie gut gemacht.“

Die beiden Kommissare beugten sich über den Kassenbeleg. Er war ausgestellt von einer Autobahnraststätte südlich von Karlsruhe in Richtung Basel.

Datum: 19.12., Uhrzeit: 13.23 Uhr.
Auf der Rückfahrt nach Mannheim fing Müller an zu spekulieren.
„Van Gröben war unterwegs in Richtung Basel. Wohin fuhr er?“, wollte Müller wissen. „Sag’s mir! Nach Freiburg zu seiner Frau?“
„In die Schweiz ist er gefahren, Mathias, das Erpressungsgeld holen, was denn sonst? Bei seiner Bank in Mannheim gibt’s ja keine auffällig hohen Kontobewegungen. Er hat ein Schweizer Konto, das kennt man doch.“
„Du musst mit Frau van Gröben sprechen, vielleicht war er doch bei ihr, und das Schweizer Konto löst sich in Luft auf.“
Müller schlug sich unvermittelt mit der flachen Hand auf die Stirn, dass es klatschte. Hinter ihnen hupte es kräftig, Müller wechselte die Fahrspur.
„Ich hab’ eine Idee, Hedwig! Vielleicht spielt uns Kommissar Zufall in die Hände. Wir checken sämtliche Daten der Autobahnpolizei für Donnerstagnachmittag, das mach’ ich sofort, wenn wir im Präsidium sind!“
Das Ergebnis von Müllers Recherche war eine Offenbarung. Van Gröben war tatsächlich geblitzt worden, aber nicht zwischen Mannheim und Freiburg, sondern bei Müllheim, im Markgräflerland, und zwar auf der Autobahn von Basel nach Freiburg, also auf der Rückfahrt. Uhrzeit: 15.27 Uhr, 30 km/h über der zugelassenen Höchstgeschwindigkeit.
„Er war nicht bei seiner Familie in Freiburg, er muss in Basel gewesen sein“, konstruierte Müller. „Das Netz

zieht sich immer enger um unseren Herrn Staatssekretär. Franz hat Recht, an der Kammerschleuse muss es zur Übergabe gekommen sein, und dann ist die Sache aus dem Ruder gelaufen. Van Gröben hat die Nerven verloren und Schermuly mit einem Kantholz die Stirn gespalten, und der Erpresser ist ins Becken gefallen und ertrunken. So muss es gewesen sein!"
„Aber wo ist das Geld geblieben?" Mazurka blieb skeptisch.
„Das hat er behalten. Er hat's noch immer, irgendwo hat er's versteckt."
„Wo suchen, Mathias? Die Haussuchungen haben nichts ergeben, außer den Ascheresten im Kamin. Auch die Verbindungsnachweise seines Handys. Fehlanzeige!"
„Er kann ein zweites haben, das nicht auf ihn registriert ist."
„Schwer zu beweisen", wandte Mazurka ein und ließ einen ratlosen Kollegen zurück.
Mazurka vertiefte sich in das Befragungsprotokoll der Freiburger Kollegen. Frau van Gröben hielt sich mit den Töchtern in ihrem Elternhaus auf. Mit dem Ehemann bestehe, so hatte sie ausgesagt, kein Kontakt. Sie hätten sich auseinandergelebt und getrennt. Von dessen sexuellen Neigungen habe sie nichts geahnt und erst jetzt davon über die Medien erfahren. Ihre größte Sorge sei, wie sie ihre Töchter schützen könne, damit diese bei dem Rummel, den man um ihren Mann mache, keinen Schaden nähmen.
Frau van Gröben mache den Eindruck, als stehe sie kurz vor einem Nervenzusammenbruch.

Mazurka griff zum Telefonhörer und wählte Frau van Gröbens Freiburger Nummer.
„Mazurka, Kripo Mannheim, spreche ich mit Frau van Gröben?"
„Warum quälen Sie mich so?" Frau van Gröben schluchzte mehr als sie sprach. „Ich hab' doch schon alles gesagt."
„Aber es ist wichtig, Frau van Gröben. Bitte helfen Sie uns! Ihr Mann war offenbar Opfer einer Erpressung. Wenn Sie irgendetwas davon wissen, dann sagen Sie's mir! Es deutet alles darauf hin, dass Ihr Mann am letzten Donnerstag nach Basel gefahren ist. Hat Ihr Mann Geld auf einer Schweizer Bank deponiert? Was wissen Sie darüber, Frau van Gröben. Denken Sie nach!"
„Das halte ich durchaus für möglich, wie ich meinen Mann kenne." Frau van Gröbens Tonfall klang bitter. „Vor solchen Sachen hatte er keine Skrupel, das passt zu ihm."
„Haben Sie eine Vermutung, um welche Bank es sich handeln könnte?"
„Keine, tut mir leid. Was ist mit meinem Mann, haben Sie ihn wieder festgenommen ... Nein? ... Wo hält er sich auf?"
„An der Blauen Adria, im Wochenendhaus. Davon gehen wir momentan aus. Alles Gute für Sie, Frau van Gröben und danke für die Auskünfte."
Grabosch war sofort am Apparat, als hätte er auf Mazurkas Anruf gewartet. „Ich bin beeindruckt", sagte er, nachdem sie ihn über die jüngsten Ergebnisse informiert hatte.

„Entweder hatte Frau van Gröben tatsächlich keine Ahnung vom Doppelleben ihres Gatten oder sie verschweigt es aus Scham. Das alles Entscheidende ist, das faule Alibi aufzudecken, das sich van Gröben konstruiert hat. Ihr müsst ihn noch einmal vernehmen und mit der Fahrt nach Basel und zurück konfrontieren."
„Aber die wichtigste Frage ist: Wo ist das Geld geblieben?
Grabosch gab darauf keine Antwort.
„Beim Verhör muss man van Gröben nicht als Tatverdächtigen ansprechen, sondern als bedauernswertes Erpressungsopfer und dann als solches sein fingiertes Alibi erschüttern."
„Genau, so machen wir's, Franz. Ich werde alle neuen Indizien vorlegen und eine erneute Vorladung beantragen."
„Mist aber auch, mir sind die Hände gebunden. Was ist mit Mucke?"
„Alles bestens, Franz, der unterstützt uns, wo es nur geht."
„Weiß er, dass Du mich auf dem Laufenden hältst?"
„Nee, aber er ahnt es."

Kaum eine halbe Stunde später rief Mazurka Grabosch erneut an.
„Die Staatsanwaltschaft zieht voll mit, Franz! Die Vorladung von van Gröben ist auf Freitag, 27. Dezember, 10.30 Uhr festgesetzt und wird ihm gleich zugestellt. Wir lassen ihn rund um die Uhr beschatten, er verkriecht sich noch immer im Haus am

Schwanenweiher. Wenn's was Neues gibt, erfährst Du's als Erster."
„Schön von Dir, Du bist ein Schatz."
„Jetzt übertreibst Du aber, Franz! Wir machen jetzt Schluss hier, es ist Heiligabend. Müller übernimmt die Stallwache. Frohe Weihnachten für Dich und Anette. Ich meld' mich wieder."
„Danke, auch für Dich frohes Fest. Feiert schön! Kommen die Enkel? Ja? Das ist schön. Grüß Müller und Michaelsen von mir!"
„Mucke auch?"
„Nein, den nicht!"

Freitag, 27. Dezember. Die Festtage waren vorüber. Es war wieder kälter geworden. Nordostwind hatte eingesetzt und sorgte für Schneegriesel.
Van Gröben hatte das Wochenenddomizil an der Blauen Adria nur für einen Einkauf am Vormittag des 24. Dezember verlassen und für Spaziergänge an den Festtagen. Wider seine Gewohnheit war er sehr häuslich geworden. Sein angezapftes Telefon und Handy hatten keinerlei Auffälligkeiten ergeben. Das spektakulärste Gespräch hatte er mit dem Minister in Stuttgart geführt, der ihm unerbittlich klar gemacht hatte, dass er nichts mehr für ihn tun könne und ihm die sofortige Demission nahegelegt hatte. Van Gröbens Politkarriere war am Ende.
Pünktlich um 10.30 Uhr erschien van Gröben in Begleitung von Dr. Meier-Grauwickel auf dem Präsidium. Mazurka führte das Verhör.
„Herr van Gröben", begann sie, „alles deutet darauf

hin, dass Sie das Erpressungsopfer von Frank Schermuly waren."
„Das bedeutet", unterbrach Meier-Grauwickel, „dass Sie ihn hier als Opfer befragen und nicht als Mordverdächtigen, Frau Kommissarin?"
„Sie haben richtig gehört, Herr Anwalt. Ich habe Erpressungsopfer gesagt. Wenn Sie gestatten, mach' ich jetzt weiter. Sie sind, Herr van Gröben, an jenem Donnerstag nach Basel und wieder zurückgefahren. Was war das Ziel dieser Reise?"
„Das ist nicht ganz richtig, Frau Kommissarin, in Richtung Basel. Ich wollte meine Familie besuchen, ist das etwa ein Verbrechen? Aber ich hab' es mir dann anders überlegt, bin kurz vorm Ziel umgekehrt und wieder zurückgefahren."
„Jetzt passen Sie mal auf, Herr van Gröben, über Ihre Fahrt auf der Autobahn sind wir inzwischen haarklein informiert."
Mazurka legte eine Pause ein, um ihre Worte wirken zu lassen.
„Um 13.23 haben Sie an der Autobahnraststätte südlich von Karlsruhe getankt. Auf der Rückfahrt von Basel, wo Sie ja nicht gewesen sein wollen, wurden Sie exakt um 15.27 Uhr von der Autobahnpolizei mit 30 km/h über der zulässigen Geschwindigkeitsbegrenzung geblitzt und wissen Sie wo, verehrter Herr? Weit südlich von Freiburg, bei Müllheim, als sie von Basel Richtung Freiburg unterwegs waren! Um 17.25 Uhr waren Sie in Mannheim zurück. Das wissen wir von dem Journalisten, der sie interviewt hat. Das sind Fakten, an denen Sie nicht vorbeikommen! Also, was

haben Sie in Basel gemacht? Das müssen Sie uns jetzt schon sagen, Herr Staatssekretär!"
„Staatssekretär, Staatssekretär", polterte van Gröben. „Gewesen! Das ist Schnee von gestern, vergessen Sie's!"
Er schwieg jetzt und sah seinen Anwalt fragend an. Dieser nickte ihm zu.
„Na gut, ich will's gestehen. Schermuly hat mich mit einem Video erpresst. Erst wollte er 200 000, dann hat er auf 400 000 DM erhöht. Was sollte ich tun? Ich habe die Summe von einem Konto in Basel abgehoben. Melden Sie das ruhig der Steuerfahndung, ist mir völlig schnuppe! Ist der Ruf erst ruiniert, lebt sich's danach ungeniert, sagt man nicht so? Aber ich hab' ja das Geld noch, Schermuly ist ja nicht erschienen zum vereinbarten Treffpunkt in der Industriestraße. Ich hab' dort bestimmt eine Viertelstunde auf ihn gewartet, aber er kam nicht. War ihm wohl zu gefährlich. An der Kammerschleuse bin ich nie gewesen, die kenne ich gar nicht. Und dann bin ich nach Heidelberg gefahren und den Rest kennen Sie ja. Und wenn Sie mich nach der Asche im Kamin fragen, dann sag' ich Ihnen, Sie haben ja Recht, das Band und den Erpresserbrief hab' ich verbrannt, hätt' ich's etwa aufheben sollen? Sind Sie jetzt zufrieden, meine Damen und Herren? Soll ich den Zerknirschten spielen? Aber den Gefallen tu ich Ihnen nicht."
Was folgte, war ein bitteres Lachen.
„Denken Sie, was Sie wollen von mir, das ist mir, gelinde gesagt, egal. Aber bringen Sie mich nicht mit

dem Mord an Schermuly in Verbindung, damit habe ich nichts zu tun!"
„Schwer zu glauben von einem, der uns so oft schon belogen hat wie Sie", konterte Mazurka. „Es bleibt festzuhalten. Sie waren am Tatort. Dass Sie den Treffpunkt für die Übergabe in die Industriestraße verlegen, ist wieder einer Ihrer unsäglichen Winkelzüge, Herr van Gröben. Und dass Sie aussagen, dass Sie das Erpressungsgeld noch besitzen, spricht nicht gegen Sie als Täter, sondern für Sie. Dass Schermuly nicht zu dem vereinbarten Termin erschienen sein soll, halte ich für eine Schutzbehauptung. Umgekehrt wird ein Schuh draus! Nach Ihren eigenen Angaben sind Sie in Altrip um 18.55 Uhr nach Heidelberg aufgebrochen. Tatsächlich aber sind Sie erst einmal zum Treffpunkt gefahren, den Ihnen Schermuly genannt hat, nämlich zur Kammerschleuse. Sie sind mit dem Erpresser in Streit geraten, haben ihm im Affekt ein Kantholz übergezogen und ihn im Schleusenbecken ertrinken lassen. Nicht einmal einen der vier am Rand hängenden Rettungsringe haben Sie ihm hinuntergeworfen. Sie haben seinen Tod billigend in Kauf genommen, so war es und nicht anders. Und das Kantholz haben Sie in den Neckar geworfen. Saubere Arbeit, Herr van Gröben, keine Spuren am Tatort! Und dann haben sie noch Ihr Alibi eingefädelt, das beweisen soll, dass Sie gar nicht am Tatort gewesen sein können. Raffiniert haben Sie das gemacht mit dem Reservekanister, aber nicht raffiniert genug. Wir werden es beweisen."

Es entstand eine eisige Stille, die Mazurkas Stimme laut durchbrach:
„Herr van Gröben, Sie sind vorläufig festgenommen! Ich beschuldige Sie des Mordes an Frank Schermuly!"
Zwei Beamte betraten den Raum und legten van Gröben Handschellen an. Mit kreideweißem Gesicht ließ er es ohne jede Gegenwehr über sich ergehen.
„Machen Sie sich nicht lächerlich, Frau Kommissarin! Ihre Beweislage ist dünn, sehr dünn!", rief Dr. Meier-Grauwickel, „damit kommen Sie nicht durch!"
„Das werden wir ja sehen, Herr Rechtsanwalt", erwiderte Mazurka. „Abführen!"
Müller-Grauwickel erhob sich.
„Länger als 48 Stunden werden die Sie nicht festhalten können, Herr van Gröben! Einen erneuten Haftbefehl werde ich verhindern. Sie sind Opfer, nicht Täter! Daran wird die Staatsanwaltschaft nicht vorbeikommen!"
Und an Mazurka gewandt donnerte er mit höhnischem Unterton:
„Suchen Sie nach dem Täter! Mein Mandant ist es nicht! Sagen Sie dies auch Ihrem Kollegen, dem Hauptkommissar. Ihr Vorgesetzter hat ihn ja aus dem Verkehr gezogen, damit er nicht noch mehr Unheil anrichtet. Der Mann ist übermotiviert! Machen Sie nicht den gleichen Fehler, Frau Mazurka!"

# Finale

Der Haftbefehl gegen van Gröben wurde nicht aufgehoben. Zu drückend waren die Indizien, die Grabosch und sein Team vorgelegt hatten.
Alles war gelaufen. Die zwei Morde auf der Friesenheimer Insel waren aufgeklärt und schleppten sich nicht ins neue Jahr. Erleichterung machte sich breit. Ein Geständnis legte der Exstaatssekretär zwar nicht ab, in seinem Fall war wohl ein Indizienprozess zu erwarten, aber dies war dann Sache der Justiz.
Kriminaldirektor Dr. Mucke kroch zu Kreuze. Am Sonntag zwischen den Jahren rief er Grabosch an und spielte den Zerknirschten.
„Ich bin über's Ziel hinausgeschossen und bitte Sie um Entschuldigung, Franz. Der Druck der Presse und des Ministers war einfach zu groß, mir ist der Gaul durchgegangen und das tut mir unendlich leid. Kommen Sie morgen wieder, wir reden dann miteinander!"
Der Sesselfurzer geht in Schutt und Asche, dachte Grabosch. Süßholz raspelt er. Aber nicht mit mir!
„Urlaub oder nicht Urlaub, das ist hier die Frage", sagte Grabosch.
„Shakespeare, Franz, originell abgewandelt." Muckes Lachen klang gekünstelt.
„Ich mache Urlaub, wie Sie es mir gesagt haben, da ist nichts zu machen. Die Woche müsst ihr ohne mich auskommen. Sie machen das schon. Ich hab' nichts dagegen einzuwenden, dass Sie es sich an meinem Schreibtisch bequem machen. Nach Dreikönig geht dann alles wieder seinen gewohnten Gang."

„Großartig, Franz! Ich bewundere Ihre Konsequenz. Sie sind für höhere Aufgaben prädestiniert, und ich werde mich oben für Sie verwenden."
Grabosch gab dazu keinen Kommentar ab und schwieg. Was er auf den Tod nicht ausstehen konnte, war, wenn ihm einer Honig um's Maul schmierte und ihm schöntat. Die Kurpfälzer hatten dafür einen derben, aber treffenden Ausdruck: Arschkriecher.
Die stille Zeit zwischen den Jahren würde ihm gut tun. Es galt, Abstand zu gewinnen vom Dienst, vor allem aber von jenem aalglatten Dienststellenleiter, den man nicht ernst nehmen konnte, an dessen Weisungen man aber gebunden war.
„Dann ein gesegnetes Neujahr für Sie und Ihre Frau und guten Rutsch", unterbrach Mucke den seinen Gedanken nachhängenden Hauptkommissar. „Bleiben wir doch in Verbindung, wozu gibt es Telefon? Ich weiß übrigens, dass Sie in den letzten Tagen hinter meinem Rücken die Strippen gezogen haben. Großartig! Bleiben Sie, wie Sie sind, Franz! Ich schätze Sie sehr. Das wollte ich Ihnen noch im alten Jahr gesagt haben."

Anette hatte die zwei Tage im Klinikum gut überstanden. Die Ärzte wollten zunächst von einem Eingriff absehen und den weiteren Verlauf der Gefäßausbuchtung beobachten. Das Leben konnte also weitergehen, es gab Licht am Ende des Tunnels, dachte Grabosch.
Zum Wochenende vor dem Dreikönigstag war es dann doch noch Winter geworden, und der Kommis-

sar musste Schnee schieben. Die Wohnstraßen hatten eine festgefahrene Schneedecke, die Hauptverkehrsstraßen versanken im Matsch.
Als Grabosch am Dienstag, dem 7. Januar, um 8.00 Uhr mit triefenden Schuhen sein Dienstzimmer in L6 betrat, machte er große Augen. Im Halbkreis standen Mazurka, Müller, Michaelsen, Monika Lessner, Dickgießer, Amelie und Dr. Mucke vor ihm und sangen ihm ein Ständchen. Es war sein 52. Geburtstag. Grabosch fühlte sich überrumpelt und gerührt zugleich. Jeder überreichte ihm ein Präsent, das er nacheinander auf seinen Schreibtisch stellte. Mucke wollte gar nicht mehr aufhören mit Händeschütteln.
„52, Franz! Sie sind ein Mann in den besten Jahren! Herzlichen Glückwunsch! Bei mir ist der Lack ab. Noch ein Jahr, dann können Sie mich beerben."
„Ma is immer so alt wie ma sich fühlt, saach isch immer", tat Dickgießer kund.
Für 10.15 Uhr hatte sich Dr. Meier-Grauwickel bei der Staatsanwaltschaft in L4 angekündigt, erfuhr Grabosch von Staatsanwältin Lessner. Der Mann gibt keine Ruhe. Er kann seine Niederlage nicht verkraften, dachte Grabosch. Mal sehen, was er diesmal auf Lager hat.
Die Befürchtungen waren nicht unbegründet, denn der weitere Arbeitstag brachte dramatische Entwicklungen im Fall van Gröben. Hatte schon ein psychiatrischer Gutachter in einem vorläufigen Bericht, den er während des Mordprozesses noch präzisieren wollte, den von der Kripo präsentierten Täter als glaubwürdige und für eine derartige Tat untypische

Persönlichkeit dargestellt, kam es nun noch dicker. Der Rechtsanwalt hatte am letzten Freitag und Samstag in die Heidelberger „Rhein-Neckar-Zeitung" eine Anzeige mit einem Bild van Gröbens und dessen Pkw gesetzt. Der Text lautete: Wer hat diesen Mann oder dieses Fahrzeug am Donnerstag, dem 19. Dezember, abends zwischen 19.30 Uhr und 20.20 Uhr ca 1,5 km vor dem Autobahnende Heidelberg am Standstreifen stehen bzw. den Fahrer mit einem Reservekanister in der Hand gehen sehen?

Das Unwahrscheinliche war eingetreten. Gleich zwei Zeugen hatten sich gemeldet, der eine erinnerte sich exakt an die Stelle, wo der liegengebliebene Wagen gestanden hatte, der andere hatte van Gröben auf dem Standstreifen stadtauswärts laufen sehen.

Doch damit nicht genug. Der Anwalt zog noch einen letzten Trumpf aus dem Ärmel. Er präsentierte einen Zeugen, nämlich den Vorarbeiter der Tiefbaufirma Sax und Klee, der am Tatabend in der Industriestraße eine defekte Gasleitung repariert hatte. Der Mann sagte aus, dass van Gröben nach 19 Uhr mindestens zehn Minuten lang vor seinem Wagen auf- und abgegangen sei.

Nachdem am selben Nachmittag die Zeugeneinvernahme abgeschlossen war, stellte Meier-Grauwickel seine Anträge auf Haftverschonung und Einstellung der Ermittlungen gegen seinen Mandanten im Mordfall Schermuly.

Am folgenden Tag fiel noch vor 12 Uhr mittags die Entscheidung. Die Ermittlungen gegen van Gröben waren einzustellen. Der Haftbefehl war aufgehoben.

Die Ermittlungsakten wegen des Verdachts auf Steuerhinterziehung wurden an das zuständige Dezernat weitergeleitet, die Summe über 400 000 DM blieb beschlagnahmt.
Meier-Grauwickel holte seinen Mandanten am Gefängnistor ab, ging mit ihm zum Speisen in ein Sternelokal am Friedrichsring und fuhr ihn zur Blauen Adria, wo er mit seinem davongekommenen Klienten einen feuchtfröhlichen Abend verbrachte.
Für Grabosch und seine Leute war dies ein Schlag ins Kontor. Allen fehlten die Worte. Für sie war es eine Katastrophe. Man musste wieder ganz von vorn beginnen. Ganz dicke Bretter waren zu bohren, Mazurkas Redensart war allen bekannt.
Natürlich würden sie in alle Richtungen ermitteln, auch gegen den gefallenen Staatssekretär, der schon als zukünftiger Finanzminister gehandelt worden und nun ins Bodenlose gestürzt war. Glauben war eine Sache, dachte Grabosch, aber Beweisen eine andere. Und dafür hatten sie schlechte Karten.

Die Zeit verging. Anfang Juni, 13 Monate nach dem Mord an Hans-Werner Weidemann, wurde das Urteil gesprochen. Till Marek erhielt wegen Mordes aus niedrigen Beweggründen 14 Jahre Gefängnis. Strafmildernd wirkte sich sein sklavisches Verhältnis zu seinem Kumpanen Frank Schermuly aus. Mareks Anwalt kündigte Revision an, ließ aber die dafür vorgesehene Frist verstreichen.
Lars van Gröben verließ Ende April seine Heimatstadt Mannheim, zog nach Kiel, und versuchte, be-

ruflich neu Fuß zu fassen. Seine Frau und die Töchter nahmen ihren Wohnsitz in Freiburg. Das Haus in Neckarau wurde verkauft, das Wochenenddomizil an der Blauen Adria vermietet.

Mareks Firma hatte den Konkurs nicht abwenden können. Ein Kfz-Meister übernahm den Betrieb und brachte seine eigenen Leute mit. Nur der Auszubildende durfte bleiben. Frau Christa Marek verkaufte das Penthouse und siedelte nach Mallorca über.

Alles ging seinen Gang. Die Jahrtausendwende wurde auch in Mannheim glorreich gefeiert, doch bald machte sich wieder Ernüchterung breit, es war ja nur ein Datum wie jedes andere gewesen.

Am 1. Januar 2002 wurde der Euro eingeführt. Anette Grabosch tat es bald den vielen anderen Skeptikern gleich und jammerte sich bei ihrem Franz über die unverschämten Preise aus, war ständig am Umrechnen und nannte die neue Währung „Teuro".

Den schwersten Schicksalsschlag erlebte Grabosch im Juli 2002, als seine Frau in der Küche zusammenbrach und nach zwei Tagen trotz eines rasch durchgeführten Noteingriffs nicht mehr zu retten war und starb.

Er verkaufte das Reihenhaus auf der Vogelstang und zog in die Innenstadt nach M3, nur wenige Schritte entfernt von seinem Arbeitsplatz. Jahre vergingen, bis er über den Verlust einigermaßen hinwegkam.

Am 7. Januar 2005 feierte er seinen 60. Geburtstag in seiner Stammkneipe in den M-Quadraten. „Geschlossene Gesellschaft." Der Wirt hatte ein Schild an die Tür gehängt. Sie waren alle gekommen, seine engsten Mitarbeiter. Dr. Mucke war längst auf dem Altenteil. Kriminaldirektor Marx führte jetzt die Geschäfte.

Es wurde ein lustiger Abend. MM, alias Mathias Müller und Mazurka improvisierten einen Sketch mit zwei depperten Polizisten, Dickgießer hielt eine launige Ansprache auf Mannemerisch, die nicht nur Grabosch Tränen in die Augen trieb. Der Abschluss am frühen Morgen war eine Überraschung und sorgte für einen wehmütigen Ausklang. Grabosch setzte sich ans Klavier. Dickgießer, die Stimmungskanone, intonierte das Lied vom Mann am Klavier und stellte ihm ein frisch gezapftes Pils hin. Doch als Grabosch ganz leise Töne anschlug, zu improvisieren begann und Motive aus „In the Ghetto“ und Joys „Neckerbrückenblues“ spielte, wurde es mucksmäuschenstill in der Kneipe. Und dann entlockte er den Tasten schwere, wehmütige Akkorde aus dem St. Luis-Blues und sang mit brüchiger, rauer Stimme:

„I hate to see that ev‘ning sun go down
Cause my baby, she done left this town ...“

Mazurka lief es kalt über den Rücken und es war ihr, als ob Grabosch die Augen feucht wurden.Es kam jener Sommer 2008, als das Vorstandsmitglied eines Elektrokonzerns in Käfertal vermisst und erst durch jenen hartnäckigen Pressefotografen Arndt Schmid am Kai der Maulbeerinsel geborgen wurde. Die beiden ungleichen Detektive, die ein Altersunterschied von über 20 Jahren trennte, waren inzwischen Duzbrüder, und der Kommissar nahm regen Anteil am Privatleben des Fotografen, der dabei war, mit einer

Bibliothekarin und deren Sohnemann eine Familie zu gründen. Es hatte den Anschein, als würde Grabosch auf seine alten Tage doch noch einen Enkel bekommen, wenn auch nur als Ersatz.

## 2008

Am Montag, dem 11. August 2008, saß Grabosch an seinem Schreibtisch. Es war kurz vor 9 Uhr. Aus dem Schreibzimmer war Amelies Stimme zu vernehmen, die sich mit einem ihrer Kinder ein hitziges Wortgefecht lieferte. Dann läutete das Telefon, und Grabosch hob ab.

„Schaub“, meldete sich eine männliche Stimme, „Alten- und Pflegeheim Schlierbach. Spreche ich mit Herrn Grabosch von der Mannheimer Kripo?“

„Ja, so ist es, Herr Schaub. Was kann ich für Sie tun?“

Jetzt riefen schon die Altersheime bei ihm an, also wirklich, dachte der Kommissar. So alt bin ich nun auch wieder nicht.

„Es geht um einen meiner Freunde, Herr Kommissar, der mir vor vielen Jahren einen Briefumschlag übergeben hat, an Sie gerichtet. Wenn ihm mal etwas zustößt, hat er gesagt, soll ich Ihnen den Umschlag unbedingt zukommen lassen.“

„Und jetzt ist es so weit? Ist er tot, Ihr Freund?“

„Nein, das nicht, Gott sei Dank. Aber er ist schwer krank und keiner weiß, ob er den Infarkt überleben wird, er liegt in der Heidelberger Uni-Klinik und ist nicht bei Bewusstsein. Er hatte ja vor bald zwölf Jahren einen Schlaganfall, und seitdem ist er hier im Heim. Ich bin übrigens der Gärtner, und Benno ist in all den Jahren mein bester Freund geworden.“

„Benno, der Name sagt mir nichts, wie heißt denn Ihr Freund?“

Die endlosen Ausführungen des Anrufers hatten Graboschs Geduld ganz schön strapaziert.
„Benno Klemm“, war die Antwort.
Grabosch war wie vom Donner gerührt. Im ersten Augenblick verschlug es ihm die Sprache. Klemm, das war doch dieser ehemalige Pförtner von der Hombuschstraße gewesen, der Lebensgefährte dieser Prostituierten Obermeier, mit der er eine Fernfahrerkneipe bei der Diffenébrücke betrieben hatte. Den Imbiss gab es schon lange nicht mehr. Die Obermeier war schon vor Jahren, Mazurka hatte es einmal erwähnt, mit einem wohlhabenden Brasilianer nach São Paulo ausgewandert und hieß jetzt Lora Rodrigues Alves oder so ähnlich, und diesen Klemm hatte er vergessen, einfach so. Der ehemalige Pförtner war im nie aufgeklärten Mordfall Schermuly eh nur eine Randfigur gewesen.
„Hören Sie, Herr Schaub, ich komme zu Ihnen, jetzt gleich. Spätestens 11 Uhr bin ich da.“
Als Grabosch das Ende der Autobahn Mannheim-Heidelberg erreichte, drosselte er für einen Moment die Geschwindigkeit. Hier auf dem Standstreifen hatte van Gröben damals gehalten und seine Aktion mit dem Reservekanister zelebriert, durch die er am Ende den Kopf aus der Schlinge hatte ziehen können. Wie lange das her war.
Das Alten- und Pflegeheim lag am Schlierbacher Berghang mit Blick auf den Neckar und die mit Häusern bestandenen Anhöhen des gegenüberliegenden Ziegelhausen.
Die Pforte am Haupteingang war nicht besetzt. Gra-

bosch betrat das dahinter liegende Büro und fragte nach Herrn Schaub.

„Er erwartet Sie im Gewächshaus“, sagte die Sekretärin und deutete aus dem Fenster in einen weitläufigen Park, an dessen Ende ein gläsernes Gebäude zu sehen war.

„Kommen Sie mit hinaus auf die Terrasse, hier drin ist es zu heiß zum Reden, Herr Kommissar“, sagte der Gärtner, ein freundlicher Mann Anfang 60, dem man die jahrzehntelange körperliche Arbeit nicht ansah. „Hier draußen bin ich mit Klemm oft gesessen, es war sein Lieblingsplatz.“

Sie setzten sich auf eine schattige Bank. Unten floss träge der Neckar, ein Schiff fuhr gerade in die Schleuse.

Der Gärtner nestelte in der Gesäßtasche seiner Cordhose und förderte einen zerknitterten, blauen Briefumschlag zu Tage. Grabosch glättete das Kuvert. „An Hauptkommissar Grabosch. Kripo Mannheim“ stand da in verblassten Buchstaben.

Er riss den Umschlag auf, dessen Inhalt aus einem karierten Blatt bestand, auf dem er las:

„Sehr geehrter Herr Kommissar Grabosch! Bevor ich sterbe, will ich Ihnen noch etwas sagen zum Tod von Frank Schermuly. Ihr Benno Klemm.“

Grabosch blickte zu Schaub und dann wieder zum Neckar hinunter. Auch der Gärtner schwieg, denn der Kommissar schien weit weg zu sein und in Gedanken versunken.

Minuten vergingen. Grabosch räusperte sich und sagte: „Erzählen Sie mir von Ihrem Freund Benno Klemm.

Lassen Sie sich Zeit, ich bin ein guter Zuhörer."
„Da muss ich weit zurückgehen", begann der Gärtner, „warten Sie, bis in die 90er, es muss im Sommer 1997 gewesen sein, als man ihn bei uns untergebracht hat. Ein Mann, schwer gezeichnet von einem Schlaganfall, der ihn am Heiligabend ein paar Monate zuvor ereilt hatte, ja das hat er immer wieder erzählt. Er war allein gewesen über diesem Imbiss, den er mit einer Frau namens Lore betrieben hat, und er ist da hingefallen und hat das Bewusstsein verloren und ist erst nach zwei Tagen wieder zu sich gekommen im Mannheimer Klinikum, wo sie ihn wieder auf die Beine gestellt haben. Auf ein Bein genau genommen, denn das andere blieb halb gelähmt und mit dem einen Arm war es genau so, aber er hat gut damit umgehen können, der Benno. Auch das Sprechen hat er wieder mühsam lernen müssen, aber er hat nicht aufgegeben, und als es ihm dann besser ging, hat er den Heimleiter mit der leeren Pforte am Eingang genervt und so lange gebettelt, bis ihn der Heimleiter erhört und ihn ehrenamtlich mit dem Posten betraut hat. Da hätten Sie ihn sehen sollen, den Benno, wie glücklich er gewesen ist. Er war ja sein halbes Leben lang Pförtner einer Maschinenfabrik auf der Friesenheimer Insel gewesen. ‚Die Pforte hat bei meiner Einlieferung zu mir gesprochen', hat er mal gesagt, ‚komm herein, Benno', hat sie gerufen, ‚so lange hab' ich auf Dich gewartet, komm herein, setz Dich an den Platz am Fenster!' Ja, Herr Kommissar, so war er, der Benno Klemm."
Fast atemlos hatte der Gärtner gesprochen, und

Grabosch kam sich vor wie in einem Film. Die alten Zeiten wurden wieder lebendig, und er sah den Pförtner vor sich, müde und abgearbeitet hinter der Theke stehend, zur Küche blickend, zu Lore Obermeier, der Liebesdienerin des später im Becken der Kammerschleuse tot aufgefundenen Zuhälters und Erpressers Frank Schermuly, die so gar nicht zu dem stillen, soliden Mann passen wollte. Diesen Klemm, daran erinnerte sich Grabosch jetzt wieder, diesen Mann hatte er besuchen wollen, damals kurz vor Weihnachten, nicht weil er unter Verdacht stand, nein, weil er, wie ihn Mazurka informiert hatte, in einem Besorgnis erregenden Zustand war und ärztliche Hilfe abgelehnt hatte. Zweimal war Grabosch auf dem Weg zur Diffenébrücke gewesen und hatte sich jedes Mal anders entschieden. Und dann hatte er nicht mehr an diesen Menschen gedacht, er hatte ihn vergessen, einfach vergessen. Und nun, nach fast zwölf Jahren, tauchte dieser Mann wieder auf in den Erzählungen dieses Gärtners, der sein Freund war, und er hatte ihm seinen letzten Wunsch, bevor er sterben würde, auf ein Stück kariertes Papier geschrieben, dass er ihm noch etwas sagen wollte zum bis heute ungeklärten Tod von Schermuly.
Grabosch war fassungslos.
„Kann ich zu ihm, was meinen Sie, Herr Schaub? Ich muss mit ihm sprechen."
„Versuchen Sie es, Herr Kommissar, heute früh war er noch nicht ansprechbar. Versuchen Sie's, solange es noch möglich ist!"
Der Gärtner schien sehr betroffen und schwieg jetzt.

Die Uni-Klinik lag im Neuenheimer Feld in der Nähe des Tiergartens. Grabosch verlangte nach dem Stationsarzt, der dann den Chefarzt verständigte.
„Herr Klemm ist seit heute Morgen ansprechbar, Herr Hauptkommissar, aber ich möchte Sie dringend bitten, ihm unnötige Aufregung zu ersparen."
„Wie stehen seine Überlebenschancen", fragte Grabosch.
„Schlecht, ich will ehrlich zu Ihnen sein, sehr schlecht." Der Professor machte ein ernstes Gesicht. „Wissen Sie, nach dem Schlaganfall, der diesen Mann vor Jahren getroffen hat, und nun nach seinem bereits dritten Herzinfarkt, gibt es nicht mehr viel Hoffnung. Er ist 70 Jahre alt, seine Chancen, noch einmal davonzukommen, stehen 1 zu 100."
Der an Schläuche und Apparaturen angeschlossene Benno Klemm lag im Bett wie ein lebender Leichnam. Die Farbe seines eingefallenen Gesichts war blass, die Lippen waren bläulich verfärbt. Nur der leicht gebogene Nasenrücken erinnerte Grabosch an den Pförtner, wie er ihn einmal gekannt hatte. Klemm hatte die Augen geschlossen, die Lider zitterten leicht. Er schien zu schlafen.
Grabosch rückte einen Stuhl ans Bett und setzte sich. Er lauschte den stoßweisen Atemzügen des Kranken. Hin und wieder erschien der Kopf einer Krankenschwester hinter der Scheibe. So vergingen 15 Minuten.
Dann endlich, für Grabosch war es wie eine Erlösung, schlug der Kranke die Augen auf, drehte die Augäpfel nach links und sah ihn an. Sein Mund ver-

zog sich zu einem Lächeln, er befeuchtete mit der Zunge die Lippen und flüsterte: „Herr Kommissar, Sie sind gekommen, das ist gut ...“

Die Worte schienen ihm viel Kraft gekostet zu haben, denn er schloss wieder die Augen und schwieg.

„Ganz ruhig, Herr Klemm, ich bin ja jetzt hier. Ich hab’ Ihren Brief bekommen und mir scheint, ich soll Ihnen die Beichte abnehmen.“

„Hat er’s Ihnen gegeben, der Karl-Heinz Schaub, ... wie ich’s ihm aufgetragen hab’. Haben Sie ihn kennengelernt, er ist ein lieber Kerl, ... mein Freund, der Gärtner. ... Kommen Sie näher, Herr Kommissar ... ganz nah ... Ich will Ihnen was sagen, was damals an der Kammerschleuse geschehen ist. ... Der Schermuly ... hat mich an der Drehbrücke ... abgepasst ... Er ist ... ganz ärgerlich gewesen ... Er hat gesagt ... es hat ihn einer versetzt, mit dem er sich ... hat treffen wollen ... Und dann ist er ... über mich hergefallen ... Der Schermuly hat mich gedemütigt wie einen Hund ... er hat meine Lore in den Dreck gezogen ... zu zweit sind sie über sie hergefallen ... die Schweine ... und ich sollt’ noch mittun als Dritter ... und dann ... sind wir zur Schleuse gegangen, ich hab’ gedacht, der bringt mich um. ...“

Benno Klemm schien am Ende seiner Kräfte. Er war kaum noch zu verstehen.

„Immer langsam voran, Herr Klemm, wir haben Zeit, viel Zeit.“

Der Kranke schien sich wieder zu fassen.

„... Wegnehmen wollte er mir die Lore, sie sei sein Eigentum und werde wieder für ihn arbeiten ... und ich sei eine lächerliche Figur ... ein Gespenst ... eine Null ... das hat er gesagt und er würde mich jetzt ... umpusten ... hat er gesagt ... und er hat mich an den Beckenrand gedrängt und mir Angst gemacht ... und dann ..."

Wieder brach der Kranke ab und rang nach Luft. Besorgt blickte Grabosch zur Glasscheibe, aber niemand war zu sehen.

„Und dann, was geschah dann?"

Klemm öffnete die Augen. „Dann, Herr Kommissar, ist es passiert. Wenn nur dieses Kantholz nicht da gelegen hätte! Ich hab' es aufgehoben, weit ausgeholt und es dem Schermuly gegen die Stirn geschlagen. Ich weiß nicht, woher ich die Kraft genommen hab', aber so war es. ... Der Schermuly hat nicht damit gerechnet ... wissen Sie ... er hat mich nur erstaunt angeguckt ... den Blick hab' ich nie wieder vergessen ... und dann ist er mit dem Kreuz auf die Beckenkante gefallen und kopfüber hinuntergestürzt. ... Ich bin dann hingefallen, ... hab' mich aber wieder aufgerappelt und bin weggeschlichen ... das Holz hab' ich in den Neckar geworfen ... ich hab' ... einen Menschen auf dem Gewissen, .... Herr Kommissar ..."

Auch Grabosch schien am Ende seiner Kräfte. Er brachte kein Wort heraus. Geständnisse waren berufliche Erfolge, das Feedback für endlose Recherchen. Aber diese Offenbarung eines Todkranken riss ihn fast vom Stuhl.

„Jetzt haben Sie mir's ja gesagt, Herr Klemm. Alles ist gut, haben Sie keine Angst, ganz ruhig, Herr Klemm. Es geschieht Ihnen nichts."

Der Kranke versuchte ein Lächeln wie zu Anfang, als er die Augen geöffnet und den Besucher erkannt hatte.
Hinter der Glasscheibe erschien das Gesicht der Krankenschwester.
„Ich geh' dann mal, Herr Klemm. Gute Besserung, alles wird gut werden."
Er strich ihm mit der Hand leicht über die Stirn. Benno Klemm sah ihn an und lächelte wie ein Kind.
Draußen machten der Stationsarzt und die Schwester ernste Gesichter.
Grabosch ging nach unten, setzte sich ins Auto, wollte losfahren, besann sich aber und blieb, wo er war, nachdenklich und grübelnd.
Der Mordfall Schermuly, der damals so viel Schmutz aufgewirbelt hatte, war gelöst. Dort oben lag der sterbenskranke Täter. Aber Genugtuung wollte sich nicht einstellen. Über den Fall war Gras gewachsen, keiner sprach mehr über ihn. Die Akten verstaubten in L6 im Keller. Die Personen aus dem Umfeld des Toten waren in alle Winde zerstreut. Dort oben lag der unglückliche Täter und hatte ihm seine Schuld offenbart. Der Fall war an seinem Ende angelangt. Noch heute oder morgen würde Benno Klemm, der Pförtner, sein irdisches Dasein beenden. Wem wäre geholfen, wenn er den Fall neu aufrollte?
Grabosch startete den Motor und fuhr Richtung Mannheim. Er würde alles für sich behalten. Er würde schweigen wie ein Grab. Oder doch nicht? Vielleicht würde er es Mazurka sagen. Irgendwann.

# Krimis aus dem Wartberg Verlag

**Bernd Storz**

## Blindes Vertrauen

Mara Zielinski ermittelt in Karlsruhe

196 Seiten, kartoniert
ISBN 978-3-8313-1940-4, € 11,90

Der Karlsruher Journalist Jeremias Pfizer erwacht in einem Klostergebäude, ohne Erinnerung an den Vortag. Was ist geschehen? Und warum sind seine Aufzeichnungen über den Selbstmord einer jungen Krankenschwester verschwunden?
Als die Detektivin Mara Zielinski sich des Falles annimmt, provoziert sie ungewollt einen übermächtigen Gegner, der für seinen Handel mit Schrottimmobilien über Leichen geht.

**Bernd Storz**

## Die Fassade

Mara Zielinski ermittelt in Braunschweig

168 Seiten, kartoniert
ISBN 978-3-8313-2049-3, € 9,95

„Schloss-Arkaden-Manager und Welfenspross erschossen!"
Der Doppelmord hält Braunschweig in Atem.
Aber was verbindet die beiden Toten?
Ex-BKA-Zielfahnderin Mara Zielinski ermittelt und findet sich plötzlich nicht nur in der autonomen Szene von Braunschweig wieder.


Wartberg Verlag GmbH & Co. KG · Bücher für Deutschlands Städte und Regionen
Im Wiesental 1 · 34281 Gudensberg · Tel. 0 56 03 / 93 05-0 · Fax 0 56 03 / 93 05-28
www.wartberg-verlag.de · www.kindheitundjugend.de

**Bernd Storz**

## Ein äußerst sympathischer Tod

Mara Zielinski ermittelt in Lüneburg

204 Seiten, kartoniert
ISBN 978-3-8313-1941-1, € 9,95

Als habe der Tod ihn im Schlaf heimgesucht, liegt Professor Lindenkamp mit gefalteten Händen auf seiner Chaiselongue im Wohnzimmer. Starb er wirklich an Herzversagen? Als die Ex-BKA-Zielfahnderin Mara Zielinski der Todesursache nachgeht, findet sie sich im Gespinst einer ehrenwerten Gesellschaft wieder, die bei dem Versuch, ihr Gesicht zu wahren, Lüneburg an den Rand des Abgrunds führt.

**Bernd Storz**

## Gedanken lesen

Mara Zielinski ermittelt in Esslingen am Neckar

160 Seiten, kartoniert
ISBN 978-3-8313-1939-8, € 11,90

Nach dem Tod der Ärztin Gudrun Kohler glaubt deren Mutter, eine renommierte Esslinger Galeristin, nicht an Selbstmord und schaltet die Detektivin Mara Zielinski ein. Doch die Ex-BKA-Zielfahnderin kommt auf eine ganz andere Spur, die zeigt, dass unsere politische Landschaft schon weit mehr mit dem international organisierten Verbrechen verquickt ist, als wir glauben.

Wartberg Verlag GmbH & Co. KG · Bücher für Deutschlands Städte und Regionen
Im Wiesental 1 · 34281 Gudensberg · Tel. 0 56 03 / 93 05-0 · Fax 0 56 03 / 93 05-28
www.wartberg-verlag.de · www.kindheitundjugend.de

Christina Füssmann

# Ein Herz so rein

276 Seiten, kartoniert
ISBN 978-3-8313-2051-6
€ 10,90

Eine Frau wird ermordet in ihrem Haus aufgefunden. Den ermittelnden Beamten kommt die Adresse bekannt vor. Richtig! Die Tote war die Mutter zweier Kinder, von denen das älteste unter fragwürdigen Umständen starb und das jüngere zu Pflegeeltern gegeben wurde. Der Vorwurf gegen die Eltern lautete Kindstötung bzw. Kindesmisshandlung.
Doch wer tötete die Mutter? Kriminalkommissar Karl Hammer, genannt Hammer-Charly, der von einem ruhigen und nahen Lebensabend auf Usedom träumt, ermittelt. In die Quere kommt ihm dabei die junge Gerichtsreporterin Paula Berger, die mit dem Staatsanwalt Peer Walther liiert ist – eine nicht unkomplizierte Beziehung, von der niemand wissen darf. Paula Berger ahnt, wer den Mord begangen haben könnte und begibt sich selbst in große Gefahr.

**Andrea Tillmanns**

# Tod im Wasser

Ein Fall für
die Privatdetektivin
Sirka Ehrenpreis

192 Seiten, kartoniert
ISBN 978-3-8313-2048-6
€ 9,95

„Den Mann konnte ich erst erkennen, als ich nur noch wenige Schritte vom Brunnen entfernt war; er lag am gegenüberliegenden Rand fast vollständig unter Wasser. Nur seine Fersen und einige Falten vom Rücken der langen Felljacke ragten aus dem Wasser hervor."

Sirka Ehrenpreis arbeitet seit ihrer Scheidung als Detektivin, besser gesagt als Spezialistin für entlaufene bzw. entflogene Haustiere. Nun aber stößt sie mitten in der Nacht auf eine Leiche im Aachener Geldbrunnen. Die Polizei glaubt zunächst an einen Unfall, bald jedoch stellt sich heraus, dass es Mord war.

**Helmut Fiedler**

# Tod auf der Maulbeerinsel

240 Seiten, kartoniert
ISBN 978-3-8313-2054-7
€ 10,90

Eine Wirklichkeit ist eine Wirklichkeit ist eine Wirklichkeit ...
Es ist nicht wichtig, was wirklich geschieht.
Wichtig ist, was wir wahrgenommen haben.

Credo zu Michelangelo Antonionis „Blow up"

Für den Pressefotografen Arndt Schmid beginnt ein ganz normaler Arbeitstag. Sein erster Termin findet auf der Maulbeerinsel statt. Als Arndt seine Fotos zu Hause bearbeitet, ist er sich sicher, dass dieser eine Ast, der herausragt, kein Ast ist, sondern ein menschlicher Arm. Keiner nimmt seine Wahrnehmung ernst, erst als eine Leiche auf der Maulbeerinsel gefunden wird, ist klar, dass der Fotograf richtig gesehen hat! Arndt Schmid ermittelt auf eigene Faust.